/暗/地/妖/娆/系列

ANDIYAORAO WORKS

暗地妖娆

作品

深爱

DEEP
LOVE IN
CANTEEN

食堂

作家出版社

C 目 录
ONTENTS

楔　子 > ＞ ＞

房慧为自己的死亡设计了各式各样的方法，比如把水仙花球茎榨汁掺入蜂窝蛋糕里，这样黏稠的巧克力里大约就能涌出一股诡异的花香了，说不定尸体都能从骨子里散发出别致的味道；再比如给对面邻居那个经常把电梯里的楼层键挨个儿按一遍的男孩叫过来，给他一张百元人民币外加一张海鲜比萨，芝士厚度不亚于饼皮的那种，然后叫他帮她浑身撒上孜然粉和特制黄油再把她关进烤箱，请他在外头按下加热开关，尸体被发现的时候一定让人垂涎欲滴……要不要换个正常点的死法呢？割腕在她的想象中无异于自虐；上吊可能会大小便失禁，这显然与她的洁癖相克；跳楼？她实在难以想象面孔着地时那"啪"的一声过后会是怎样惨烈的场面，那些血浆像掉在地上的番茄……

　　千头万绪在房慧的脑子里不停地旋转，手里拿一柄雪亮的双立人剔骨刀，严密均匀的刀齿几乎已经磨断了她的理智。

　　必须死！

　　最后她决定先服下一定剂量的安眠药进行麻醉，再割断脖颈右侧的大动脉……干净利落的死法，听说放血的时候人会感觉轻飘飘的，最后变成一只鸟，直飞到那片陌生的净土。

　　鸟……

　　她跳起来，飞一般冲进厨房，打开冰箱冷藏柜，拿出一包冻得硬邦邦的鹌鹑。是的，这是她花下血本弄到的食材，只为炖一锅极品沙参玉竹鹌鹑汤。她心底浮起一层唤作后悔的薄油，那层油随着情绪涟漪的波动而扩散，最终她不得不将原本要切进血管的刀刃刺入了那些硬邦邦的鹌鹑，将冰结在一起的食材艰难地拆开，放进水槽里解冻。

不！不能再这样举棋不定了！

眼看自杀壮举即将毁于几只微不足道的鹌鹑，房慧便有些鄙视自己的意志。这世上大抵有十二万三千两百八十一种美食，当然这数据还在不停地蹿升，因为总有一群天才的料理师在不断发明新的菜谱，制造颠覆味蕾的奇迹。为了这样的奇迹，她已经把自杀计划一延再延，不过是一道菜、一种味道、一个绝妙创意、一份被煎成金黄色的喜好罢了！说放掉就该放掉，何况眼下还没有任何一件事比去死更重要。

对于七七年出生的房慧来说，当务之急就是撒手人寰，带着满满一胃袋的食欲，以及那到死都不会平歇的情欲，然后——决意赴死！

房慧这样想着，便把鹌鹑重新放回冰箱，跑回卧室，拿起床头柜上用奶油色信封包得极周整的遗嘱，挑开封口的胶水，把遗嘱抽出来，往上头添了一道沙参玉竹鹌鹑汤的菜谱，再将信袋用碎米粒粘上，重新摆放好。

这一次，总该死得痛快了吧？

她又想到了吞金，衣橱的保险箱里还放着两条金链子和三个挂坠，那个盘成圆圈的蛇形挂件应该比较好吞……不，不行！那挂件来历太特别，是她到死都不肯提及的破烂情史，而且已经在遗嘱里写明了那些金货全部是留给老妈以及刚坐完月子的妹妹的，虽说吞下去的东西验尸官也可以把它挖出来，但总归不太吉利。

于是，她还是把剔骨刀拿在手里，对着镜子反复比画起来，脚边铺了大堆的塑料纸，血流如注之后方便悲伤的亲友团前来收拾。她素来是个想法周到的女人，年纪在那里摆着，不得不考虑很多。

刀尖抵住脖颈的时候，她浑身寒毛都已竖起，刃片只是触碰到皮肤而已，却已感觉到微微刺痛。等一下还会更痛，她知道。

门铃声就在那痛意欲蔓延之前响起，房慧只得把刀放进水池里，走到玄关处开门。

"姐！我不活了！"南茜披头散发地闯进来，扩散得毫无章法的睫毛膏把她装扮成一个庞克。

"要茶还是咖啡？"

房慧径自走进厨房，如释重负。

第一章

餐前酒——法国潘诺提 > > >

1

南茜跟乔洋说："你试试跟我上床吧，如果你感觉不好，第二天可以假装这事没发生过，我也永不再提。"

乔洋冲她翻了个白眼，继续打他的飞机。

没有人比南茜更爱乔洋，用"爱"这个字眼也许显得太沉重，暂时就以"感兴趣"代替吧。

没有人比南茜对乔洋更感兴趣。

她每天总是第一个到公司，在乔洋的办公桌上放一盒鲜奶和一个折成长方形的金灿灿的鸡蛋煎饼。后来，她发现编辑部里的每个女人都在为乔洋带早餐，以三明治和日式便当居多，装在那种很精巧的乐扣盒子或者带樱花图案的漆盒里，光鲜得让她很想掀桌。就只有她，老老实实的一份中国民俗早点，拿个塑料袋包着，放在一角，像端着大碗茶的遛弯大爷，仰望一群搔首弄姿的白富美。

按韩剧的角度来讲，南茜到故事结尾应该会成为乔洋的真命天女，她抱着这样的心态看了几百集肥皂剧，给自己打气，然后坚持带这样寒碜的早餐来讨好他。乔洋呢，永远是最后一个到公司，挂着两只黑眼圈，原色麻布衬衫皱巴巴的，顶着一个鸟窝头。这是典型的八八年男生，被宠坏了的，夜晚总处于鬼混状态。至于在鬼混些什么？谁也不知道。年轻人有年轻人的神秘世界，也许很简单，但中年大叔大婶们就是怎么也走不进去，包括比他大三岁的南茜。

乔洋走到自己的办公桌前，编辑部里所有女人的眼珠子都盯着他那只灰色牛皮挎包底下压着的一堆爱心早餐上。选谁的？这一点很重要，哪怕它们在乔洋心里连个屁都不如。一个既没有高修长得高，又没有李俊基长得俊，但的确是很基的男人，在轻熟女与准熟女中间还有一定的市场。他绝对不是什么白马王子，五官勉强清秀，身材勉强算健壮，至少短袖T恤勒出的形状还是可观的，两只胳膊上略见青蛙肉，单凭这一点就很能给色女遐想的空间。但是，除此之外，乔洋就真和白马王子、高富帅之类的称谓完全搭不上边，他的优势在于乖巧。

一个男人可以不帅，可以没钱，可以很天真，可以没事业心，却不能不乖。这是中性时代对男人的最基本要求。所以乔洋那些小清新的船口袜和帆布鞋装备，镶银边的黑色手环，略显招摇的红裤子，都是廉价却时尚的，他散漫随性之余也并不是完全缺心眼，在女领导跟前永远是一脸的甜笑——

"陆总，您看这稿子做三个P行吗？我觉得这身裙子超级适合您唉，像《大饭店》里的嘉宝。"

"对不起啊，陆总，今天我心情不太好，哥哥（张国荣）忌辰，请让我一个人安静地把稿子编完。"

"陆总，我后悔当时没听您的话，现在决定下了班就去把前边的刘海剪短。"

如果一定要为乔洋找个形容，那就是好莱坞大片《惊天魔盗团》里的杰西·艾森伯格。

是的，乔洋就是用这些假装没心没肺的小手段把《摩登》杂志编辑部里的所有女人都搞定了，办公室里比他模样周正的男人确是有的，但这些男人永远不懂得怎么打扮才能跟上潮流，说的笑话都是老一套，口音里没有台湾腔，只有北京爷们儿的糙劲儿；这辈子都不敢尝试穿西装短裤，还自诩闷骚。事实上，没有哪个男人会觉得自己不闷骚，要命的是潮人是一种气质，有些人穿个十块钱的T恤，胡子拉碴地走在街上就倍显前卫；而另一些男人，无论衬衫是不是意大利的牌子，一眼望去都还是LOW咖。可悲的是，偏偏LOW咖男们还特瞧不起乔洋那样的，觉得"小男生没品味，浮夸造作又娘炮"，有些奥妙他们永远不会明白。

时尚，是一种气质，与穿什么衣服并不存在本质上的关系。

乔洋显然是属于走在潮流尖端的，虽四十岁之前与阿曼尼无缘，却会被人误以为是那些奢侈品他早就用到不想再用的那种人。所以他受欢迎，是每个女人胸口的朱砂痣，哪怕其实没人抓得住他，他都是被她们无缘无故打在算盘上的一个妙人。

所以呢，乔洋每天选吃谁的早餐很重要。

今天，乔洋睁着一双惺忪的眼，在一堆桃红柳绿的早餐盒子里挑挑拣拣，那场景简直是《贫穷贵公子》与《花样少男少女》相结合的微型版本。只不过眼前的男主角要比那些个漫画人物矬一半以上，然而他真实，南茜们需要有血有肉的身体，而不是动漫故事里的意淫对象。

因为乔洋挑的是南茜的鸡蛋煎饼，所以南茜认为她表白的时机到了，尤其感觉他吃得很受用，嘴边全是甜酱，与他那一头蓬发有浑然天成的搭调感。于是，南茜就有点自我感觉良好。事实上，她在轻熟女范围内确是比较出众的，除了那对小乳房经常紧贴住胸肋骨之外没有任何致命缺陷，她清淡的眉眼、柔顺的中长发，以及纤细如麋鹿的四肢，都使其在《摩登》时尚杂志编辑部显得相当应景，没有被小黑裙染出贵族香，也撑不起咄咄逼人的紧身连衣裙，就只能在T恤和棉布短裙中间打转，偶尔用小吊带换换口味也非常养眼。

虽然这样在美女堆里连摸爬滚打的资格都没有，但与城乡接合部气场的女屌丝保持一定距离，可想而知南茜是多么受欢迎的都市小白领，男人觉得她亲切到可以随意接近，她身上又具备所有女人该具备的品性和小动作，撩下头发、剪个指甲都是可爱的，让人不设防，于是男人也从不怕她、防她。对于南茜，认识她的男人们都抱有惊人类似的想法——追到这样的女人也算圆满完成一个人生目标了。

这不能怪南茜骨子里的小清高，她的生活里挤满了总是主动顺路送她回家的绅士们，即便是对她没那层意思的男人，看她的眼神也都是暖暖的，像在欣赏橱窗里某件他们肯定不会买但还是会为其驻足的商品。鉴于这样的优越处境，南茜一发现自己喜欢上乔洋就觉得胜算很大，即便坐在她周围那一圈办公桌旁的女人个个都是站在时尚尖端的潮人，除了一个搞排版的土鳖宅女，她们几乎每天都以花枝招展的面目示人，上班无异于走秀。不管是剃成光头的阿青，可能一生都致力于走苍井优路线的小桃，每个月工资完全不够消费那些行头却还要一年去三趟香港血拼的付安娜，包括那离过两次婚的女主编陆安安，成日穿得都是仙风道骨，不知从哪儿弄来的那些行头。这些艳光四射的女人组构起一本将装逼进行到底的刊物。穿着消费最低档，但偶尔也会戴只爱玛仕手环的乔洋在里头被众星捧月般伺候着，所以他比南茜更享受被宠的荣耀。

那份鸡蛋煎饼给了南茜无限信心，于是她毅然决定陪乔洋加班，帮他完成了一组大稿。很自然，他得顺便请她宵夜，然后更顺便地听她表白。

"乔洋，让我做你女朋友吧！我知道你现在是空窗期，我会做家务，收入不低，消费不高，之前只谈过两次恋爱，一次在大学里，算初恋，还有一次是三年前，但只谈了半年就散了，因为我本来就不怎么喜欢他，我们没有过那个事。所以……"南茜的示爱是简洁给力的，颠覆了她以往乖巧安静的做派，大抵是一扎黑啤给她的勇气，说得又急又快又热情。

"所以我们还是做朋友比较好。"乔洋瞪大眼睛喝了一口啤酒，把脑袋垂得很低。

"我会做你爱吃的糖醋排骨。"

"我早就不爱吃了。"

"我给你洗衣服，把我收藏的侯麦珍藏版电影全集给你。"

"衣服我喜欢自己洗，侯麦的电影我都已经看完了。"

"那我……"南茜开始垂死挣扎。

接下来，她主动请求一夜情，却换来乔洋的一个白眼。他垂下的脑袋又大又乱，像个黑洞；两根拇指不停在手机上忙碌，似乎打飞机比拒绝南茜的献身重要多了。

南茜面红如血，闷声不响地坐着，她不服气，她要等，等他一个不要她的理由。女人一根筋起来无异于精神病患者，她们也许不会死缠烂打，但一定是纠结到天荒地老，尤其像南茜那样平素以敦厚面目示人的女子，其实骨子里更加极端。

终于，当乔洋打飞机打进朋友圈第三名的时候，他方才心满意足地抬起脑袋，抓了抓乱发，随性散漫的样子还是很好看，夜摊上很多女人路过他们的桌子都会往那只"鸟窝"上多瞟两眼——乔洋可能就是传说中的天生招桃花的男狐。

乔洋就这样抓着手机，盯住又倔又尴尬的南茜看了很久，然后默默站起来，走到他们后面只放着一碟毛豆和一杯啤酒的台子边，那儿坐着个面目俊俏、左耳戴着一只水钻耳钉的男子。乔洋径直站在他跟前，突然捧起对方的脑袋强迫他往上看，然后把自己的嘴唇狠狠压在对方的嘴唇上。

这个突如其来的举动几乎掀翻了整个夜宵摊，那被乔洋强吻的男子大抵还未回过神来，居然没有一点挣扎的迹象。乔洋就这么淡定地吻了他，再淡定地放开那颗陷入呆滞状态的脑袋，淡定地回到南茜那一桌，再淡定地继续打飞机。

"现在懂了吧？"乔洋继续垂着头。

"懂……懂了……"南茜的面色由红转白，有个比贞子更恐怖的怨灵在她的喉管内涌动，让她吐出来也不是，不吐也不是。

"懂了咱们就快跑，否则我就得挨揍了。"

乔洋站起身，把买单的钱丢在桌上，然后拉着南茜一路狂奔，依行动的娴熟度来讲，他像是经常会闯祸的孩子。

2

之所以乔洋出柜的事情没有在第二天传遍整个《摩登》，兼因南茜的节操作祟。首先，她不是个八卦嘴碎的女人，最怕给男人造成女人就是舌贱的印象，倘若放在解放前，她绝对可以做宁死不屈的地下党；其次，她觉得这件事情讲出去会让乔洋难堪，尽管时尚圈的男人不是GAY反而很奇怪，但在这个阴盛阳衰的编辑部里也实在太需要直男来平衡脂粉味浓厚的气场了；最后，也是最重要的原因，南茜不甘心，几番回想她主动提出献身那晚乔洋的表现，她都恨不得一头撞死在《摩登》杂志社门口，在家几乎不敢照镜子，怕看到自己那张被男人拒绝后灰颜狼狈的锉脸。

最可恨的地方在于，乔洋次日还是没事人一般来上班，在办公桌上挑了份早餐就胡啃一气，今天他选的是小桃亲手做的金枪鱼寿司。这个时候，南茜才开始关心乔洋那些区别于直男的生活细节来，比如他的电脑桌面放的是小田切让的照片，听歌永远选择杰·布拉南，喜欢穿颜色招摇的低腰裤，经常转头看送餐小弟的屁股……每一个信号都把南茜的心往下压，压到她再也捞不起来的低度。

"乔洋，你有男朋友吗？"

南茜穿过办公楼走廊去厕所的途中，碰上刚从厕所出来的乔洋，他张口打了个哈欠，金枪鱼的腥味扑面而来。她突然为自己和整个杂志社的女人都感到悲哀，何苦大家都在为一个与男神标准隔了一百〇八条街的死基佬执着？然而，她还是忍不住拦下他，抛出一个再次让她自己节操尽碎的问题。

"啊，有过，刚分手。"

乔洋眼中的惊讶和尴尬一闪而过，大抵是没想到还有如此死缠烂打的女人，他都勇敢出柜了，她怎么还不死心？

"那……你就不考虑一下试试女人？"说这话的时候，南茜自己都脸红了。

"不考虑。"

他回答得干脆有力，每吐出一个字都像掰碎南茜心脏的一个小角。

于是，就有了无数偶像剧中最经典的那个镜头——她站在原地呆若木鸡，内伤无从疗起；而他大步流星扬长而去，不带走天边的一片云彩。

没来由的，她胸口憋出了一股气，这股气不知从何而起，可就是逼得她想把它捏成一枚炮弹，将背影倍显嗫嚅的乔洋轰个稀巴烂。

"你个死基佬！得意个屁啊！"

这是南茜生平第一次在她喜欢的男人跟前爆粗，连她自己都吓了一跳。发泄之后，那种很想死的感觉直到下班时还紧紧勒住她的脖颈，她反复回忆自己失控之后乔洋的表现。他似乎没觉得有多意外，背影依旧潇洒，还抬起该死的右手挥一挥，仿佛在跟一件对他来讲完全不重要的东西永别。

没错，在南茜的字典里从来没出现过"失恋"二字，在男欢女爱这件事上她永远掌握主动权，因为外表看起来柔弱，内心才会坚硬如铁，伤人伤得特别狠，自己却毫发无损。此次惨败，完全得归咎于南茜缺乏倒追男人的经验，不像长期与穷得叮当响的摇滚青年鬼混的阿青，爱主动贴钱贴人，在不断被耍的"快感"中触摸爱情的新境界。

和乔洋撕破脸之后，南茜几乎一整天都没说话，只是坐在办公桌前上淘宝，买了一堆包括挤牙膏器在内根本用不着的东西，然后想象着次日收到一个又一个包裹时那种转瞬即逝的兴奋……就在她耗费掉半个月工资的当口，阿青的QQ小窗突然弹了出来，上书一行小字："下班后，老地方见。"

所谓的老地方，是指与办公楼隔着一条街的那个弄堂咖啡馆，地方小，情调却足，店主用最便宜的绿萝和最简陋的汽油桶营造出了最别致的氛围。《摩登》人都喜好它浓厚的意大利小镇式家常风格，不需要端着，也没必要拿个笔记本摆那儿装，女人们可以坐在外面人手一支烟抽到天荒地老。

南茜原本想推掉阿青的邀请，但对方很坚持，恰好她也想找些其他的刺激来磨平刚刚的受挫感，所以还是关掉淘宝，点了点头。

晚上七点的弄堂咖啡馆有供应味道很家常的咖喱鸡饭，南茜到的时候发现除了阿青之外，小桃和付安娜也在，她们人手一份咖喱饭，吃得满嘴黄油。

"快！都凉了！"阿青抬头看到南茜，指指手边那份没动过的咖喱。她今天在光头上压了一顶黑色漆皮的刑警帽，背心上钉满了用自己的手指拓出来的锡制品，紫色唇膏已被吃掉一半，泛着乌青的冷光。南茜一直好奇当初陆安安怎么会招阿青进来，按理说这种过分标榜个性的人骨子里都异常自卑，反而抓不住时尚的要害，同样穿得很脏的好莱坞潮人哈蕾娜都是有一个强大的时尚团队在背后打点，才将她推到现在的高度。不过阿青在《摩登》负责的几个版块倒是效果奇佳，只因她摸清了北京最孤僻的几个艺术家的底细，地下摇滚乐团更像是她的亲人，所以在杂志上开辟出了极具特色的疆土，尤其让人刮目的是，阿青文采风流，给模特照片随便配上几行字都能加分。可见庞克女也未必与时尚脱节，阿青有阿青的生存之道。

南茜坐下来吃了不到两口，便发现三个女人都拿异样的目光看她，像把她当成二维码在扫描。她只得问道："怎么啦？这么看着我！"

结果换来三人齐声反问："你为什么骂乔洋是死基佬？"

南茜手里的勺子应声落盘，她张大了嘴，结结巴巴地说："你……你们什么时候……"

"也是不巧，我那会儿刚从厕所出来，就看见你在乔洋背后跺脚狂骂。这出戏，可真是惊心动魄哟！没想到一直安之若素的南茜大小姐，居然也有如此奔放不羁的时候呀！"付安娜阴恻恻地撕破了南茜最后一道防线。

付安娜那身春意盎然的香奈尔在小小的弄堂咖啡馆里显得格外招摇，那只绯红色的爱玛仕包包将她的阔太气场暴露无遗。然而，她偏偏还要留长及腰际的直发，以精致到一个毛孔的妆容让自己硬是停留在三十不到的水平。谁也猜不透付安娜的年纪，表情像二十岁，打扮像三十岁，心机像四十岁，情绪的淡定程度像五十岁。有一次，南茜和小桃试图合谋买通社里的出纳，想套出付安娜的身份证号码，以此破解其年龄之谜，孰料那出纳异常坚守原则，无论怎么威逼利诱都不肯出卖，教人不得不佩服付安娜贿赂有道；有秘密的女人，总是格外销魂，年龄不详、阅历不详、感情状况不详，连家庭住址都不详的付安娜，才成为《摩登》最具挖掘潜质的"摩登女郎"。

被付安娜听到的八卦，就一定会弄得水落石出，她有她的手段，你可以隐瞒一时，但到头来还是自己吃亏。因为这女人总是有办法把别人的隐私打听得一清二楚，顺带还把你卖了。所以只要是付安娜张口，南茜那"地下党的个性"就形同虚设，乖乖招认才是正道。

南茜只得银牙一咬，将乔洋拒绝她的求爱并顺带出柜的事和盘托出，换来三个女人的一片长吁短叹。

小桃摸着原色麻布包上的机器猫图案，喃喃道："我早就知道，长得像樱井翔的男人一定是"同志"，你们知道吗？当初一个AV女优曝光岚团性丑闻，说每个成员都跟她有过性关系，除了我们家翔哥！所以啊，乔洋哥有这样的取向，也是正常的。乔洋哥，干巴爹！永远支持你！"

阿青看小桃的眼神像在看一个神经病，她冷笑一声道："现在这个世道，"同志"已经是时尚主流了，看过《天使在美国》没？看过《八号提案》没？好莱坞大明星都支持同性恋。而且这种哥们我在摇滚圈子里看得多了，咱也甭放在心上，待会儿去喝酒。"

付安娜的反应最淡定，她默默吃完盘子里的咖喱，起身去了趟厕所，回来的时候嘴巴又涂成了精致的桃红色鱼形。

"我挺同意阿青的看法，'同志'就'同志'呗，也没什么了不得的。再说了，现在时尚圈就流行'同志'，咱们应该感到庆幸。"付安娜的眼睫毛在咖啡馆的明黄色灯光下扑闪如蝶。

随后，四个女人陷入了某种古怪的和谐气氛里，她们笑得甜美清丽，手里的咖啡像是某种装饰品，能让她们变得更优雅温柔。这四个女人常常让自己看起来高深莫测，话题不是电影就是维多利亚秀上新诞生的名模，谁也猜不透她们的身份，似乎也无法走进她们的生活。她们吃得从容不迫，仿佛带咖喱味的呼吸丝毫不影响她们的幸福指数，甚至一边聊天一边还看着自己的手指，观察它们是否有不平整的地方会有障观瞻。

这样端着架子摆着POSE的情形大约维持了有三十分钟，大家在讨论完GUCCI新款包包的难看程度和新一代蜘蛛侠有哪里比托比·马奎尔占优势的问题之后，阿青非常豪气地带着大伙儿走出弄堂，在附近刚开业不久的一间美式酒吧叫了一堆螺丝起子。

酒精很快燃尽了她们的理智，不多久，四个人嘴唇上都浮着一圈青盐，舌尖又涩又辣，身体经由无数条热线洗涤之后变得通透起来。最重要的是，酒精让男人胡话连篇，却能让女人诚实面对自己。

"你们就装吧！"

喝到醺时，南茜终于霍的一下站起来，一脸全世界都被她看穿的屌样子，只见她单手叉腰，一字一顿道："装什么呀你们？告诉我你们都在装什么？你们要真这么淡定，何苦每天给乔洋带早餐？整天人前背后给他抛媚眼？现在我们的男神出柜了，你们一个个装什么淡定呀？就不能诚实点？把心里那点不痛快讲出来？装什么逼？你们装什么逼？"

"没错！"阿青终于也拍案怒起了，睫毛液被汗液完全融化，将她涂成一只精瘦见骨的熊猫，牙齿上沾满紫色唇膏的残痕。这大抵才是她的真面目——恐怖、张扬、疯癫、滑稽。

小桃已伏在桌上号啕大哭，嘴里含糊不清地嘀咕道："人家是腐女啦！讨厌！人家是腐女啦！人家最爱GAY了啦！讨厌！讨厌！真讨厌！"

唯有付安娜还勉强维持常态，不紧不慢地从篮子里拣爆米花吃，见南茜发泄得狠了，也不过回报以几记冷笑。

"你笑什么？"南茜觉出了付安娜对她的轻蔑态度，于是恶狠狠扑向她；所谓的仪态和温柔，此刻已经在南茜的人生里抹除得干干净净，经营传统温良的形象需要毅力，而她早就绷不住了，继续说道："你有什么资格笑话我们啊？你不就是个连家住哪儿都不敢讲出来的二逼女人吗？你在我们跟前摆他妈什么架子呀？"

"也没笑你们什么，我只是笑你们这些意志不坚定的女人啊，怎么就那么弱呢？不就是出柜吗？不就是基佬吗？科学理论早就证实过了，其实从一到十来衡量的话，每个人都是双性恋，只是几几开的问题，也许我们就是一九开，所以基本上喜欢的都是男人……哦不，阿青可能是四六开，也不一定。但乔洋呢，几几开都还不一定呢，只要有那一成的几率在，女人就有希望。你们有本事在这儿鬼哭狼嚎，就没本事把人家掰直呀？"

付安娜的一番话犹如醍醐灌顶，说得那几个女人连酒都喝不下去了，开始深刻反省自己懦弱无能的本性。

"可是，咱们努力了那么久都没泡到他，这回又要怎么把他掰直呢？"号称"腐女无敌"的小桃居然第一个投入掰直讨论计划里，让人觉得十分意外。

"简单。"付安娜的腔调依然阴恻恻，仿佛一个不为任何人左右的女巫，嘴角挂着一只黑猫的鲜血，"找个合适的女人。"

谁是那个"合适的女人"？

是的，那个"合适的女人"必须有麦当娜的狂野、斯嘉丽·约翰逊的三围，以及让所有"同志"看到就眼前一亮的惊艳气场。君不见所有"同志"都对安妮·海瑟薇、卡隆梅·迪亚茨之类的女王范儿尤物奉为神灵，尽管他们口口声声说最爱的是杰克·吉伦哈尔。

所以要找到那个女人，必须淫荡，必须出众，必须艳丽，必须有一定的文化涵养，还必须懂得运用女人那点四两拨千金的智慧。

谁？那个女人是谁？

四个女人互相打量，目光鄙夷。在她们心坎里，彼此不欣赏是肯定的，做同事太久，对方的优缺点都了然于心，而且日常习性一旦被摸透，便失去了应有的魅力。所以她们当即认定，"《摩登》女郎团"里没有那个可以HOLD住乔洋的人。

"房慧，房慧怎么样？"付安娜报出一个惊心动魄的名字，让另外三个女人头皮发麻。

"没意见，就是她了！"

一锤定音。

四人分道扬镳。在各自回家的路上，唯有付安娜坐在出租车里对着窗外迷乱的灯火坏笑，她知道这场游戏终于要玩到最高潮了。

3

乔洋害怕《摩登》杂志社的女人，全得托陆安安的福。

在乔洋眼里，陆安安就是典型的怨妇，他不明白两次离婚经历怎么就能把一个女人进化为一只怪物——总是穿手绘中式服，头发永远高高盘起，手指节洗得发白，耳环永远是小而精致的，细若金线的眉形底下有一对自恋的眼睛，总是将眼皮压得低低的，看人的时候居高临下，仿佛她离婚全世界的已婚女人就都注定是不幸的。因此，好不容易约来的知名作者的稿子，陆安安也有本事改得面目全非，她规定《摩登》所有稿件里都不允许出现长句，当初莫妮卡·贝鲁奇和凯瑟琳·泽塔·琼斯在同一周宣布离婚的时候，她要求评论稿必须写"离婚女人更强更美丽"。

不管乔洋还是南茜她们，基本上都是以表面敬重、背后怜悯的态度对待这位女上司。陆安安需要有人夸她，她无论穿了多二逼的横条纹套装，踏进编辑部的那一刻都得被一堆"安安姐，这身衣服好赞哦"之类的激赞包围，否则她就会想办法找你的茬儿，让你难过。

乔洋很早就懂得如何讨女人欢心，一句谎言能让他打败无数传说中的高富帅，但同时他仍然保留内心的纯真，永远不会辜负自己的信念。所以乔洋乖巧，在痞子的皮囊下包着一个鲜活的灵魂。这灵魂久而久之就会吸引所有的女人，像慢慢绽放的玫瑰终要招蜂引蝶。

在《摩登》杂志建刊六周年的晚宴上，乔洋第一次穿了西装，把鸟窝整理得油光可鉴，并卖弄他修长的双腿。那天时尚界的名流来了大半，多半都围着穿得像民国穿越时空来的太奶奶陆安安转，陆安安心情大好，喝了不少黑方。散场的时候，陆安安突然扶住乔洋说自己不行了，让他送她回家，她潮红的面色像是刚刚服务完一个豪客的高级应召女郎。

请相信后面的发展并没有大家想象得那么狗血，但绝对够惊悚。乔洋把陆安安架进了她那两百平的三层楼小排屋，这是离婚带给她最大的荣耀，也是一个不得不永远与之相处的伤疤。进到屋里，陆安安把包往羊毛地毯上一丢便横在沙发上睡着了，乔洋没走，因为他对这位女上司的私生活实在是好奇死了——那些红木架上的古董，茶桌上带有漂亮的冰裂纹的青瓷杯具，甚至还有精致的文房四宝，旁边摊着一本佛经。

原来她还信佛啊！

乔洋笑了，他觉得信佛的女人都很滑稽，甚至偏执地认为她们精神层面极度空虚。要是自觉活得丰富多彩，谁还有心思念佛呀？

这传统的、充满中国古风的房子给用惯无印良品的乔洋带来无限的新鲜感，引领他不停探索，直接上了二楼。那扇不停渗出檀香味的门后就是陆安安的睡房，乔洋挣扎了一下便推门进去了，打开灯，看见一张胭脂色的西式大床，与楼下古雅的布置截然不同。那股迷乱的情欲气息让乔洋生出了一些坏心眼，尽管他对陆安安没有那种意思，却对这个品味出众的房子充满爱意，于是任性地往床上摔去，将自己埋在柔软的被子里很久很久，直到从枕头底下翻出四个面目可憎的布人。

四个布人乃两男两女，浑身插满缝衣针，背部写着名字。其中一个名字乔洋觉得眼熟，半天才想起那是陆安安其中的一个前夫，如此说来，陆安安内心果真恨意未消，一直在扎前夫和前夫现任妻子的小人。乔洋不由得又惊又喜，惊的是他没想到信佛之人还如此纠结于往事，喜的是终于得知了上司一个不可告人的隐私。这无疑给了乔洋巨大的鼓励，于是继续翻找，床头柜里又翻出了宝贝，一块被血水浸得漆黑的泰国佛牌。

这才让乔洋彻底背上炸毛了。虽然不是太了解，但他多少也听八卦非凡的小桃说起过，那叫"养小鬼"。很多影视女明星都在家偷偷养小鬼，远赴泰国请来涂了早夭婴儿的尸油的佛牌，在家用自己的血供着，以达到自己不可告人的阴险目的。

乔洋吓得将佛牌放回柜子时腿都打战了，他以连滚带爬的姿势跑下楼梯，却见陆安安还在沙发上趴着，嘴里含糊不清地吼道："贱人！看你们怎么死！怎么死！"虽然脸被一头乱发蒙住了，却令她更显狰狞。

逃出陆安安家以后，乔洋整整三天没睡好觉，满脑子都是陆安安那个可怕的睡房。

当然，阿青对乔洋做的事情，也是令他刻骨难忘的。

乔洋是欣赏阿青的，虽然她脸平、胸平、屁股平，但自有一股锐气在，而且行事很酷，也是杂志社里唯一一个整天拎着环保袋上下班的女人。乔洋从小喜欢摇滚乐，因此常求着阿青带他去看一些地下演唱会，阿青站在台下热火朝天的样子特别美，让乔洋想起自己的初恋，也是这样无拘无束，带点迷人的小阴暗，其实都是内心单纯的表现。鉴于这种美好的想法，乔洋也曾和阿青狠狠相处一阵子，那种类似铁哥们的相处，直到有一次阿青让他陪她去刺青店穿舌环的时候，顺便要文身师给她的胯部弄一个骷髅，在脱掉衣服的瞬间，乔洋发现阿青满身满背那神似日本黑社会的刺青，纵横交错，顿时让他密集恐惧症发作，每根寒毛都竖起来了。因为陆安安的关系，阿青一直将那些文身掩饰得很好，不穿半透明的衣服，也没有穿一个小吊带出场过，她总是用严密的长牛仔裤和款式精妙的网状衫掩盖掉最叛逆的部分。

"其实吧，每个文身都是有意义的。跟我睡过的那些混蛋都是畜生，我每次跟其中一个畜生分手，就把他文在身上。你看到的那只熊是我的初恋阿雄，一个小镇上的痞子，不过还挺可爱的，特爱去录像厅看港片，现在丫都是款爷了，当初我要嫁了他就好了。还有那只豹子，那是阿辉，刚认识他的时候他穷得跟叫花子似的，现在还在宋庄讨饭呢。还有那儿，那儿，对，就那只天鹅，那是小楚，比我小三岁……不对，四岁吧，长得跟你有点像，也那德行，后来去德国留学了，再没回来。你问这个呀？这是虎子，个儿可大了，劲儿挺足，就是那玩意有点小，我后来就是受不了这个，跟他分了，所以别以为爱健身的男人都强，那些个把自己练得五大三粗的其实那方面都不怎么样，在别的地方找自我安慰呢。看到没？大腿上那只蝎子呀，是一年前我在后海玩的时候碰上的美国佬詹姆斯·肖恩，长手长脚的，人也挺逗，不过后来……"

阿青的裸体就是一本情史，她若无其事地在乔洋面前为他解说翻页，直到他倒抽了好几口凉气，初恋幻影在他的头脑中被一挺名叫淫乱的机关枪扫得粉碎。更奇葩的是，乔洋刚刚跟穿好舌环、话都说不圆溜的阿青走出刺青馆，她就用含糊不清的口吻跟他说："哟弗兰奥门次库方？"他半天才回过味儿来，听懂她说的是"要不然我们去开房"，而他又该如何吻住那只满腔血腥味的嘴巴？只好断然拒绝。

此后很长一段时间，乔洋都跟阿青保持适当距离，并暗暗发誓永远不会成为她皮肤上的某一只动物形刺青。

小桃在乔洋眼里就是一个清新小妹，头发永远不漂染，乌黑地垂在背上，带一点微卷；棉麻质地的长裙子和小外套几乎就是为她发明的，衣柜里大概有上百个图案各异的和风手袋；她不太化妆，经常素面朝天地看着窗外放空，偶尔也会涂杏色唇膏；她不漂亮但很清透，细长的四肢和扁平的身材也很占便宜，细眉淡目的，系正宗森女。在乔洋心里，小桃一直是一个养眼的女生，他有一阵子确实被她迷住了，也曾去她的寓所玩过一次，这才发现原来她是富二代，有自己的单身公寓房，连米缸都是日系的，按一下开关就会落下150克米，很精准且人性化。

在跟着小桃去艺术电影院看了几十场日本电影之后，乔洋彻底爱上了行定勋和中谷美纪，然后疯狂恶补东瀛文化，所以有几期杂志做出来的净是一股和服味。小桃的简单通透让乔洋倍感安心，但也只是安心而已，他视她为妹妹。小桃似乎也对乔洋没有太多想法，尽管总是给他做蛋包饭吃，他埋头进食的时候她却在看一些稀奇古怪的东西，这些东西叫耽美小说。渐渐地，乔洋终于发现了小桃的病态，他们一起看完《罗生门》后出来，乔洋正一个劲儿赞京町子如何妖艳迷人，孰料小桃却皱眉道："其实武士与那山匪才是真爱，你没看出来吗？那女人就是个第三者。"

类似的情况也出现在看完山田洋次版的《东京家族》之后，小桃很严肃地跟乔洋说："妻夫木聪其实和小优不是一对，你没看见他在片子里老跟西村雅彦眉来眼去的？"

乔洋当然知道这世界上有一种叫腐女的奇特生物，但像小桃那样将全宇宙都以攻受来分也确实罕见。所以好端端一部戏，看的时候兴致盎然，待回味的时候，她就无端端跑来跟他讲片子里有两个男人其实可以凑一对，搞得乔洋胃口尽失。小桃的行为，不仅严重强奸了演员的性取向，还暴露了自己的性饥渴。乔洋对腐女的反感由此产生，最过分的是后来他发现小桃竟然偷偷意淫——他跟对门建材公司的一个中年男人有基情，这让他彻底崩溃，只得板起面孔，与这位外表小清新、骨子里重口味的小妹妹划清界限。

付安娜似乎与乔洋是两个世界的人，乔洋甚至不明白她为何也会每天放一份早餐在他桌上，明明他们就是完全没办法联系在一起的两类人。付安娜看上去比陆安安还要聪明，却总是尽量把自己搞得很俗辣，动不动穿着巴宝莉新款嘚瑟进来，跟几个女人炫耀说："看！巴宝莉秋季新款，国内暂时还买不到，好几万呢！"

　　大多数心地纯良的男人碰上付安娜这样的女人都产生不了任何想法，一是她有些太招人恨了，动不动就炫富；二是她为人不够坦诚，同事多年她居然还不肯告诉人家她住哪个小区，不是逃犯就是有什么巨大而不可告人的秘密吧；三是她还没漂亮到万人迷的份上，过于自恋外加自我保护意识过强，让她完全与可爱沾不上边。乔洋每次看到付安娜，都觉得她是一只用名牌把自己武装到牙齿的蜗牛，谁都不忍心撕去她的盔甲，让她的脆弱暴露在光天化日之下。

　　乔洋刚进《摩登》的时候，带他的师傅就是付安娜，她教他的时候倒也不摆架子，却有些心不在焉。她似乎对乔洋的工作业绩并不关心，反而更在乎南茜她们几个女人负责的版面做得如何。有一次，乔洋亲眼看到付安娜拿着小桃负责的那个文化评论专栏的文章跑到陆安安耳朵边嘀咕，之后陆安安就把小桃叫进主编办公室狂训，小桃是含着眼泪走出来的。乔洋清楚付安娜就是传说中的小人，于是更不敢得罪，他只能用自己的男性魅力稳住这个丧心病狂的女人，让她错觉他对她万般仰慕，殊不知心里一直在诅咒"大妈，麻烦你早死早超生"。

　　但是，再聪明的天使也会死在老奸巨猾的恶魔手里头，擅长见风使舵如乔洋，也终有被付安娜视为仇敌的时候。话说由于半年前副主编辞职在家安心做主妇之后，那位子就一直空着，陆安安刁钻得很，拿它当诱饵让大家拼命加班干活，不仅把副主编的工作部分摊掉了，还无端多出几个P的版面任务。起初的时候乔洋作为新人，是断不可能迅速升职的，孰料他负责的街拍版面和艺术版面反响奇佳，令所有人刮目相看，搞得付安娜也不得不一直跟陆安安强调"乔洋是我带出来的"。

当陆安安宣布一个月后将推举一位副主编上台的时候，乔洋就开始不断出状况：他电脑里做的文案会无缘无故消失，抽屉里的创意书总是莫名地缺个几页，有一次他好不容易约到一个时尚名流接受专访，约好了时间去那里等，却大半天不见人影，打电话去问才知道那名流前天就接受了《摩登》里另一个人的采访，不久之后，《摩登》上就有了付安娜为那名流写的专访文章。乔洋忍无可忍，找了付安娜上天台决斗，年轻人火气旺，碰上这种事总要问个明白。

"同事就只是同事，不需要彼此了解得太深入，你有你的想法，我有我的做法。作为同事只有一个目标是相同的——升职加薪，所以我不觉得自己做错了什么。"孰料付安娜的回复却是如此轻描淡写。

"那您又何必每天还带早餐给我吃？同事间不需要这么亲密。"乔洋冷冷道，他已恨不得把她切碎了喂狗。

付安娜眼中掠过一丝寒光，缓缓道："可惜你不吃，你若天天都吃我的早餐，恐怕现在连爬上天台的力气都没有了。"

那一刻，乔洋脑中闪过一千张变态杀手的脸，每张脸都和付安娜的一模一样。

为了不再跟那些女人纠缠不清，为了让自己彻底失去升职机会，以便躲过付安娜的阴谋陷阱，为了能在《摩登》这个虎穴龙潭里安安稳稳过日子，乔洋决定把自己变成一个同性恋。虽然他仍然只爱女人，但在《摩登》这样的环境里，他宁愿假装自己是个死基佬，以便逃过许多无妄之灾。

4

房慧一度认为，这个世界上她唯一可以信赖的人只有古小川。

事实上，身为心理医生的古小川有点长得太帅了，他的帅是那种高端大气上档次、像从广告牌上直接走下来的帅。看起来像中德混血的优良基因在他身上发挥得淋漓尽致，配上被上帝精心雕琢过的鼻梁，两只眼珠隐约呈现蔚蓝深海的色泽，然而毛孔还是略粗的，黄皮肤，栗色头发剃得短短的，鬓角干净地搭在耳沿上方，整体就像某种错位杂交的名贵植物，最后绽放出妖异的花朵。没有人能抵挡古小川的"美貌"，无论隔着多少层衣服，女人都能想象到包裹下藏着怎样平滑结实的胸肌，他的腰腹又圆又窄，包在西装裤里简直就像套在一件瓷器上，尺寸如此标准。起初，房慧总是看不清他的腿，他将它们藏在天然大理石刻制的写字台底下，像一个神秘的王家陵墓，等待勇敢的探索者；后来当古小川身下的轮椅不停滚动，把自己移到她跟前，以便为她换一个舒服的枕头时，她才知道完美男神其实也有他的不完美。

就因为这个不完美，房慧被古小川彻底征服。从某种意义上讲，他们俩有类似的困境，都是外表光鲜，却有难以回避的尴尬缺陷。

"三年前，我跟一个各方面都很优秀的男人交往，他真的是……各方面都优秀，还送我金蛇项链。"房慧强调"优秀"二字的时候使劲吞了一下口水，看着古小川没有表情的面孔，她开始不确定那个男人是否真有那么优秀，"我们约会了七八次之后，都认为时机到了。可是……他碰我的时候，我只觉得恶心，死活不愿意脱掉内裤。我不知道自己是不是病了……从那之后，我又找过几个交往对象，包括相亲认识的，可就是……怎么也走不到那一步。"

"你最近一次性行为是在什么时候？"

古小川的腔调冷冷的，她猜想他大抵是从病人那里听过太多这类奇葩扭曲的事情，耳孔和灵魂都已经麻木了，一个麻木的、坐轮椅的美男子对任何女人来讲都是天大的诱惑。

"我……"房慧觉得喉咙更加干涩了，"大概是五年前吧，他是个律师，人挺好的。"

"当时有快感吗？"

"嗯，有，像浮在云端。"

"后来为什么分手了？"

"因为法国潘诺。"

"什么？"

"法国潘诺茴香酒，我最爱的餐前饮品，清爽而浓烈，像个矛盾综合体，法国人把它称为'黄昏时的漱口水'；只要加冰加水，就会变成乳白色。可他居然说不喜欢，居然说喝起来太腻啦！这种味觉迟钝的男人，我坚决不要！"

她突然激动起来，身下那张厚实的黑色牛皮躺椅稳稳地托住她——它已经托住过太多这样情绪不稳定的病人了。

古小川一言不发，只是不停记录，听到"坚决不要"四个字时才抬起头来，腔调极度冷艳地吐出一句话来："你应该还是处女吧？"

这句话就像钢钉一样把房慧牢牢扎在那把舒服得将她融化的椅子上，她原想回击说"放屁"，却仿佛有个声音在她耳边不停尖叫道："坦白从宽！坦白从宽！"

于是，房慧鬼使神差地点了点头，她甚至都不敢问古小川是怎么发现的，走路姿势？腔调语气？她精心编好的关于性生活的台词里到底哪一句泄露了老底？伪装被撕裂的那一瞬，房慧像是体内有什么东西被卸下了，比剥光衣服更彻底，皮肉不停地往下掉，痛楚，然而轻松。

"可是你不讨厌男人，对吧？"古小川脸上纹丝不动，但房慧猜想他心里一定在狂笑——"我又打败了一个病人！"

她没有说话，接下来她希望时间停滞，记忆被折断。

"你也希望自己被破处，尽快享受到最好的性体验，对吧？"他步步紧逼，房慧看到他手持利剑，正向她防守最坚固却也最脆弱的城堡进攻。

"古小川，你他妈是个混蛋！"其实，房慧的潜台词是——"我马上就要逃走了！"

古小川耸耸肩，摆出一副随便你怎样的姿态。

"你他妈作为心理医生，最重要的工作是安抚病人，对吧？不是把他们搞到下不来台，对吧？别以为你长得帅就了不起，长得帅占便宜吗？对我这样的大妈就可以看不起？就可以为所欲为了你？我告诉你一个字——操！"

"你都没被人操过，能完全理解操的意思吗？"

在崩溃之前，房慧冲出了古小川的心理咨询室；她不恨这个男人，只恨自己有病，是真的有病！

当画皮被毁在一个美男子手里之后，房慧才开始认真考虑自杀的问题，她开车的时候握住方向盘的手都在发抖，回家后好不容易镇定下来，本想对着镜子卸妆，却转到客厅酒柜里取出藏了多年的日本清酒，瓶子都是做成日本艺伎的造型，得把艺伎的上半身拧下来才能倒出酒来喝，精致得让人无法直视。房慧拿出一套粗陶雕花的日本酒具，辅好垫子，开始一杯接一杯地啜饮，带甜味的呛人酒气熏红了她的脸。她酒量其实很差，但还是没有停止，酒精让她浑身发热，毛孔扩张，肚子里像燃起了一团火，一些落寞的情绪亦随之转化为绝望，反正就是很想死。

在将一瓶清酒干掉半瓶之后，房慧才坐到镜子前边，原本是打算卸妆的，然而梳妆台前的镜子里却有个陌生且丑陋的怪物正对着她，橄榄形的头颅，两只眼睛分得很开，眉毛又尖又细，凶巴巴地横在额头底下，下唇厚于上唇的那张嘴微张着，仿佛一直被自己的呼吸困扰。那怪物胸脯生得很漂亮，是能用胸罩勒出乳沟的那一种，无奈衣服穿错了，那种将肥硕的腰腹一并凸显出来的黑色紧身背心，底下是勉强包住屁股的橘色短裙，缺点暴露得干净利落。她突然意识到镜子里那个七七年出生的女人是自己，臃肿、老迈、俗气，属于无论怎么装扮也无法勾勒出气质的女人，却偏偏走交际女王路线，大抵在很多人眼里房慧就是该大的地方比梦露大、该小的地方也比梦露小的"九流御姐"。

房慧之所以不小心走了逆潮流的丰满路线实属迫不得已，和韩剧《我的名字叫金三顺》里的金三顺一样，她属于天生吃货，太婆婆出生于担任御膳房主厨的大富之家，所以历辈与美食结缘。无奈房家主厨无后，只得将专研一世的烹饪绝学传授予太婆婆，太婆婆当时招赘延续家宅香火，几乎代代都出名厨，直到房慧的父亲那一代才断根，房老爸死活不肯做厨子，却爱舞文弄墨，愣是将家族传统抛弃。所幸房慧一出生便对味道敏感，舌头就跟探雷器似的，每道菜吃一口便知道里边用了什么料，油盐酱醋分量几何。原本有如此慧根，房慧应该重操太婆婆的旧业，将祖传烹饪术发扬光大。孰料房慧却是一个出名的懒人，不肯去正规的学校接受培训，喜欢自己一个人宅在家里研究。当然，以房慧的古怪脾气，也自然是不愿意出去上班的，于是租了个厨房空间超大的单身公寓，一个人潇洒过活。之所以能潇洒，兼因她文笔绮丽，大学时代就因在天涯社区发布美食评论文章而广受欢迎，毕业后也一直为各种平媒报刊撰写美食专栏，靠稿费撑起了大龄剩女独居生活的今天。

为了写美食，房慧成了都市里来去无踪的觅食独行侠，逛遍大街小巷胡同串儿，只为找一口爱吃的菜。久而久之，房慧的文章越写越有厚度，身板儿也严重横向发展，到最后成了名副其实的"女胖纸"。胖归胖，房慧仍然不曾放松对自己的审美要求，她衣服越买越贵且越买越露，像是跟谁赌气似的，不仅没把那一身肥肉遮起来，反而像是在炫耀自己的肥美如花。成为美食家的房慧，依旧自由来去一身轻，但她知道自己的症结所在，交过的男友从未上过"三垒"。但同时她又很会拟态，整天在酒吧、咖啡馆里厮混，一派"我是欲女我怕谁"的气场，戴着假睫毛，披着长卷发，穿着真空装，肚皮上的肥肉和一对豪乳齐齐颤抖，手里还时常端着一杯马蒂尼，谁都以为她阅男无数，真相却是圣女贞德。

如今，这个圣女贞德在美男心理医生古小川的刺激下，终于好不容易直面现实，其实很长一段时间里，连她自己都以为自己是交际荡妇，自欺欺人到一种真假不分的境界。这个梦境一旦被打碎，她就完全没办法生活了，眼前一片灰色。

去死吧！

房慧的抑郁如洪水暴发，于是反复思量自杀的方法，对着冰箱里那一包鹌鹑左右为难。这纠结的情形，直到南茜哭哭泣泣来敲她的门才得以告终。

南茜与房慧之所以能结缘，主要还是托南茜负责的《摩登》杂志美食版块之福，房慧为她写了三年半的专栏，几乎食遍城里每一家甜品店。随着房慧知名度的提高，稿费涨了三倍，体重飙了五公斤，这就是走红的代价。随着专栏的日渐火爆，编辑与作者的友谊也日渐坚固，她们既是合作者，又是半个闺蜜，之所以只有半个，是因为房慧在性生活方面的秘密从不与她交心，所以两人算不得知己。

这一次，口口声声"不想活了"的南茜找到正打算寻死的房慧，房慧想了一下，决定把死先缓一缓，听听南茜不想活的理由。

5

南茜第一次见到房慧，是在蓝猫酒吧。

那时两人其实已经用微信和QQ神交了大半年，因为房慧的美食稿新巧有趣，对食物色香味的描述性感诱人，充满欲望情调，而且选择的美食店消费非常平民化，完全不为大酒店的宣传费所动，只写她的"大城小吃"，由此大受欢迎。和大家一样，南茜难免以文字风格去掂量作者的形象脾性，所以在她的想象中房慧大抵是身材妖娆的一枚吃货，处处彰显自己的熟女风情，何况房慧的嗓音要命得好听，像红豆沙冰一样清甜，令南茜心痒到不行。有一回在微信上聊到兴起，两人便决定会面。

那天晚上，南茜特意精心打扮，为了在性感程度上不输给房慧，还在自己的低腰裤上拴了一块狐毛长尾，走起路来尾巴不停地打在右胯上，很撩人。但是，看到房慧之后，她还是自觉输了几分。

房慧虽然比南茜想象中的肥了两倍，但妆容很精致，豪乳诱人，衣着光鲜，手里那个圣罗兰手袋应该是A货，但拿在她手里就没人怀疑不是真的；最唬人的是房慧的眼神，那被弄成烟熏的巫婆般的眼睛里流动着疲倦的光芒，很淡薄，没有穷凶极恶的欲望，笼着忧愁河上的薄雾。

房慧笑起来很热情，作态偶尔像个城乡接合部的大妈，端直柔美，偶尔迈开大腿去吧台叫酒的时候才显得奔放不羁，然而坐回来的那一瞬间会习惯性地抬眼低眉，那属于大家闺秀的格调，有教养的，为了融入世俗环境不得不隐藏的一些节操与优雅，现在那些德行都被归在土鳖里头了。

"抽烟吗？"房慧拿出一支香烟，是韩国艾喜，低焦油含量，薄荷味。

南茜摇了摇头，道："美食家怎么也抽烟？不怕影响味觉？"

房慧笑了，说："装装而已，何必认真？我以前有过一个男人，性能力很强，我后来嫌他太装就把他甩了。"

那一刻开始，南茜就真正喜欢上房慧了，网络上谈得再好也等同于意淫，没人能真正在虚拟空间里交朋友，还是现实中的眼缘最牢靠。

房慧说自己装，但在很多地方她都没装，比如看到有帅哥进来便会条件反射一般插直腰杆，把头别到一个让自己看起来最漂亮的角度，摆出心不在焉的姿态。她那些无聊且有趣的小动作让南茜倍感兴趣，原来泡男人还可以这样。谈到美食，房慧几乎没有什么反应，她说："吃东西是工作，现在我们喝的是酒，把那些玩意放一边。看男人，男人才是女人真正的美食。我以前有过一个男人，也是美食家，那阵子我真是享受。"

那一晚，她们聊的全是男人，房慧好像恋爱经验很满，动不动就来一句"我以前有过一个男人"，但南茜无法忽略一点——自打认识房慧以后，就没发现她生活里有现任男友这回事。

不过即便如此，南茜还是将房慧视为"泡男圣手"，相当于美国情景剧《老爸老妈的浪漫史》里那个能整出一本《泡妞辞典》的风流钻石王老五巴尼。只要南茜跟乔洋的事情一天没结果，她就一天离不开房慧这个情感导师，房慧教过她无数的泡男绝招，结果没一样在乔洋身上起过作用，然而南茜还是对她的意见奉若神灵。这两个女人似乎都无视了一条爱情铁律——倒追的女人永远不会受男人珍视。

原本房慧那些烂招也早该让南茜领悟到这位半闺蜜的问题所在，孰料乔洋的高调出柜却又让她无端地信奉起房慧来。

"慧姐，我算明白为什么当初你教的那些招术都没用了，原来乔洋是GAY。"

房慧心里暗暗吃惊，然而还是保持住了表面的镇静。其实，她挺高兴是这样的结果，至少能让她的秘密不至于被第三个人拆穿。

"我就说，怎么可能没用？你记得，那男人就算对你没感觉，你什么也不管，先把他按倒给睡了，其他事情以后再说。连这个都没能降住他，可见不是同性恋就是性无能了。"这种"马后炮"放起来，房慧顿觉身心舒畅，那个想死的念头也慢慢被南茜的眼泪冲淡。

虽然古小川撕破她面具留下的伤口还在剧烈疼痛，但有了"南茜失恋"这剂麻药上阵，她好多了。用别人的伤痛治愈自己的心病，似乎是人类的本能。

接下来的一个小时里，南茜就把自己如何对乔洋穷追猛打，如何被他百般拒绝，他如何选择了吃她的平民早餐，她如何借机示爱、提出主动献身，结果他又是如何突然当着她的面去舌吻一个陌生妖男的事情一一道来。房慧听得想哭又想笑，想哭是因为她不明白在这样一个自杀之夜为什么见到的最后一个人居然是南茜，想笑是因为她没想到南茜会碰上这样的奇葩爱情。

叨完之后，房慧还来不及表达意见，南茜便猫一般扑倒在她脚下，抬起一张楚楚可怜的脸蛋，柔声道："姐，这回您一定要帮我的忙！"

"他既然只喜欢男人，我还能帮什么忙？难不成要我去帮你把他掰直？"

话一出口，房慧就很想扇自己嘴巴，因为她发现南茜就是想让她帮忙去把自己的心上人掰直。

"亲爱的，所谓掰直就是我得勾引他，你知道的吧？"

"知道，姐。"

"就是我得让他爱上我。"

"知道，姐。"

"就是我得跟他上床，让他从此不反感和女人做爱。"

"知道，姐。"

"……"

"那你凭什么认为我就能把你心爱的乔洋掰直呢？我已经不年轻了，我七七年的，他是八八年的，我们差了十一岁，那种没脑子的小男生只喜欢苍井优或者苍井空，你是怎么想的？"房慧现在很想去药箱里翻翻有什么可以治脑残的药给南茜吃两片，中情毒的女人太可怕了。

"但是我，哦不，是我们《摩登》杂志社的全体女编都坚信，只有你能掰直我的男神！"

"为什么？"

"因为你有魅力、有思想，人又善良，而且……最最重要的是，你一直是乔洋心中的女神！"

房慧嘴里的一口咖啡差点全喷在南茜那一脸的殷切上。

没错，乔洋心中的女神是房慧，但他并没有见过房慧。征服乔洋的是房慧那些精致入味的美食文章，她写的每个字仿佛都色香味俱全，对他产生致命的吸引力。乔洋会带着房慧的文章，找到她吃过的每一家餐厅，尝她推荐的每一道点心、菜品；在房慧的引导下，乔洋学会在咖啡里加盐，如何识别是不是有机蔬菜，吃生煎不蘸醋，每周五傍晚赶到老城区某条胡同里的一个小摊车上买一碗煮牛杂。房慧以文字的形式融化在乔洋的生活里，每一期出刊，他都会把杂志急急翻到"大城小吃"这一栏，然后大喊："我好爱房慧姐！"

　　乔洋与房慧那时连神交都称不上，他们以完全迥异的方式各自知道对方的存在，却从来没想过要在现实里见面，尽管见面是如此方便的事情。尤其是南茜在见过房慧真身的第二天，就在办公室宣布"房慧是个胖子"，乔洋一听便瘪了嘴，他最讨厌胖女人，哪怕文章写得再好，美食吃得再精透，也只是个女胖子而已，他不能接受。所以，即便只是做朋友，乔洋都提不起兴趣来；这不是他太过以貌取人，而是他需要房慧在他心里保持完美形象，见面就会破功，他不乐意，他希望这城市永远有一个与他时常擦肩而过的小女人，身材苗条，五官清丽，穿着棉长袍，手执一只烟火图案的淡色手袋流连在各个餐饮小店，有时候只是坐在油腻腻的桌子边吃一碗小馄饨，那姿势都有别于常人的优雅。

　　是的，女神就是想象中的愿景，一种甜蜜的意淫，乔洋希望能将它捍卫到底。

　　但是，房慧似乎并不这么认为，她已经意识到这个游戏的有趣之处了，虽然不可能成功，却不能不点头。因为在古小川那里的挫败感，她需要在另一个男人身上消解掉，尽管凭她的阅历与经验，也早就判断出乔洋是那种自恋、重节操，同时还特别挑剔的男人，但她还是决定接受南茜的请求，反正连死都不怕，还怕一个比她小十一岁的小男人？

　　于是，以一支雅诗兰黛小棕瓶（精华液）为代价，南茜蛊惑房慧走上了一条人生岔道，起初她们都以为那只会是段小插曲，谁也没想到事情后来会朝着令人瞠目结舌的方向去发展。

第二章

汤品——牛尾清汤 > > >

1

南茜与房慧达成交易的次日晚上八点，房慧去了清鱼茶园。

如果说古小川是房慧的心理医生，专门找出她的病灶来，那清鱼茶园的女主人鱼满月就是直击病灶的良药。在房慧的印象里，似乎从她出生开始，清鱼茶园就已经存在于这座城市西北角的那个角落里了。鱼姐总是穿着悠长过膝的丝绸褂子，边角绣满了曼珠沙华，灰绿的香云纱裤子刚好盖住脚面；一对斜长的眼睛总是半掩的，似乎有一兜茶水泡在里头还未斟出来；头发从来不染烫，浓黑缎子一般披在背上，末梢微卷，这令她完全与时代脱节，像是沉醉在民国岁月里不知归路。

鱼姐很"过时"，但她很潮。

时尚其实就是一种微妙的坚持，只要你一直固守某种生活原则，没有丝毫随波逐流的意向，就能彰显个性，久而久之反而就开创了属于自己的风格流派。鱼姐就是这样一个女人，皮肤完全出卖了她已过不惑之年的秘密，但她坦然，腰腹的赘肉被遮在宽松精致的中装里，任何有浓烈色泽的化妆品都几乎未沾过她的脸，所以她眼角鱼纹纵生，嘴唇有一点青紫，手背上的青筋仿佛在诉说一个女人曾经的苍凉。当然，鱼姐从未隐瞒自己的过去，作为开茶园的老板娘，她保有一定程度上的坦诚，客人不喜欢遮遮掩掩的老板娘，他们需要知道她一定的来龙去脉，才能确认她是否为人真诚。

"我这个人很笨，不会做生意，也不懂得职场那一套，所以就只能在这儿泡泡茶，过点安静的日子了。不为钱，就为那份情趣。"

当初房慧就是被那份情趣迷住了，才屁颠屁颠地隔三岔五往清鱼茶园跑，以为一口茶能清洁她的味蕾，让她品得出食物更多未被挖掘出来的味道。倘若房慧多走几家茶园，就会发现所有在那儿坐镇的老板娘都是这套说辞，就跟演员明星清一色说自己"最大的理想是演反派"是一个道理。

但是，鱼姐有鱼姐的待客之道，她就像酒吧里那个永远话不多但又倍显可靠的酒保，嘴里装着满满的心灵鸡汤，谁跟她说心事，她都能把人家宽慰得五体投地。

"鱼姐，你说我又老又难看，可怎么找男人呀？"

"有些女人是杂志，有些女人却是书，男人最初都会被华丽的杂志封面所吸引，但翻过书以后就会彻底迷上书。你这么厚一本书，跟那些年轻漂亮又肤浅的杂志比什么？"

"鱼姐，我又失恋了。好浮躁！好不甘心哟！"

"失恋是最好的人生调味品，你只有把那个人从心里彻底去掉了，才能完全放松，然后去关注一些别的事。来，给你泡个水仙，清口怡人，最适宜忘却。"

"鱼姐，你觉得如今这个世道怎么样？"

"不管怎么样，我们都还是做自己的人，我还是喝自己的茶。世道在我这里，就是一茶一座一枯荣。"

"鱼姐，你这把年纪了还找得到男人吗？"

"我不找男人，我只找茶。一口好茶，抵得过十个好男人。"

"所以鱼姐啊，你是很久没享受过高潮了吧？"

"……"

鱼姐就是用那狭小的茶室、两个包厢和楼下大堂的一张花梨木长条台子，搭建起了专属于她自己的天地。谈天说地讲得比谁都通，表面功夫做得比谁都淡定，举手投足显得比谁都优雅，卖茶叶、茶具斩得比谁都狠辣。尽管房慧不是个蠢女人，也早就见识过鱼姐骨子里的精明城府，然而那里的茶水就是让她上瘾，她不得不去。不知为什么，只要推开清鱼茶园的门，看到鱼姐绾住发丝的那根绿檀木簪子在橙黄的灯光下泛起薄薄的涟漪，她就倍感安心。

更何况，了解鱼姐底细的人都知道她绝对不是省油的灯，有着不外露的艳骨，会把裙下之臣耍得团团转。有一阵子，房慧光顾茶园的时候经常看到三个男人坐在大堂里品鱼姐泡的茶，她不知不觉地也跟着坐那儿闲聊，三个完全不同年纪、不同款型、不同身份背景的男人品饮相同的普洱，还喝得神清气爽、茶气外冲，搞得他们脸都红红的，后脖梗上热汗直冒。后来听鱼姐自己说那三男都做过她的入幕之宾，严格来讲也算是情敌，居然能坐一张桌上喝茶也算是奇迹，这充分证明鱼姐是多么有手腕的一个女人。后来，当鱼姐身边又出现一位比她小九岁的画家情人时，那三个男人就齐刷刷地都不见了，好像是她之前因无聊变的一个戏法。

所以房慧将鱼姐奉为神灵，她是真正的隐世高手，开得了茶园，玩得转男人——开茶园不算牛，玩转男人才是真本事。无论在哪个时代，男人和女人都以"谁玩得转谁"为人生最大目标，有时候竟比升官发财还重要。

作为个中高手的鱼姐，自然是房慧学习效仿的对象。但可怜气质是一种极其残酷的东西，它根植于人的骨子里，所以鱼姐穿着合适的衣服，房慧根本不能穿，也别想拿把银钗子别头上就能端秀灵动了，她还是如此木讷的德行，没办法光彩照人。三十多岁的女人会败在五十多岁女人的手里，那是因为她不自信，愚笨如房慧，就是经常输人一等的那一个。

　　"鱼姐，江湖救急！"在一气买了三饼熟普洱之后，房慧才敢把心中大事向她透露。

　　"这话好笑，人世上哪有什么急事大事？所以咱们不妨慢慢说。"鱼姐心满意足地拿过钱，给房慧泡了一壶正山小种。

　　于是，房慧一面喝正山小种，一面将南茜托她做的事情讲了一通，那意思总结起来就是——要姐泡个比自己小十一岁的男生，姐估计是干不好的，求鱼姐支招！

　　"哼！"鱼姐迅速对房慧上下扫描了一番，"凭你的姿色……咳咳，我就暂且称你那也叫姿色吧，就完全与小男生无缘。看看那边。"

　　她往刚刚推门进来，直冲楼上包厢的某个大腹便便、头顶半秃、胳肢窝里夹一个牛皮小包的男人身上一瞟，继续说道："也就这样的款型才有可能看上你，你那个叫南茜的闺蜜可是够眼拙的。"

　　尽管被鱼姐打击得体无完肤，房慧还是觍着脸求她，说："那您说，我该怎么办？拒绝掉？"

　　"那多没面子呀！"鱼姐笑得跟狐狸精似的，民国范儿突然变得森然可怖，"你一味麻醉自己，把自己想象成魅力无敌的美艳御姐，根本容不得别人捅破你那层虚幻的窗户纸，还能拒绝这样的小事一桩？硬着头皮上呗。"

"那……那要怎么上？"

"首先，别学我，我的行头是长在我自己身上的，你学不来那腔调。懂吗？"

房慧猛点头。

"其次呢，也不是完全没有机会，虽然百分之九十九点九是铩羽而归的下场，但人不能放弃希望。你得自信起来，不是说你穿个暴乳装就是自信，你得真正自信起来。"鱼姐用一种审视绝症病人的眼神看着房慧。

"那要怎么自信？"

"你的长处呢，是做菜，这个我了解。是人都有一个胃，哪怕他是同性恋，食欲旺盛的年轻人，性欲也旺盛，所以跟他睡一觉应该不是难事。"

"那要怎么睡到他？"

"你得先认识他，让他对你的第一印象不太差就成。"

"那要怎样才能让他对我的第一印象打高分？"

"很简单，拿他当小孩看，一个劲儿强调他是个孩子，你根本没把他放在眼里。"

"啊？"

"啊什么啊？这种轻熟男，在女人堆里太受欢迎了，被一群狼女捧着含着宠着，自然嘚瑟得不得了。你就偏不拿他当盘菜，他才会觉得你特别。这男人啊，不怕碰上美女，就怕碰上不理他的女人，你越是不理他，他就自动会关注你这个人。男人一关注，就说明他动感情了。"

话毕，鱼姐笑吟吟地拿起手绘一尾青鱼的米瓷茶盏，微微抿一口茶，吐了一口气，那气息里都是茶香。

"那然后呢？"

"别急着听然后，先把这第一件事情做了，成功以后再来问我下一招。这锦囊妙计是要一个一个拆开的，哪有一气全都拆给你的道理？"

于是，房慧诚惶诚恐地又喝了三泡茶，将自己炖了五个钟头的一盒灵芝花胶汤交到鱼姐手里，然后郑重告退。

房慧前脚一走，鱼姐便将那炖汤放到一边，不再看半眼。此时，她的眼睛是失焦的，像在看手机上的时间，又像是什么都没看，空荡荡的表情。那画家情人正在家等着她，但楼上包厢里的客人没走，她就不能打烊，这叫敬业精神。她还是一个人坐在那里，模糊想着房慧的事情，越想越皱眉。

门上那个铜制风铃发出叮当几声，然后滑进来一个男人，纤瘦、英俊，穿米色套头毛衣，身子底下的轮椅发出轻微的电动马达声。

"近来可好？"古小川拿起房慧喝过的茶杯，自顾自地将里面的汤水一饮而尽。

鱼姐顺势将那只杯子又斟满，笑着回道："我永远都是老样子，你今天过来，一定是你近来不好。"

"也不是不好……"他面露尴尬，"就是心情有点纠结。"

"怎么？又有一位病人被你治到自杀了？"

"不是，是有个女病人昨天骂了我。"

"你们心理医生就该被骂，整天只负责忽悠和开百忧解方子，没一点实际的治疗方案。"鱼姐突然发现自己最大的乐趣就是损古小川。

"一个七七年的老处女，把我骂了。"古小川苦笑，"在她来之前，我刚给一个吃老婆煮的饭之后就偷偷去卫生间吐掉的男人开过药，你说这世界是怎么了？"

"这世界不会好了。"鱼姐冷冷道，"如果这世界还是好的，要你们心理医生干什么？如果心理医生管用，还要我这样的人存在干吗？"

"按照职业要求，我应该镇定，心里波澜不惊才是。可我当时真有点恼火，就……就骂回去了。"

"如果说她是性压抑导致的暴躁，那你又是为哪般？"

"我也搞不清楚这个问题。"

"所以你在点出那女病人症结的同时，也想到自己的隐痛了吧？"

她和他都不约而同地盯住了那个轮椅。

"不会吧？我早就习惯有它了，也没有觉得自卑。"

"但如果你其实心里有一点在意这个女人，就会情绪不稳定。"

"这个……"

"别这个那个了，人生一世，草木一秋。尝得到的感觉多了去了，尝不到的，尽量去尝，别留遗憾。"鱼姐将那盒灵芝花胶汤推到古小川手边。

他打开，香气即刻盖过了正山小种的甘味，吃一口，顿时每条肌肉都发胀发热起来，胃袋像被一层温暖的薄膜贴住了，忧郁随着那滋味蒸发得一干二净。

2

弄堂咖啡馆的咖啡是一绝，老板亲手料理的手泡，喝得人神清气爽，又带一点微醺的性感味道。乔洋不喜欢咖啡，他钟情奶茶和碳酸饮料，而且怎么饮都不发胖，这是年轻人的专利。但南茜似乎要老派许多，她吃过一块抹茶蛋糕之后就沉浸在咖啡的蛊惑里，乔洋对她翻了好几个白眼，一言不发地望着暗沉的天色。

今天乔洋摆谱是有道理的，他已经跟南茜坦白了性取向，还特意远离这帮女人，她竟然还不死心地约他出来谈谈，这不是有病吗？传说中的花痴是存在的，但乔洋显然不喜欢死缠烂打的女人，事实上所有男人都不喜欢。之所以他今天还是勉为其难地同意跟她出来，兼因她反复强调说："今天带你见一位超级女神，你仰慕已久的，所以一定一定要来！"

没错，做时尚杂志的编辑挺占便宜的，可利用职务之便结识许多娱乐圈的大腕，所以当时乔洋满脑子周迅、Angelababy、范冰冰，因而当房慧出现在他面前时，他彻底疲软了。

相反地，房慧看到乔洋，精神头就足了百倍。

因为乔洋没有房慧想象中那么浮夸，他好似城市里一道很淡薄的风景，什么都恰到好处，耳廓上凝着一道浅紫，眼睛里都是清明的光，唇角翘翘的，微笑仿佛凝在两边，头发散发出香甜的草莓味，右手中指根处生一粒细痣，像是为他心不在焉的表情做了一个怜悯的注解。他就只是个孩子，还在等待被某些事情击碎自负，受宠令他目空一切，也让他变得永远欲求不满。在房慧眼里，乔洋就是在地铁站与她擦肩一百次也不会互相回头看一眼彼此背影的那种存在。

他们没有缘分，他们也不来电。

但房慧是喜欢这样的男生的，干净、斯文、单纯，最重要的是干净和单纯，她见识过太多眼神污浊的男人，时间在他们身上留下了的每一个俗笔都暴露无遗。但总有一些漏网之鱼是可以逃过这一劫的，他们保持着某种贞操，像灵魂处女一样生活，对性事既不沉迷也不抗拒，所有放荡的行为都安放在最秘密的地方。

房慧一眼便知，乔洋就是这样的人。

乔洋看房慧，目光是冷的，他没办法不冷。在这个年纪，唯有看到长发大眼、纤腰细腿的花样女子，眼睛才会发热。他的爱情辞典是早在第一次手淫的时候就写好了的，从来没有出现过"大妈""姐弟恋"这样的字眼，尽管他爱过比自己大好几岁的女人，但对方后来对他在肉体上的疯狂索取令他几乎崩溃，那种丰满的、捏到哪里都肉鼓鼓的感受至今想起来都令他胆寒。当然，乔洋不会把这件事告诉任何人，那是他封存于记忆里的一个噩梦，爱得癫狂，之后转为毁灭。眼前的房慧，比他任何一个前任情人都要难看十倍，虽然她坐下的时候、喝甘菊茶的时候、笑的时候、看人的时候，都是如此温和，不带一点攻击性，当然她本身就是个不具侵略气质的女人，似乎天生就具备一些特殊而尊贵的教养，衣着与品性严重不符。她让他想起自己身边所有稍微明些事理、勉强与时俱进的三姑六婆们，都像是竭力隐藏弱势，想要不被时代所抛弃，但往往有心无力。乔洋基本上是看不起这样的女人的，但他不得不承认自己被房慧的文字捕捉住了，他爱她那些对美食挑剔而精彩的评论，他甚至会想着那些句子蒙在被子里打飞机。她的脑子里有魔力，比她的外形要性感，所以他第一眼看见她的真身，就确认自己永远不可能爱上她。

房慧坐在南茜身边，就像南茜和乔洋两人的妈。其实，服务员端着咖啡走过来的时候心里也是这么判断的，后来看到房慧的言行举止才知道猜错了。

"这位就是你的偶像，你的女神，女食神房慧。"南茜做了一个很夸张的介绍。

"啊，麻烦你说话的时候别把舌头伸出来，小心我给你剪了。"房慧说话的声音异常的轻,似乎很累,也很刻毒。

"是啊是啊,我好崇拜你的文字。"乔洋歪了一下头,习惯性地装出一脸萌样。

"谢谢。"房慧撇过头去,对南茜道,"最近我看了新版的《了不起的盖茨比》,拍得糟透了。"

"是吗?"南茜瞪大眼睛,表示不服,她是莱昂纳多·迪卡普里奥的忠实粉丝,"我觉得不错呀,挺华丽的。"

"可是小说里的几个很重要细节,电影都给忽略了,挺可惜的。比如……"

接下来的整整一小时,房慧都在跟南茜谈论电影和小说,她们似乎已经忘记了乔洋的存在。偶尔乔洋插一下嘴,房慧会抬头看他一眼,极其敷衍地点一下头,继续和南茜聊天。

她没把我放在眼里!

乔洋的内心开始翻江倒海,他从未想过居然会有大妈完全无视他!平常他只要卖个萌、耍耍宝、露出一脸阳光灿烂的牙膏广告式的微笑,那些老女人就会把他当成宝。他不是有意勾引她们,但也早就意识到这样博取好感能为他带来许多意想不到的收益,就像男士永远会为开车的美女让出自己原本可以先占的停车位。但是,眼前这个老女人似乎根本不吃他那一套,她温和而漠然,偶尔讲几句话,她都是拿一副"你能理解我们的意思吗"那样的表情看着他。

他意识到她对他的蔑视,甚至是带点鄙视,在她心里他轻若鸿毛。他自觉从未在任何人心里轻若鸿毛,只要他愿意,他可以征服全世界。但房慧现在的每个举动都让他自卑,她是如此不在意他,对他讲话总是会放慢语速,每个句子都琢磨得很通俗,像是怕他听不懂。总而言之,乔洋渐渐感觉到房慧根本就是把他当弱智。

这样的女人，他讨厌透了！于是他暗暗发誓，坚决不会再跟她见面，坚决不会再跟她多说半个字，今晚结束后也坚决不会开车送她回家！

优越感被击碎之后，体无完肤的乔洋要提前起身退场。

南茜急忙跟着站起身来，道："再坐一下嘛，怎么那么急？"

"我要回家看《好汉两个半》，有最新一集的下载了。"乔洋破罐子破摔。但是，他的心里却有另一个声音叫嚣道："我他妈就爱看这种没营养的美剧，怎么啦？"

"那就以后再会吧。"房慧也站起来，绽开一脸客气的笑，"还是早些回去比较好，反正我们聊的内容估计你也不感兴趣。"

言下之意，她觉得她和南茜说的东西他根本不懂，只能逃掉。

乔洋再次觉得受到了侮辱，不过他也有些意外，女人之间不是只会聊化妆品和娱乐八卦吗？怎么还会说到安倍晋三？说到电影剪辑？这个女人真是太可怕了，她今天居然都没有说到美食！没办法，他只好在十五分钟内看了五次表，每次都皱着眉，手机上的朋友圈一刷再刷，在没有红点提示的情况下，他给所有最无聊的微信内容都点了赞。这是一种煎熬，他见识过特别能装的女人，假清高，故意损人，以便显得自己出类拔萃。也有一些重口味的女人喜欢相野蛮的男人，把清爽俊朗的一律视为性功能低下患者，她们那种鄙夷是泛着无知的酸气的，但乔洋能识别得出来，他不是一张白纸，具备一个轻熟男应有的眼力。

可房慧区别于以上任何一种，她并没有做作，甚至间中还架过两次二郎腿，吃东西也很爽气，言谈里偶尔会爆一点脏话，笑声也像是发自内心的。因为她不装，才让乔洋恼火，女人在男人面前不装就代表她不在乎他。他受不了这种不在乎，可是为什么呢？他对她一点兴趣都没有，甚至厌恶她！

为了掩饰五味杂陈的内心，乔洋只得继续坐了半个小时，那过程像在受刑。直到房慧说了句"差不多了"，三个人才一起站起来。南茜怂恿他们互加微信，房慧怔了一下，然后很大方地将微信调到扫描状态，乔洋也调出自己的微信码，这是两个人第一次显得亲密了，互相加好之后，房慧还主动向他打了个招呼。这更像是一种冷静的亲切，不带任何非分之想，让乔洋觉得很可恨，但他不能表现出来，只得回复了一个笑脸。

于是，他们可以互相看到对方朋友圈的状态了，直到乔洋上车以后把房慧设置在"无法看到你的朋友圈相片"为止。

这个死女人，他今生今世都不想再看第二眼！

房慧和南茜是打出租车回去的，因为乔洋说有事要去另一个地方，她们似乎谁也没觉出他的不快，他的笑容还是很阳光的。

刚刚坐上出租车，南茜就几乎揑住了房慧的脖子，狠狠说道："姐，你是不是对乔洋一点兴趣都没有？一晚上都没认真看过他半眼。"

房慧取出化妆镜仔细打量自己的妆容之后，缓缓回应道："我对他有没有兴趣不重要，但看得出来他早晚都是你的人。"

南茜听了，心里跟灌了蜜一样。她大抵是做梦都想不到，一个月以后，她的男神就跟房慧搞出了惊天地、泣鬼神的爱情故事。

3

　　古小川决定做不婚主义者是在十四岁那年的夏天，先天残疾并没有影响他的心气，尽管他从没见过自己的父亲，但母亲很温柔，将他宠成了王子。他时常在镜子里仔细端详五官，希冀能从中判断出父亲的相貌。这也许是个无法解透的谜，母亲比他更骄傲、更讲究尊严，她总是被一层麝香味包裹着，像永远停留在旧时光里的一张老照片，丝绸袍子与实木地板之间摩出唑唑的倾诉之声，仿佛那就是谜底。

　　"跟我讲讲爸爸如何？"少年时代的古小川总是喜欢拖住母亲的衣角，檀色海棠花纹的布料在他掌心里缩成一个冰冷的核。

　　"你没有爸爸。"

　　母亲的答案蛮横无理，像一张封条粘住了儿子的嘴，也屏蔽了他对父爱的渴望。

　　母亲并不病态，她和大部分单身女人一样正常，疼他如命，让他接受最好的教育，努力为他炮制光明的未来。两条萎缩的下肢并没有给古小川带来苦恼，甚至他是有优越感的，面若冠玉的残疾少年永远受欢迎，女生会主动上来给他推轮椅，穿着花色艳丽的蓬蓬裙在他面前走来走去，或者故意笑得很大声以便引起他的注意。

　　所以，古小川的情史开启得很早，他当然也是挑了最漂亮的女生来满足对异性的探索，那女生的腿又长又细，是班里跑步最快的一个，眉毛很浓，刘海总是在上方一跳一跳的，充满活力。虽然是她主动追求的古小川，但古小川也很快被她迷住了。他们如胶似漆，好几次计划要偷尝禁果，可当古小川褪下裤子的一刹那，那女生突然尖叫着一把将他推开，落荒而逃。

古小川那两条腿变形很严重，宛若精美如太阳神雕塑的胴体被安放在两棵软趴趴的、生得七拐八扭的歪脖子树上。他之前从来没有意识到自己的腿形是个缺陷，因为母亲似乎很宝贝它们，每天做按摩，用干净的温水擦拭，似乎它们是她珍藏的一件古董。

从那天开始，古小川就发誓永远单身，他无法再彻底相信一个女人，真爱在那个时候就已经被蜡封了，尽管后来他还是和所有男孩一样经历了一些性事，也交往过几位出色的女性，她们并未嫌弃他的畸形，反倒使他介怀。

古小川之所以去搞心理学，是因为他始终认为女人是天生擅长说谎的奇特动物，内里一定藏着个恶魔，只是弗洛伊德与荣格还未挖掘透彻。他做心理医生，就是为了从心理学的角度剥开她们的画皮，拆穿那一张张柔媚的面具。他乐于看到女人在他跟前体无完肤，这让他有快感，她们还不能怪他，谁让他是心理医生呢？他干的就是撕画皮的职业。鉴于大多数女性对心理医生肤浅的认识，她们基本上都被古小川耍得团团转，成为他消遣乃至报复的牺牲品。

但是，房慧骂了他，他从来没被女病人骂过，因为大多数女病人都是他的仰慕者，如果他愿意，就可以对她们居高临下一辈子。

不过，我们今天讲的这个故事，可不是日韩偶像剧，没有女人耍耍刁蛮就能虏获高富帅这样做梦一般的好事。房慧的确是让古小川又惊奇又气恼，但他其实更在意的是另一个女人，比房慧难搞多了。

"前几天，有个同事买了一只GUCCI的包，大家都觉得好看，只有我觉得那包特别丑，又不能讲出来，只好跟着大家一起拍她马屁。可是回到家里，我越想越气，为什么真心话都不能讲了？我们活在一个多他妈虚伪的世界里！想着想着，我就号啕大哭，我恨这个世界，我恨那只难看得跟破皮饺子似的GUCCI包，我恨死了！不行了……我……对不起，对不起……"

女人眼圈红红的，瘦得跟ET似的扁薄肩膀不停地颤抖，空气里弥漫着迪奥经典款香水的气息，眼线被泪水冲成一坨散糊，在眼眶周围枯成了两摊墨荷。她其实有一副很古典的长相，但穿着似乎很前卫，刻意彰显对品牌的喜好，香奈尔连衣裙把她的屁股包得又扁又平。她坐在那儿哭得像个鬼魅，躺椅上的皮包厚海绵似乎一点没有凹陷，让古小川怀疑这人到底有没有体重这回事。

"你是不是一直想买个GUCCI包？"古小川的剥皮游戏开始了。

"我……我没有……"她张了一下嘴，像是刚刚吞进了一只活蟑螂的表情。

"真没有？"他摆出明显的不信任她的姿态，这对心理医生来说是大忌，"那好吧，其实如果那个包确实难看，你不妨在家里多咒骂几声，无妨。"

"可是……可是……我确实想要那个包！那个女人就是存心针对我！她有多坏你根本不知道！其实那个包是我先看中的，我还发了微信，被那婊子看到了，她就早我一步买了。真恶心！"她哭得更厉害了，脸上的妆溶了一层又一层。

"她还有什么地方让你觉得恶心？"

"她说话的声音也挺恶心，拿腔拿调的，每次来公司都拼命炫耀自己买了这个包、那个衣服的，呸！"

"你是什么时候开始觉得她很恶心的？"

"这个……"她想得很认真，"我记不得了，好像是……我进公司的第一个月，她包了个夜场开生日派对，把我也叫去了。我刚走进夜场，就看到四个男人裸着上身，涂了荧光粉站在台上跳舞，说是她请来的。那时候，我就觉得这女人怎么这么恶心？生怕全世界不知道她有多滥交！"

"你有没有觉得……对她的敌意是来源于嫉妒？"

他尝试剥开她更深层次的肌理触探本质，很多女人一直没意识到嫉妒来源于自卑，她减肥减得那么瘦，进来的时候妆容无懈可击，走路每一步都在注意姿势是否得体，但坐下来五分钟以后就开始全面崩溃，这种强迫症会要了她的命。

"怎么可能？"她尖叫道，"公司里比她年轻、比她漂亮的女人一大把！我何必要嫉妒和我年纪差不多的？而且她相貌最多算中等，完全就是个没品味的俗气女人。"

"她结婚了吗？"

"没有。"

"她结过婚吗？"

"没有。"

"她进公司比你早吗？"

"我们几乎是差不多时间进来的。"

"会不会因此有了攀比心态？"

"不可能！"

"……你多久没有谈恋爱了？"

她怔了一下，艰难地摇了摇头。

"好了，我们下次聊吧。"他看了一下手表，一小时，刚刚好。

她站起来，走进卫生间里去，关上了门。出来的时候，妆容又恢复到哭泣之前的精美程度，待拖鞋换成高跟鞋之后，自信便重新长回她脸上了，那咄咄逼人的美全盘颠覆了之前的脆弱。

"下次见。"她头颅高仰，以为自己是女王。

"下次见。"他微笑颔首，与先前一样平和冷静。

待她走出去，他才重重地往椅背上一靠，嘴里冷不丁冒出一句："说谎的女人真可恶！"

他意识到她讲的话里有很多鬼扯的部分，因为聊天的时候她的右手手指一直在不停敲打躺椅边缘，偶尔会吞一下口水，像是喉咙干涩得不行，喝多少茶都一样。但是，他猜不透她说的东西究竟哪些地方在鬼扯，她让他想起母亲，都披了一张端庄得让人恐惧的外皮，一旦卸下，就变得不堪一击，可是这不堪一击里仍有一点城府，有假装的成分在。因为示弱往往使女人在很多方面更占便宜，所以母亲虽然在人前永远是娇滴滴的样子，连端个碗都要翘着小拇指。认识她的女人都痛恨她，男人却都喜欢她，这让母亲永远立于不败之地，除了与父亲的那段关系。

付安娜又在整理衣橱了，成堆的品牌服装，上百个包包和披肩，加上数目可观的围巾，她心满意足地被这些色彩斑斓的玩意包围着，与其说是整理，勿如说是要直接丢掉一批她永远不会再拿起来穿戴的垃圾。这是付安娜最大的爱好之一，她在自己有限的仅仅五十平米的房子里，堆出了一个奢侈品的天堂，鞋子已经从书架直堆上天花板，香水摆得床头上都是，她就每天睡在一堆CD、兰蔻和三宅一生里。至于房子，在付安娜的概念里就只是个堆行头的仓库，她每个月入不敷出的日子就只配租住这样的地段，早上要赶两个小时的地铁才能到《摩登》上班。

对，这些包包和衣服就是付安娜的命。为了这条命，她必须努力往上走，争取升职加薪，有更多的赚钱机会，抢走一切可能抢走的采访时尚产品发布会的机会，以便拿到丰厚的车马费。付安娜自觉活得很精彩，然而也很累，因为她几乎永远不说实话。在公司里，说实话是不太有必要的，付安娜一直认为职场是需要把面具加厚的地方，随波逐流很重要；所以南茜她们对陆安安拍马屁，她也拍，边拍边说其他几个人的坏话，她知道这样能得到更多外采的机会；南茜她们喜欢乔洋，她便跟着去喜欢，虽然她开始的时候也不讨厌乔洋，谁会反感阳光男孩的存在呢？直到后来乔洋开始威胁到她的江湖地位。

所以付安娜焦虑，她想好好看清楚自己，她总是把自己伪装成富可敌国的上流淑女，久而久之连她自己都相信了。但是，她也意识到有什么地方不对了，每次容光焕发地走进简陋仓库似的蜗居，她就有种错乱的纠结感，她不知道该把自己摆在哪个位置，是穿高级定制服装的那个付安娜，还是悄悄吃方便面、泡咖啡馆永远想办法让别人买单的付安娜？

这种错乱的状态让付安娜不堪重负，她决定省下每个月做SPA的钱去看心理医生。当然，在心理医生面前她也不讲实话，但她喜欢这个心理医生，在那里她才能放肆地流泪，说谎说得过瘾，心情也跟着痛快。

松快的付安娜，就这样边哼"你存在，我婶婶的脑海里"边翻出那只GUCCI包，那只她刚刚跟古小川说某个女人买的巨丑的GUCCI包，那个女人就是她自己。

4

"那下一步怎么办？"

房慧像狗一般吐着舌头扑到鱼姐跟前，她自认昨天在乔洋面前表现极佳，既没有过分表现对他的轻视，又能让对方自己琢磨出那些味道来，人最怕的不是轻易看得穿的东西，而是三思之后才体会到的真相。她虽然性经验不足，但人生阅历总归是有的，演技很过关。

"下一步嘛，你得靠南茜了。"鱼姐慢条斯理地为她斟上一杯金骏眉，"再让她安排你们见一次面，你得表现出对他的欣赏，然后让南茜拼命在他跟前说有多少男人拜倒在你脚下过，这是关键一步，配合得好，你就大获全胜；配合得不好，你和那小伙子会老死不相往来。"

"你的意思是成败全在南茜？"

鱼姐再不言语，继续用木柄锥子撬一只茶饼，茶饼在纸盒里频频发出轻微的爆裂声，黑色茶块纷纷落下，没有一点香气。

房慧不敢再多话，付过茶钱之后匆匆离去。

鱼姐突然手劲增大，茶饼终于裂成两半，她轻叹一声，自言自语道："要变成好茶，必须要破开它，破了才能醒，醒过才能喝。有些人，就是死活都不懂这个道理。可惜，可惜呀……"

于是，可惜的房慧再次与南茜在弄堂咖啡馆接头，这一次，参与密谋的还多了一个阿青。要在十八年前阿青肯定会把乔洋这样的抛到脖子后头，可如今她竟把某个穷得连条内裤都买不起的所谓艺术家接到自己的公寓悄悄同居，阿青还是希望能体验一点人间冷暖。曾几何时她内心已经默默地将乔洋和南茜凑成一对，倘若讲她将那些注定要谈崩的恋爱视为自己的人生修行，那么周边"有情人终成眷属"的肥皂剧戏码就是她仅存的一点俗好。

"哇噢！哇噢！哇噢！"见完房慧，阿青发出夸张的美式惊叹，"我说小茜姑娘，我觉得你还不如好好找乔洋谈谈，直接请求跟他开房试一试，万一其实他自己也想被掰直呢？"

"他要是肯的话，我还费这么大劲儿？"

南茜冲阿青翻了个白眼，其实如今整个《摩登》编辑部都充斥着她搬外援拯救爱情的传闻，唯有乔洋和上司陆安安还被蒙在鼓里。在这样的特殊时期，女人们都心照不宣地放弃了早餐攻势，乔洋只好每天上班打卡、开完早会之后找机会溜到楼下的85℃买咖啡和纸杯蛋糕吃。南茜最反感私事在办公室内被传得沸沸扬扬，但如今基本每天都会发生类似的事——午饭时，小桃就带着卡哇伊的便当盒往她身边一坐，面带一脸甜笑地问道："怎么样？被掰直了没？"

下午五点整大伙儿都在掐着秒针等下班的时候，付安娜那阴恻恻的QQ头像就会在电脑上闪动，然后抖出一个窗口："怎么样？被掰直了没？"

半夜十二点，她准时上床睡觉，手机总是冷不丁冒出微信提示音，打开就看到阿青的留言："怎么样？被掰直了没？"

所以很长一段时间里，南茜与几个女同事之间打招呼的标准用语不是"吃了没"，而是"掰直了没"。

"哪有那么快？"她每次都回答得气呼呼的，本来挺想顶一句"关你们屁事"，但转念一想，这主意本来就是那几个空虚寂寞冷的八卦女想出来的，跟进一下事态的进展也是应该的，所以只好把脾气都咽回去了。

"那么，有些话，我就在房慧姐跟前直说了吧。"阿青帅气地往辅满咖啡渣的陶瓷缸里摁灭了一个烟头道，"以房慧姐的条件，根本就不可能把乔洋掰直，那小子喜好的根本不可能是这一型的，我瞅着还是阿茜你自己上可能还比较靠谱。"

其实，阿青这么说已经算是相当含蓄了，把这番话翻译过来就是

"房慧长得太难看，不是乔洋的菜，还是你南茜死缠烂打有希望成功"。阿青的简单直白是全杂志社出了名的，为此她吃过许多亏，陆安安几次想开掉她，无奈此女英语对话能力极强，每次采访外模都很有一套，后来还是咬咬牙把她留下了。

"好吧。"房慧也听懂了阿青的意思，她没有生气，起码没把生气表现出来，她挑了一下眉毛，笑着说道："你们这儿有个叫小桃的森女，是吧？"

"对。"南茜不明白房慧为什么会突然提起她来，努力回想一下，似乎在某次晚宴上房慧跟小桃的确见过一面，两人聊得并不投缘。

"她是乔洋喜欢的型吧？为什么还是失败？"

阿青语塞，只得闷头点了一支烟。

"这位阿青小姐呢，看得出来，也是阅男无数吧？"房慧继续不紧不慢，"但是，为什么还是没把他搞定？"

南茜转头看阿青，阿青把头一仰，恨恨道："老娘本来就没稀罕他！"

"那么，有些话，我也不妨直说。"房慧笑得有些阴森，"直男这种动物，无论高富帅还是矮穷矬，见个母猪洞都能钻。"

南茜和阿青瞬间被房慧的强大气场逼进了死角，脸上都臊臊的。

"所以，你们无论智商还是胆识，都略微有点不够格。这真是遗憾。"

话毕，房慧拿过阿青嘴上叼的烟，吸了一口，烟雾从她刷成朱红色的嘴唇里吐出来，十足像个民国上海滩夜场的老鸨，仿佛什么男人都能搞定。她就是有这种演技，才能把自己武装得刀枪不入。谁也不知道，这老处女回家关上门之后的那一秒，是浑身颤抖地倒在沙发上双目含泪。她将巨大的屈辱化作能力，拿出冰箱里所有的鸡蛋和低筋面粉，做了五十个奶油小西饼。温热的饼干发出匪夷所思的馋人香味，在她舌尖化了一个又一个，仿佛还未滑进喉管就已经蒸发在唾液里了，松甜的余味几乎把每颗牙都融化了。

次日，这些小西饼就堆在了乔洋的办公桌上，是南茜拿去的。乔洋每吃一个，心脏都欢快地跳动，每个细胞都被那奇特的味道缠住，无处逃生。

"从实招来吧，亲！这哪是饼干？明明就是绝命毒师做的蓝色冰毒，能要了命！哪家店的？"他感觉自己快要浮上云端，口腔里充满了奶和蜜。

"房慧甜品屋。"南茜嘴里咬着一支铅笔，含糊答道。根据房慧的建议，跟这种小男生商量私事的时候坚决不能用郑重的口吻，必须让一切显得自然而然。

"啊？啊！"乔洋想把滑进口腔的饼干吐出来，但还是不争气地咽下去了，此时脑中浮现的是房慧那个硕大的腰肢，以及与她外貌极不相称的那些美食文章里的句子，比如："比起口感来，让味道渗入灵魂更为重要，过分敏感的味蕾有时会欺骗你的意志，同时为你打开天堂之门……"

是的，他现在差不多就是在天堂边缘徘徊，那个浑身冒着甜气的女人用最简单的食材烘烤出了一个诡异的乌托邦世界。乔洋坚定地认为，房慧这样的女人至今没结婚一定是得罪了造物主，男人可以不满意她的身材、气质或品味，却逃不开她惊人的厨艺。那是一种才华，不是经过严格训练就能达到的高度，对于有才华的人，他都是很难抵抗的，就像艾伦·佩吉的演技能让他忽略她寒酸而过分聪明的长相。

"今天是你运气好，"南茜拿开嘴里的铅笔，关上电脑，开始收拾桌上的东西准备下班，"房女神心血来潮做了一大堆这个，我实在吃不掉才转给你，另外那三个不懂享受的女人都说要减肥。好了好了，我得马上打车走人，你帮忙给打个卡吧。"

"什么事这么急？"他接过她手里的卡。

"房女神亲自下厨让我试试她研究的几个新菜，瞧瞧，我嘴里现在就已经全是口水了。"她假装急得要命，手机都不小心扫到地上去了。

乔洋满心羡慕地看着南茜，把手里的最后一块饼干吃掉了。

"本来她说让我再带一个人过来，怕听我一面之词不准。不过我想来想去都想不出要带什么人去合适，让她自己解决吧。"南茜已经补好口红，拎起了提包，然后眼睛一亮，道："你晚上有节目吗？没有的话跟我去吧，女神的新菜哟！"

"不了，我还有事。"不知为什么，乔洋突然脸红了，他想起自己是多么讨厌房慧的德行，继而为自己沉迷于她亲手做的点心而倍感羞愧。

"那就算了，否则你在微信上问问她欢不欢迎呗。不过，追她的男人太多，所以她不太喜欢异性到她独居的公寓里来。"

微信？他早就拉黑她的微信了！他有些后悔，并惊讶于自己的后悔。

"不说了，走了走了走了！"

南茜边说边冲出办公室，乔洋犹豫了一下，跟着她走了出去。

5

陆安安始终没办法说服自己去相亲，因为每次出场都像是灾难。她挑剔是一个原因，另一个原因是相亲突然得罪朋友。

众所周知，多数女人相亲都是在亲友团安排之下进行的，不管亲友们牵线的时候介绍那个男人是何种条件，基本上你都很难开口说"不想见"，否则人家就会评价你"怪不得两次婚姻都不幸福，这么挑"。倘若见了面不满意就更糟糕，介绍人会觉得没面子，脸上说"正常的，相亲总有看对眼和看不对眼的时候"，私底下其实还是恨意丛生的："这女人当自己什么东西？了不起啊！就她那样儿难道还想找李秉宪呀？呸！"中国人在做月老这件事情上永远都是热情而狭隘的，唯一能让陆安安摆脱闲言碎语的情况就只有"男方看不上她"，不过那样的话纠结的是她自己，为什么人家看不上她？她真的年老色衰了？

回溯陆安安的前两任丈夫，第一任是机关单位的公务员，安良本分，嫁给他就是为了完成历史使命，逃离父母的掌控，而且无论再怎么样，大不了以后不爽就离婚，离过婚的女人看上去总要比从来没结过婚的正常一些；可惜那位公务员除了每天下班回家的时候给她带一堆甜点之外几乎一无是处，她开始厌烦他的规矩，甚至可以整整两个月都没有一次正儿八经的对话，夫妻生活就在"嗯""啊"中度过，无趣的婚姻逐渐让她意识到自己快要变成一具干尸了，经过反复挣扎之后她决定逃离，拟好离婚协议书，打算找个恰当的机会找他摊牌，反正没有孩子，一切都比较方便。孰料就在她仔细斟酌的当口，他某天回家后居然在饭桌上非常平静地跟她说："老婆，我们离婚吧。"这下她不甘心了，一定要揪住他问原因，得到的答案是——他外面有了女人，是刚来单位不久的实习生，现在那实习生怀孕了，不得不让他作出选择。

最后，她的首任前夫是这样评价他们的婚姻的："你是女神，我是屌丝，本来就不是一个物种，凑在一起实在太累。"

陆安安并没有把这段失败的婚史归结于两人气场上的差异，却让她对男人产生了异常的不信任感。她决定让自己活得更精彩，从此便努力工作，拼命赚钱，把大半收入花在装扮上头，前夫留给她的房子够大，她只需要在里边装下足够美丽的东西就好，比如一个优秀而养眼的男人。所以，陆安安的第二任老公非常出色，是个软件设计师，皮肤很白，有一对细长而暧昧的桃花眼。他们结识于一次《摩登》的广告谈判，随后他便对她展开了追求，鉴于是帅哥的关系，又舍得花钱，陆安安几乎没怎么挣扎就沦陷了。求婚的过程也很神话，他准备在香港某个豪华酒店的天台上和她烛光晚餐，她穿着衣料稀少的裙子在冷风里吹了一个钟头都没等到他，手机也不接；正欲拍案怒起走人，整个天台突然亮起一串排成"LOVE"型的彩灯，一架直升机掠过她的头顶，他顺着机垂下的软梯降落天台，手里拿着一枚钻戒；等她说"我愿意"之后，飞机上撒下一层厚厚的玫瑰花瓣。

原本这场轰轰烈烈的爱情到此就该圆满收场，无奈婚姻这个怪物却再次露出了狰狞的面目。成为夫妻不到三个月，陆安安就觉得不对劲了，这位帅气无敌的老公理所当然地搬进她的宅子里住，然后以待在那个公司没发展为由辞职，于是一切家用开销理所当然地都由她来支付；有一次她忍不住问他自己是否有积蓄，他很老实地回答存款为零。那么钱都去了哪里？他说原本做软件是攒了一些钱的，求婚的时候包直升机都用光了。这时，陆安安才在五雷轰顶中直面现实——自己再次瞎了钛合金狗眼。然而，为了面子，为了将来的幸福，也为了有份安定的日子好过，她还是没有想到离婚，决定接受这个无能的丈夫。尽管他的懒散无能及空要浪漫不考虑柴米油盐的奇葩价值观时常令她窒息，但最起码在别人眼里他们依然是神仙眷侣，再过两年保不齐还能有个孩子。所幸这没用的老公事事都顺从她、配合她，所以她暂时不计较他赚不进钱这回事了。可是，她仍然担心他会出轨，第一任丈夫"扮猪吃老虎"的本事她已经领教过了，所以这次绝对不能再莫名其妙地输给一个八辈子不认识的女人。

她严密监控他的手机，要求他交出QQ、微信乃至微博的密码，每天检查他的上网聊天记录。他上班的时候，她每天打三个电话去查岗，他的那些兄弟聚会她坚持要参加。男人花的是她的钱（尽管她每天只给他五十块钱零花，因为他早上要喝星巴克咖啡），所以他不敢反抗，但后来干脆就再也没有兄弟聚会这回事了。陆安安认为，只要是自己出钱养着他，他就是她的私人财产，凭着这样的想法她几乎垄断了他的全部社交生活。直到某一天，他突然在家喝得烂醉，然后对着她大吼道："我他妈在外面有女人了，你敢拿我怎么样？"

那是陆安安有生以来经历的最寒冷的一天，她浑身冰凉地站在客厅里，眼睁睁地看着他将一整瓶伏特加倒进胃里，然后用真相把她的心捅得稀烂。后来，陆安安见到了那个小三，除了比她年轻，无论哪个方面都比不上她，是个戴眼镜的干瘦女子，在星巴克打工。是的，他周一到周五都在那儿解决午餐，她不可能防到他全天的吃喝拉撒，所以也无法杜绝他所有的出轨机会。由此，陆安安开始痛恨男人，以至于痛恨爱情、痛恨情侣，她眼里的世界从二度离异的那一刻开始变灰，她不喝星巴克，把自己打扮得像个居士，试图在性与爱之外找到更高层次的精神寄托，她坚信总有一些东西是可以抑制见鬼的荷尔蒙分泌的，于是修佛与抄经书填满了她的业余生活。陆安安穿得越来越仙，她以为所有人都觉得她已不在五行中，完全忽略部下们冲她嘲笑的背影，她假装大家都看不出她的变态，假装自己是个超脱的人，假装心高气傲也可以活得很幸福，直到乔洋用他的阳光照耀了整个《摩登》。

是的，原本陆安安应该禁止乔洋那样的人闯入她的《摩登》，她预感到他会带给这个杂志社的女人们什么样的冲击，她们上班的时候脸上洋溢着诡异的潮红，悄悄把早餐放在他桌子上。

陆安安对她们充满蔑视，这些女人都是发情的狗，对男色没有丝毫抗拒能力。她想起自己那金玉其外的第二任，拜那个废物所赐成就了她另一段失败的人生。

乔洋和第二任长得有点像，连脾性都像，懒洋洋的，你明明看穿他就是在拍你马屁但还是身心舒畅地接受，就像在垃圾桶旁边捡到的半截大麻，虽然脏，抽起来还是销魂蚀骨。

陆安安解决自己生理需要的方式很简单，找一个永远不会对女人负责任的美男，他每周五晚上会来敲她的门，他们坐在一起聊会天，喝点红酒，然后进卧室脱衣服，完事之后他把勃朗特杯里残留的红酒一饮而尽，再转身告辞。而她则埋在印满波斯菊图案的丝织床单上有气无力地说声"下次见"，脑子里彻底清空，鼻孔里都是避孕套的橡胶味与体液混合的气息，那才是让她平静下来的妙药，而不是那些该死的佛经。

即便如此，陆安安还是对她的秘密情人有那么一丁点儿眷恋，她当然不敢承认，因为自觉伤不起。不过，那的确是个完美的男人，健壮、英俊、有修养，说话的声音像一把金粒撒进水晶器皿里，而且凡事懂得适可而止。最值得肯定的是，这个男人似乎经济实力雄厚，所以两人的交往目的纯度很高。陆安安永远记得第一次跟这个男人认识的时候，是在他的诊疗室里，她有些尴尬，紧张到打碎茶杯，热乎乎的汤汁淋满了她的膝盖。

"没事的，没事的……"

他没有站起来帮她，只是示意她自己拿纸巾解决，她窘得恨不能即刻逃出去，只得红着脸抽了两张纸巾收拾自己。

"最近还好吧？"他摆出一副对她了如指掌的样子，让她后悔怎么当初找的不是个女人，可是所有人都告诉她眼前这位自负的绅士是这一行干得最好的。

她诚实地摇摇头，说："不太好。"

"哪里不太好？"

"你知道我离过两次婚的事情吧？"她吞咽了一下口水，发现嘴里很干，杯子打翻了，水不停顺着茶几边沿滴到她的脚背上，而且那张沙发也不如她想象中舒服。

他点头的时候，还皱了一下眉。

"我原来以为自己完全可以摆脱那份纠结，"她只得艰难地继续，"但是……后来发现根本不可能。"

"为什么不可能？现在离婚是普遍现象，伊丽莎白·泰勒离过六次婚。"他那语气可不是安慰。

"我打算单身到底了，可后来发现……发现自己根本离不开男人。"

"是离不开男人还是离不开性？"

他单刀直入的方式让她背上起了一层鸡皮疙瘩。

"性，离不开性。"

"这个太容易解决了。"

后来，古小川果然用最简单有效的办法治愈了陆安安。

6

房慧炖牛尾清汤的方法跟别人不一样，她把牛尾和鸡汤一起煮，最后还淋上一层奶油。汤汁于是酥烂中带了一丝甜美，奶油融成汁，在汤面上盖了薄薄一层，拿银匙轻舀的时候像开启所罗门宝藏的大门，金灿灿的油层缓缓破裂，露出浓烈而清澈的本尊。乔洋的灵魂几乎完全被浸淫在那宝藏里，他奇怪世上怎会有这样的女人，她的手是怎么生的，居然能炮制带有魔咒的料理。他身上每个根骨头都在热汤汁里软化，继而是五脏六腑的欢腾，深秋的干燥空气瞬间有了温暖的湿度，他喝了一口又一口，动作很慢，像性爱前戏；他甚至希望时间最好凝固在那一刻，对，就是热流穿过食道的那一刻，那种死而无憾的感觉紧紧包围着他。

"怎么样？被吓到了吧？"南茜得意扬扬，好似那道汤是她做的。

房慧还是那副死样子，带着看小屁孩的眼神看乔洋。她只是观察一下两位食客的反应，便转回厨房做下一道菜。那间厨房不大，却很整洁，大理石台上放着各色光鲜亮丽的食材，每颗鸡蛋都泛着黄玉般的光。和厨艺高超的人在一起，连食材都显得更有魅力。那些被刷得光亮的紫砂汤罐、触感油滑的平底煎锅、上了黑釉的打蛋器、原木色勺子，以及玻璃盆里装着的小番茄和火龙果，俨然是即将轮番上场的名模，穿着高跟鞋，搽着明艳的唇膏。脂粉不施，系着围裙，像足了家庭主妇的房慧正忘我地在那群名模中间转悠，她是设计师，为它们的每个裙角皱折负责。她目光如炬，又柔情似水，熟悉食材的脾性，并为此做好最完美的搭配，调到最合适的火候。她是厨房里的女巫，每一根瓢勺都是魔法棒，能变出无数关乎色香味的戏法来。尽管那件被围裙盖住的破T恤底下藏着一堆赘肉，眉间凝满厨房特有的油气，可在乔洋眼里她仍是一个牛哄哄、充满神秘情调的好女人——也只是好女人而已。

"嗯，注意身材。"他咬着牙，坚持不给房慧正面评价，他认为那样她会对自己更不屑，他受不了被人不屑。

然而，牛尾清汤还是在他胃袋里转换成正能量，流进他身上的每个细胞，他有种被天使的双翼轻轻托起的错觉，仿佛自己被放进了神的摇篮。他抬起头，看见前女友那张姣好的面容，她周身带有食物的气味，很家常，也极富生气……

前任女友……他不明白自己怎么会想起她来，她和房慧一点都联系不上，连碗泡面都会煮糊。

隔着透明的玻璃移门，乔洋看着厨房里的"女神"，眼睛冷得很刻意。房慧仍专注于煎锅里的三块小羊排，它们身下的橄榄油不停发出轻微的爆裂声，油脂的香气从移门缝里传递出来，被他的鼻孔捕捉到了；他不由得紧紧盯住羊排，偷偷用舌头想象它的味道，说实话他从来不吃羊肉，受不了那腥膻味，但这是房慧的手艺，也许她能颠覆他固有的一些习性，抑或甚至颠覆他的世界。

三份羊排上桌，法式芥末与迷迭香沙司混合羊肉丰腴软嫩的汁水，在乔洋嘴里不断绽放、绽放，再绽放，他身上的每个毛孔都张开了贪婪的嘴巴，拼命汲取这人间美味。这味道有一点辣，但不冲鼻，它完全掩盖了羊肉的腥味，表面的脆滑与内里的丰盈层次分明，配以白葡萄酒的微醺，肉质的口感已然料理到了巅峰。

"还有吗？"他吃完一块之后，开始往南茜的盘子里探头探脑。

"对不起，没有了。我是让你们来试菜的，不是请你们吃饭，所以不管饱。"

真可恶！乔洋从未如此痛恨自己的吃货本色。

"对不起。"他忍痛放下羊肉盘子，起身道，"有朋友叫我去泡吧，我要先走一步了。"

"是男朋友吗？"房慧突然冷冷问道。

乔洋狠狠剐了南茜一眼，南茜只顾埋头与羊肉奋战，她知道自己的大嘴巴已经要遭乔洋追杀了，但愿他永远不会了解大嘴巴背后的阴谋。

"嗯！"他一赌气，便给出了一个连自己都不敢相信的答案。

"挺好的，下次带他过来吃饭，我有很多基友，都是好人。"她口吻平淡得像在聊一个花瓶值不值得买。

"谢谢，东西很美味。"他已经走到门口去穿鞋了，坚决不再往厨房内看半眼，怕这一看那不争气的食欲又要折磨自己。

"等一下。"她居然叫住他，一字一句道，"不知道为什么，微信圈里突然没有你了，是你把我拉黑了吗？"

——没错，拉黑了！

他心头一紧，只得红着脸掏出手机道："没有啊！怎么了？我看看。"

"你是得仔细看看，我那里怎么也找不到你。"她顺势掏出手机，靠到他边上，他闻到她头发里的油腥味——让他有安全感的味道。

在房慧的监视下，他只得将自己的微信联系人一栏翻了一圈，然后假装惊讶道："真是见鬼了！居然真没了！可能是那天扫二维码没扫好，再加一遍吧。"

他硬着头皮把她重新加了一次，这下他永远别想删掉她的微信了。

临走的时候，她拿给他一只温热的饭盒，用灰兔图案的棉麻和风餐袋包起来的，嘱托他可以当夜宵吃。他回家一打开，糯米糕蜜般的香味扑面而来，里边整整齐齐装着三块点心，桃红色的，中间嵌有金黄的核桃仁，边围用桂花镶起来了，像三只晶莹剔透的首饰盒。他原本被饿意搞得头晕眼花的状态一下子抽剥掉了，幸福的馨香席卷全身，急吼吼拿起咬了一口，糯米在舌尖上的稠度渐浓，把他积蓄了很久的委屈、愤怒、惶恐统统粘走，吃完的时候他很自然地仰了一下脖子，看到玻璃墙面上映出自己的眼泪。

他在哭。为什么要哭？

原来"好吃到泪飙"这回事，是真实存在的。

这时，手机里的微信提示"叮"了一下，把他从治愈的感觉里暂时拉了出来。他打开微信，房慧那枫糖华夫饼的头像已经跳出来了，"明晚来尝尝我的私房菜。"

他本来应该回复："对不起，明晚我有事来不了，改天吧。"但手指像是中符咒了，鬼使神差地回复了"好的"。

清鱼茶园内，房慧对鱼姐敬若神明，她付了两饼茶砖的钱，然后满脸堆笑道："他真的爱上我做的菜了！我看得出来！看得出来！"

鱼姐依然是一派遗世独立的淡定POSE，那个扎小辫的画家情人殷勤地为她按摩肩部，像男宠一般。房慧深刻领悟到，唯有背后站着男人的女人才显得有气场。

"别激动，那只是万里长征第一步。GAY呢，都很挑剔，嘴巴又毒。要征服他们，必须得学会装逼，有一手绝活。两者你都具备，胜算还是会有。你要记得，不管他是不是只爱男人，他本身也还是个男人，是男人就有男人该有的生理反应。"

"那……接下来该怎么办？"

鱼姐露出神秘的笑容，轻轻吐出四个字。锦囊妙计第三条，大概就能决定房慧的命运了。

为了不至于和房慧之间产生什么误会（乔洋自己也说不清是怎样的误会），乔洋决定带着南茜一起去尝她的私房菜。南茜起初还兴冲冲的，在微信上跟房慧讲晚上要一道过来，孰料房慧回复说："不准来。"

"为什么？"南茜不服气，因为那是乔洋破天荒第一次主动约她。

"想让我掰直他的话，你就别来。"

"哦。"

提到"掰直"二字，简直就像是涉及南茜的终生幸福，她只能让步。尽管事后想想，南茜不得不承认自己就是天下第一大傻逼。

当乔洋硬着头皮单刀赴会之后，却发现房慧那张暗褐色实木四人餐桌上空无一物，她只是坐在那里，穿着上下两件套的保守丝质睡衣，手间夹着一杯红酒，酒液在水晶托底内轻轻摇曳。

"那个……"坐了十分钟以后，他忍不住向厨房张望，里边擦拭得一尘不染，料理台闪闪发亮，魔法棒们都整齐地挂在不锈钢架子上，没一点动过的意思。连冰箱都只是发出轻微的嗡嗡声，他几乎可以猜到里边什么都没有。

"私房菜是吧？"她笑了，"那个食谱是我太婆婆留下来的，当年做给宫里的人吃，一做二十年，后来紫禁城沦陷，王爷格格们纷纷逃亡，就再也无福享用太婆婆的手艺了。据说有位格格因吃不到芙蓉酥，竟想不开自缢了。所以我爸跟我讲，美食也是能要人命的。"

"说得好夸张！"那八八年出生的男人"看不起全世界"的臭脾气

发作了，他已完全忘记昨晚为了一盒糯米糕热泪盈眶的事实。

"如果你不信，又为什么要过来呢？"

他语塞。

"这个菜谱里只有六道菜，昨儿给你尝的桂花核仁糯米糕是其中一道，也是唯一的一道甜点。后边还有五道，都是人间罕见的美味，用了最特殊的方子。有兴趣吗？"

有！当然有！

他臭着一张脸，内心却翻腾狂喜，为了等她这顿饭，他连午餐都省略了，舌头最经不起宠，只要尝过一次好东西，就再也容不下次货了。

"要亲身享用到这个菜谱是有条件的。"房慧抿了一口红酒，挑了一下眉，"因我们家族俱是女子掌权，所以代代以入赘延续香火。也唯有入赘的男人，才有机会尝到那六道菜。所以，做我房家的吃货，也是有条件的。"

"开什么玩笑？"他的笑容开始僵硬，"难不成我吃个菜还要嫁给你这个大妈不成？"

年纪轻，什么伤人的话都是脱口而出，不考虑后果；尤其他总觉得以自己的花容月貌，所有任性行为都能在事后用一个笑容抹杀掉，他永远活在被轻易原谅的梦幻世界里。这是他的优势，让他百战百胜。

"那倒不必，你纵要嫁我，我恐怕都养不起你。无印良品的东西也挺贵的。"她的笑容有些阴森，像足了在深宫里独自白头的某个失宠的嫔妃，"但我们现代人，可以抛开那些劳什子观念，换一种交易方式。"

"什么方式？给钱吗？"他苦笑。

"不要钱，要身体。陪我睡一夜，一夜就好，那剩下的五道菜你就可以尽情饕餮，一定会给你留下永生难忘的印象。"

没错，鱼姐给房慧的四字秘诀就是——单刀直入。

7

事实上，当时乔洋可以翻出一万种花样来拒绝乃至羞辱房慧提出的性要求，比如："人丑麻烦多照镜子吧！"再比如："敢问您今天吃药了吗？"但恶毒的话涌到嘴边，舌根处亦同时泛起一股清爽怡人的糕点味来，硬生生将他体内正往外冲的魔鬼压了回去。他望着她，还是面团一般的面孔，眼睛很亮，密封在骨子里的大家闺秀气质正从皮肤缝里透出来。他不是心思粗糙的直男，他敏感得很，能嗅到一个女人外皮以下的香气或者臭味。但她仍不是他的菜，他从前交往的女人都是肉感而苗条的，这两者并不冲突，可以极妙曼地结合在一起，她们多半对古典乐很有研究，喜好调制咖啡。她们一般情况下脾气都很温柔，下雨天则通常处于抑郁状态，长发不染不烫，自然垂在背后，有一点微曲。他一度以为自己这辈子都会沉溺于这样的女人，不太容易征服，一旦确定关系便暴露出极强的占有欲，稍微吵个架就威胁要自杀。她们心机还特别重，能猜到他的QQ密码，在他完全不察觉的情况下查阅他的手机短信和微信，掌握证据以后再跟他闹。

后来乔洋就得出一个结论——不管外表、气质、品味怎样迥异的女人，内里包裹的灵魂都是一模一样的，像哪个秘密工厂生产的同一批罐头，只是换了层包装而已。

所以房慧也不过是包装新巧，且那层皮实在不够吸引他，至少没引发他的性欲。事实上，大部分直男在性要求方面，与女人的长相无关，他们只要她的性条件具备就可以。乔洋也是，但他一直自恃是个有节操的人，没感觉的女人绝对不碰。面对房慧，他真心希望她如果能甩掉二十斤肉，再把衣橱里那些短裙和豹纹暴乳装都丢进垃圾桶，改成安之若素的棉麻长袍，那他一定会天天在黏她身边。男人是视觉系动物，乔洋也不例外，他又有一颗文艺魂，这意味着他更刻薄挑剔，那是典型的被情欲喂刁了的类型。

可是，这样刁钻造作的乔洋，居然对房慧说："让我考虑一下。"

"考虑？"房慧冷笑，"听南茜说，你是GAY。"

"是。"他很认真地点头。

"那么，和女人可以吗？"

他语塞。

"那你知道布兰特·科里根吗？"她突然笑起来。

"谁？"

"知道Steve Hooper吗？"她笑意更深了，给人毛骨悚然的感觉。

他愣了很久，努力在脑中搜索这个名字。名模？演员？服装设计师？造型师？谁？究竟是谁？他只能看着她，努力掩饰困惑。

"我不知道你为什么会喜欢男人，不过大概这就是我们的共同爱好。如此说来，要你和女人做，你一定会恶心到吐吗？"她继续进攻，以一种神秘莫测的态度。

他机械式点头，恍惚以为自己真的性取向有问题，因为房慧看他的眼神已经像在看一个病人了。

"那这样吧，一下子就上床你肯定心理上接受不了，勉强的话，到时候万一你不行，两个人都没意思了。所以我们从正常的男女约会开始，你跟我约会一次，我就给你尝一道菜。当然，最后那道比翼双飞要等我们琴瑟合鸣之后再上，吃过之后，大抵你也此生无憾了。"她伸出一根食指，点了一下桌面上的米白色台布，像在施魔法，"你已经尝过金风玉露了，在这个时候中止，是你的权力。但是……"

"我愿意。"

乔洋脱口而出，表情像被求婚了似的。他希望体验到房慧手中创造的下一个奇迹，甚至相信那会改变他的人生，一个吃货的命运是可以受美食左右的，甚至甘愿献身。

"愿意约会还是愿意上床？"

"约会！约会！"

其实，他宁愿直接上床，上床起码是在隐蔽的屋子里没人看见；约会是要带这位大妈出去给人家参观的，他可以想象在咖啡馆里被服务生、路人和饮客们一律将两人定性为"富婆包养小白脸"的那种窘迫感。但出于自尊心也好，出于想让房慧别以为他没节操也罢，他还是不争气地选择了约会。

"那好，时间地点你来定。"房慧径直走进厨房，里头没有开灯，她的侧面身型显得又长又瘦，"还有，刚刚问你的那两个人，都是GV明星。"

乔洋像是脑袋被打了一记闷棍，再讲不出话来。

8

理所当然，第一次约会之前，房慧还得赶去清鱼茶园求下一个锦囊妙计，结果赫然发现鱼姐在哭。

鱼姐下身穿一件宽大的暗色调香云纱长裙，坐在那里执着手绘蜻蜓点水图案的白瓷杯，黯然泪下。泪光划过她那张略微起皱的脸，皮肤都湿了，显得愈发苍老，然而艳媚。

房慧小心翼翼地坐下，嗫嚅道："鱼姐，怎么啦？"

"雨下得太大，心情就不好。"鱼姐用根节发乌的手指拭了一下眼泪，为房慧斟了一杯茶，"新进的太平猴魁，吃吃看。"

房慧饮了一口，有股浓烈的青草气，入口偏涩，一如外头没头没脑打了一地潮气的细雨。秋凉了，文艺青年们都开始抑郁，文艺中年们甚至都开始悲情了。换了房慧，天气越冷她越爱煲汤，把自己喂得暖洋洋的。

"好喝吗？"鱼姐眼泪汪汪地看着房慧，房慧拼命点头，努力把茶吞进胃里。

"这茶泡得很难喝，你又何必来顺我？可见是我给你的方子起疗效了。"

在鱼姐超凡的洞察力面前，房慧只有膜拜的份儿。

"他愿意跟我约会了。"

"啧啧啧……"鱼姐晃了一下脑袋，似乎是努力要把里边的水摇出来，"上床和约会，你让他选的吗？"

"嗯，让他选，他选约会！"

"那就对了！"鱼姐的眼泪彻底干了，"一个男人宁愿和你约会也不上床，说明他不怕把你带到人前去，这是他接受你的证据。你就是他理想中的型。"

"真……真的？"房慧已然心花怒放。

"当然是真的！否则他直接答应跟你上床不就好了？可见啊，这男孩子竟是好的，你的桃花运来了。恭喜恭喜。"鱼姐已然倒掉泡过五道的猴魁，换上了水仙岩茶。

那一晚，房慧在满口水仙清香中回到自己的单身公寓，她洗头的时候后脖颈湿漉漉的，像被什么人舔过。于是想起乔洋，他厚而长的眼皮，他亲切的嘴角，他带有桃仁气味的浅色皮肤，还有右侧锁骨上的黑痣……原来她对每届男友的身体瑕疵都很挑剔，尤其是痣，黑乎乎一团像只苍蝇，她可以忍受自己通体的斑斑点点，却给周围人定了一个高标准。但是，乔洋似乎有什么特别的光芒转移了她的注意，让她觉得那些污点都是不重要的，她想象自己去吻他的样子，一定没有呕吐感，也不会嫌弃他的体味，他大概是搽了某种特殊的私人定制香水，发出黄百合掉花瓣时内里被撕裂的气味，残忍的、沁脾的、浓甜的。

洗完头发之后，房慧将闻起来像橄榄的自己包在毛毯里，阳台在夜色下变得愈来愈冰冷，她喝了一口牛奶，突然觉得饿，跑进厨房拿出冰箱里的牛筋汤热了一下。她一点也没有节食的意识，想什么时候吃就什么时候吃，因母亲告诫过她："食欲是会随着年纪的增长而递减的，能吃说明还不老。"

所以她害怕什么时候一口东西都吞不进了，像外婆临终前那一个月，吃什么都吐，最后只能在喉咙里插根管子，她觉得病床上被管子堵住了食道的外婆很恐怖，她再也无法享用美食了。

正胡思乱想的时候，手机的微信提示音响了，她拿起来打开——是乔洋。

"周六下午三点，北境花园见。"

没有表情，不存在语气，房慧几乎能想象乔洋发这条微信时那死板的面容。

她想了数秒钟，直接拨了电话给乔洋。

"你是在向我约稿吗？"

"没有啊。"

"那我是欠你钱吗？"

"没有啊。"

"那我是你雇的钟点工吗？"

"不是啊。"

"那你发给我的算是约会邀请吗？"

"是啊。"

"请问全世界有这样的约会邀请吗？像是要跟被邀请对象谈公事，还是你从前没谈过恋爱，更不知教养为何物，所以把女人都当成自家养的狗，一呼就出来吗？就算我是狗，你也得拿狗粮引一引吧！"

"呃……"

乔洋做梦都不会想到房慧会来这一招，他还是头一次被一个大妈逼到死角。

"那你想怎么样？"他那孩子气的自尊来了，脾气也就跟着来了。

大妈你到底想干吗？大妈你不照照镜子？大妈你性压抑太久可以叫只鸭啊！大妈你可不可以直接从你冷冰冰的单身公寓里披床被子从阳台跳下去？

"我是问你想怎样？"房慧没有一点让步的意思，"你还想不想喝到那道相知汤？"

"我他妈不想了！"他心里是这样狂喊的，可不知为什么话到嘴边就变软了，结果出来的是："对不起，那请问房慧小姐这周六下午是否有时间？我想请你在北境花园喝杯咖啡。"

"周六啊？下午……"房慧装腔作势的声音让乔洋很想杀人，

"哦，想起来了，这周六我闺蜜生日，可能我没有空了，不好意思啦。"

"真的啊？"乔洋恨不能从手机里伸出只手来在房慧的胖脸上狂扇一百次。

"真的啦，不好意思呀。"

"那……那改天吧，真不好意思打扰您的宝贵时间了。"他竭力忍住怒气，保持着一个二十出头的小男生能想到的所有风度。

"喂！"房慧几乎在尖叫，"你就这样放弃了也好意思约会？难不成你现在约的是陈慧琳也这副鸟德行呀？"

乔洋心里已经恨出血来了，手指不停地抠墙壁，唯独声音还保持镇静，他以为自己那努力忍住恼气的那深呼吸房慧是听不到的。

"那……那请问您参加闺蜜的生日派对到几点结束？到时我去接你，带你去北境花园好吗？"

"不好，我不方便。"

"那请问怎样才能在您方便的情况下和您见面？"乔洋的脏话快要飙出来了。

"周六下午五点，到我家来接我。"

乔洋还没来得及反应，房慧已经挂掉了电话。

"大妈，你要不要这么拽啊？"乔洋冲着断线的手机怒吼道。

9

城北区的北境花园是一家开张了近三十年的老咖啡馆，在国内，这年限算是很长了。店主是个架着老花镜的老头子，每天站在吧台后边用手磨机磨咖啡豆。他煮咖啡还是用老式的手动咖啡机，一次最多煮两杯，所以出货很慢，客人需要等，而且没有拉花、不加奶，但咖啡就是出来得慢味道才好。当然，像房慧和乔洋这样的吃货是不忘点一块抹茶蛋糕的，那里的甜点连配料都是自制的，所以抹茶看起来外观粗糙，咬一口却教人欲仙欲死，抹茶粉厚到难以置信的程度。

乔洋穿得很随意，T恤加牛仔裤，发型还是一团乱，然而乱得很潮，完全是随时会被街拍爱好者截住的样子。房慧穿着朴素的针织开衫和长裙，头发挽了个很端庄的鬏，用珍珠发卡夹住，起码比实际年龄又老了五岁。事实上，她这样打扮完全是出于要低调的考虑，毕竟和那么小的男人约会，心理压力还是有点大。但乔洋当天也没有显示出反感的态度来，他们吃着抹茶蛋糕，喝着有手压咖啡风味的哥斯达黎加咖啡，讨论这座城市哪家店做出来的红烧五花肉才真正称得上入口即化。

享用咖啡甜点之前，乔洋率先把手机放到餐桌正中央，道："我很讨厌用微信给食物拍照消毒，那行为很傻、很LOW，从这一刻开始，我们都不要碰手机，行吗？除非接电话、看短信。"

房慧觉得有理，便也将手机放到桌子正中，她骨子里是个老派的人，也很讨厌大家一见面就埋头玩手机的现象，就这一点来讲，乔布斯的死讯传出来之后，她隐约有过"丫活该"的想法。

可以讲，两人聊天的气氛是轻松而愉快的，房慧没有表现出任何刻薄的态度来，每说完一句话都要轻笑一下，然后认真地为乔洋分析他如今的职场状况。乔洋自己都不知道为什么，会把他在《摩登》杂志想倾诉的委屈，想吐的槽都一股脑儿倒在这个讨人厌的厨神大妈耳朵里了。他无端地有些信任她，因为她的好厨艺，因为她别扭又体贴的个性，因为她宽厚的体型让他有安全感，因为她某些比他更自负的表现，以及她过人的文字天赋。有那么几分钟，房慧在乔洋眼里突然又有了女神的气场，她跟他说："职场里总会有那么一些光说不练的人占尽便宜，要懂得和这样的人保持最起码表面上的热络，才不会被坑得很惨。"

对于乔洋在杂志社的地位，房慧的分析是："虽然你因为性别优势讨到了便宜，但是假如你在办公室里放个录音器，然后走开半小时，回来打开录音器之后，就会听到很多让自己很想死的闲言碎语。职场就是职场，人人都跟你玩虚的。"

这些直率的金玉良言，完全是房慧根据自身阅历积累得来的经验之谈，单凭这一点便让乔洋折服了，的确没有人跟他如此推心置腹地聊过，让他看清自己的真实处境。

"那我该怎么办？"

"还能怎么办？继续发挥自己的花样小弟特色，让大伙儿都不来防你。"

"可是……"他脑中浮现了付安娜那张ET一般尖刻的面孔，心中充满了不快。

"可是总会有人视你为虎狼，对吧？"房慧搅动着杯里半凉的咖啡，她突然意识到乔洋还只是个孩子，孩子总是天真无知的，这让她内心浮生凄凉，"这就是我为什么不愿意上班的原因，虎狼们才是真正的职场大赢家。"

乔洋对房慧又生出了一些敬意，他直觉她是在为自己而活，而且摆出了对全世界都不妥协的姿态，这才是真正的酷，是一百件潮服都无法抵过的所谓个性。

"唉？乔洋！"

远远自店门口走进来一个人，染了一头稻草色头发，衬得皮肤白出了诡异的味道，但依然能看得出他是个年轻帅哥，穿着件斜襟的改良短汉服，脚蹬布鞋，像一个古怪的年轻居士。

"哟！"乔洋对着那居士浮起一脸尴尬的笑容，"怎么那么巧？"

"最近我天天来，弹古琴。"居士洋洋得意，显然是在炫耀一件他自认为很时尚的事。

"那来一曲？"

乔洋不明白怎么这里的老板会同意他那个奇葩老同学在咖啡馆里练古琴，练钢琴倒是合适的，但古琴不是更应该放在中式茶馆里么吗？但居士显然觉得不搭调也是一种潮，所以兴冲冲地从楼上抱下一只黑光发亮的古琴，突然又像是想起了什么，抱着琴冲到房慧跟前端端正正鞠了个躬，道："阿姨好！我是乔洋的老同学。"

"啊？啊。好好，你好。"房慧听到"阿姨"二字愣了一下，但还是回了个笑脸，只是心中诧异怎么自己已经老到那份儿上了？

"没想到阿姨这么年轻。"居士一脸诚恳。

"别叽歪了，去弹你的古琴先！我要听《流水》。"乔洋急急在旁边催道。

"阿姨跟乔洋走出来啊，不知道的还以为你们是姐弟咧！"居士还是一脸讨好地抱着琴。

"那知道的又以为我们是什么关系？"房慧隐约听出蹊跷，追问道。

"哈哈！"居士傻愣愣地仰天一笑，道，"您说谁看得出你们是母子呀？乔洋有你这么美的老妈，真够幸运的！"

"你胡说什么？"乔洋急得青筋都爆出来了。

"你怎么知道我是乔洋的老妈？"房慧还是一脸淡定，甚至还笑了一下。

"阿姨，您可能年纪大了，不玩这个。您儿子特别爱您，跟您出来喝个咖啡，还偷偷向全世界炫耀了！您看，"居士放下古琴，掏出裤袋里的手机道，"这个叫微信，是朋友之间联系用的，微信里有个叫朋友圈的，您儿子就是在这里边发送了……"

居士话还未说完，就已经被乔洋一脚踹出去了。

可是来不及了，房慧已经打开了自己手机的微信朋友圈，看到乔洋赫然在里头写道："带我妈来北境花园，让她老人家见见世面，喝到正宗的传统式咖啡。"

"是吗？"房慧脸上浮起一层淡定到恐怖的笑意，她转头看他那一脸绯红色的尴尬，说道："不愧是我儿子，孝顺懂事。来，妈妈抱一下。"

她伸出双臂，嘴角的笑意很邪恶。

"要不要这么恶心啊？"乔洋勉强从牙缝里挤出几个字来，他现在巴不得世界末日马上降临。

房慧以迅雷之势伸臂勾住乔洋的脖子，狠狠将他的下巴往自己肩膀上蹭了一下，在他耳边用甜到发腻的声音道："好儿子，妈妈超疼你哟。"

"哇，母子情深。"居士在旁边一脸羡慕，他六岁的时候就失去了母亲，一直在父亲严苛的教育下成长，于是假装反叛，孰料却依旧陷入了中国传统文化的陷阱里，难以自拔。

乔洋忙不迭要推开，鼻孔捕捉到一缕古怪的馨香，那是属于处女的特有的气味，即便是老处女也还会保留，不可能变成老坛酸菜。这香味让他心烦意乱，想要逃离，却不自禁地有那么一点点沉迷。

"我……我们要回去了。"乔洋挣脱出房慧的拥抱，努力保持笑容，其实他更想一拳打在居士那张白痴的脸上。

"唉唉唉！"房慧突然眼角一拎，凶巴巴道，"真没礼貌这孩子，连妈都不叫了？要回去了，你叫谁回去呢？"

"别闹了……"如果可以，乔洋此刻很想把自己发朋友圈微信的那只手直接剁了，但如今只能是压低声音道，"求你了。"

"你朋友都在这儿呢，不能没礼貌！"房慧雷打不动。

"我们走吧，妈！"

"妈"字一出口，乔洋瞬间觉得自己快要崩溃。

"嗯。"房慧不再搭理"儿子"，转头对居士绽开一朵优雅的笑，"那我们先走了，你慢慢玩。"

"伯母慢走，下次来听我的琴！"

房慧很自然地将手插进乔洋的臂弯，他没有挣脱。走到门口的时候，居士还在奋力挥手。

乔洋记不得他是怎么把房慧送回家的，一路上他什么都不敢讲，空气像是在他喉咙里结了块。房慧还在不停地玩弄手机，偶尔还笑两声，她甚至还在乔洋说自己和老妈出来喝咖啡的微信底下点了个赞。

这女人到底在想什么？她莫不是有病？乔洋愤愤地思考那些他永远参不透的问题，他无法再直视房慧，因骨子里其实对她是有歉意的，一个女人他再怎么看不上眼，也不能跟人家说那是他老妈吧！但是……但是小帅哥有小帅哥的尊严，他打死都不可能让人家误以为自己在和一个要啥没啥的老女人交往吧？等等，她真的是要啥没啥吗？她厨艺那么好，把品尝美食写得跟做爱高潮一样，而且还有一点区别于普通老女色狼的清高劲儿，她可能不是严格意义上的"要啥没啥"？起码还有幽默感!

就这样一路纠结到了房慧家楼下，乔洋不敢送她上去，两人僵在那里。房慧像是在等他表态，假装打开包埋头找钥匙。

"嗯……"他干着喉咙道，"那你早点休息，我回去了。"

话音刚落，他右半边脸就遭遇一阵麻辣，挨房慧这一掌，几乎像是注定的。待他缓过劲来，看看房慧的脸，还是平静如水，像是刚刚找到了包里那把钥匙。

"你就没有什么要跟妈说的吗？"

他第一个反应是错愕，然后转为愤怒，脱口而出道："你凭什么打我？死八婆！"

"我是你妈，你就这样跟你妈说话？"

"去死！刚才还他妈吃我豆腐！"

"吃你豆腐？帮帮忙，麻烦你照照镜子，我在夜总会花一千块能叫一排比你样子更好的，我要吃你豆腐？给你一分钟时间向我道歉，否则……"

"否则怎么样？"他倔劲上来了，虽然明知是自己有错在先，但他向来得宠，总是被原谅，他从来没有主动向其他女人道歉的必要。

"否则我就以你老妈的身份明天去你的办公室。"

"去我办公室干吗？"

"告你乱伦，强暴老妈。"

乔洋气得快要吐血了，他的人生经验里从来没有"如何对付无赖老女人"这样的攻略，所以只能愣在那里，半天才吐出一句："神经病。"

"乔洋，我知道你很为难，其实我也是，不过是被南茜拖来负责掰直你。你被宠坏的原因，就是那些女人都对你心存幻想，你放心，我没有。我最反感你这种自以为是的小男生，自恋到极点，不知道斤两。今天只是教训你一下，别以为世界都是你的，在我房慧的圈子里你算老几？还有，麻烦你以后别再用TVB的腔调跟我说话，显得特别LOW。"

"那你干吗让我跟你约会？"他已经把对她的歉意抛到九霄云外去了，现在只想着要如何击败这个女人。

"因为我知道你跟我约会就像在对你上刑，对你上刑我很享受。"

"你……"他突然很想笑，而且脸上的肌肉居然还真有了笑的反应，已经拉出了一张扭曲的笑脸。

房慧也笑了，笑得很大声，路边水果摊上的人都能听得到。两人于是相对笑了很久，这笑里有发泄、有和解、更有种"我被你打败了"的自嘲意味。

笑过之后，房慧把乔洋领进家门，客厅里弥漫着一股淡淡的肉香，系被精心料理过的香气。乔洋抽了一下鼻子，口水已在嘴里蔓延。

房慧径自走进厨房，端出一只砂锅，掀开盖子，雾茫茫的水汽里有金灿灿的汤汁。

"相知汤，尝尝吧。"

她递给他一只瓷汤勺。

10

古小川决定和陆安安中止炮友关系始于一次给付安娜的问诊，付安娜靠在他新买的绣满波斯菊图案的俄式布艺沙发上，嘴里含着一根棒棒糖。她显得很平静，阳光从落地大玻璃窗上滑入地板，她的橙色高跟鞋就沐浴在明亮的光线里，同在光线里吸引热量的还有一盆枯萎的绿萝，每片叶子都黄了，耷拉在那里，玻璃缸里的水只有浅浅一层，根须已经溃烂发黑。

"所以，如果这盆绿萝不活过来，你就觉得人生没有希望了？"古小川面无表情地拿钢笔指了一下枯死的植物。

"这是我用来占卜运程的绿萝。"付安娜长叹一声，腮帮子用力鼓动了一下，皮肤里发出诡异的咔嚓声，棒棒糖应该在她的口腔里体无完肤了，"我师傅说，这盆绿萝与我的生命相连，一旦它死亡，我也就活不长了。它本来活得好好的，可不知道为什么，今天一早起床看它，就成了这个样子。也许……这是我最后一次来你这里看病了。"

"你应该知道，任何家养的盆景植物都随时会死吧？它们的寿命不可能比得上人类。"古小川耐心相劝，其实已经有一点烦躁，他直觉这个女人又在撒谎，虽然不知道她的目的，但光这样被耍就已经够烦的了。习惯性说谎是一种社会保护机制，人只有在极度缺乏安全感的情况下，才会下意识地自我防卫，以便自己不受伤害。

眼前这个怪女人，似乎把说谎变成了一种秘密武器，她想暗算谁？

"但我的绿萝不一样。"她吞下嘴里的碎糖块，眼睛湿湿地盯住他，仿佛在审判一个噩梦，"它是我的血脉！现在血脉死了！我将要怎么生存？"

"我的建议是，"古小川果断地合上笔记本，他再也受不了这个女人了，"你应该换一位医生，我能力有限，治不了你。"

"怎……怎么会？"她满脸惊讶，"难道我病得很严重？"

"恰恰相反，你没病。"他觉得摊牌的时候到了，"你撒的谎都是无来由的，看起来像是没事找事，但我相信这其中肯定还有一些我猜不到的原因。直说吧，为什么要我？"

"有你这么做心理医生的吗？要你？我为什么要要你？我跟你又不认识！"她愤愤地直起身来，试图努力摆正自己的位置，两只脚不由自主地去摸索高跟鞋，然后迅速把它们穿上。

现在，付安娜已是全副武装。

"这也是我觉得奇怪的地方，我们迄今为止的会面都是在这个办公室里，我也不明白你为什么要做出那些奇怪的举动来。我从来不奢望我的病人都会讲实话，但你说谎的程度已经离谱了。你到底为什么要来找我？有什么目的？"

付安娜笑得跟鬼片里的女主角似的，她用穿上高跟鞋的脚尖戳了戳那盆没有生命的植物，道："我听说，只有两种病人会被你们要求更换主治医生，一种是对医生产生爱情的，另一种……"

她直直地盯着他，眼睛已经看进他的皮肉里去了，这让他感到紧张，嘴巴都发干了。

"另一种……"她故意挨近他一些，好让他看清楚她那张尖瘦如刀的脸，"是对病人产生爱情的医生。"

古小川还未反应过来，已经被付安娜吻住了，他从未经历过如此恐怖的吻，像个深潭，底下布满长有蛇发的女妖，她们缠住了他的灵魂，把他撕成碎片……但是！

但是，那个吻又如此缠绵，闻起来有初秋的气味，微凉的舌尖在他口腔里搅动，只要挨过初次接触皮肤时的恐惧，接下来竟是美妙的协奏曲，一些烟火在他们唇齿间欢快地舞蹈，他几乎要被璀璨的火光闪到晕眩，为了逃避那温柔陷阱里的光，他试过挣脱；可他才是个病人，终生无法站起，她那双手紧紧抓住了两只轮椅的扶柄，把他包围在她的身体里。有那么几秒钟，他觉得既窒息又痛快，但有个叫理智的微弱声音在不断提醒他"那是毒药，那是毒药……"

被付安娜强吻过的古小川，只能到鱼姐那里去接受洗脑。

鱼姐给他的建议是这样的："赶快和她深入地进行交往。"

"为什么？"他不解。

"因为这场游戏似乎现在是女人说了算，但请你相信，无论怎样的恋爱，谈到后来永远都是男人说了算！这个说了算不是谁先提分手的概念，而是唯有男人够好或者够坏，才能直接影响到这段感情的发展。你那个女病人，摆明了是垂涎你的美色才想出这一招，能看得穿你好哪一口，是她聪明。你想夺回主动权的话，就只有和她发展，发展到你摸清了她的思想和肉体，直到对她产生厌倦为止。"

"这种说法太武断了！"古小川摇头道，"《危险关系》里的凡尔蒙子爵最后还不是对那寡妇动了真情？你不是男人，请不要用刻薄的心态把全世界的男人都定义为薄情种。"

"那你知道这小说背后的故事吗？拉克洛在最放荡的年代写下了这部放荡而含蓄的小说，然后被捕入狱。出狱后，他很快就爱上了一名娼妓，把他带到自己的家宅里日夜宣淫。最后，那娼妓怀上了他的孩子，他的妻子给了他一把剪刀，让他选择是刺死妻子还是那个怀孕的情妇。"鱼姐饮了一口昂贵的金瓜，眼神遂变得凝重。

"那……他是怎么选择的？"

"他用剪刀割开了情妇的喉咙，保住了他的财产和地位。当然，这一次没入监狱。谁会在乎一个妓女的死活呢？"

古小川只觉头皮发麻，仿佛手里正执着一把剪刀。

"所以有地位的男人永远都不会为爱情抛弃一切，如果死人能说话，温莎公爵早就在棺材里诅咒让他放弃王位的辛普森夫人一千遍了。"

古小川长长地叹了一口气，以极哀怨的神态看着鱼姐，说："我开始可怜你了。"

鱼姐挑了一下眉，放下杯子，道："真是好茶。"

古小川离开的时候，在门口与刚要进来的房慧撞个正着，两人互相看了一眼，面上都是淡淡的，接着便错身而过。

"他也是你的客人啊？"房慧一坐下，便急急地向鱼姐追问。

"怎么？我的客人里不许有心理医生？"鱼姐给房慧斟了一杯金瓜。

"他经常来？"房慧突然生出了一个邪恶的念头，她希望古小川向鱼姐抖出了什么见不得人的心事，好让她找机会向他还击。

"难得来，但每次来都应该很有收获。"

"这次是什么收获？"

"和你有半毛钱关系吗？"

"说说嘛！这金瓜好正，等会儿走的时候我拿一两个回去。"

"收获嘛……就是我给拉克洛抹了把黑，鼓励一个男人投入到伟大的爱情革命中去了。"

"啊？"房慧听得一头雾水。

"好了，看你面带桃花的样子，与小男生上床之事应该还没成，但是快了。"

"对对对！"

在房慧眼里，鱼姐简直就是中世纪的巫师，用她那套神秘的黑魔法操纵着身边所有人的命运。

"别高兴得太早，人家现在只是不讨厌你而已，离目标还远。"

"那我下一步该怎么办？"

"还能怎么办？"鱼姐嘴里发出嗤的一声，"维持现状，把架子端起来。"

"把架子端起来？什么意思？"

"意思就是，你该让他见识到专属于单身熟女的雄厚实力了。"

11

两个月前，小桃就陷入无尽的纠结之中，她发现自己深爱的岚团成员们都和同一个AV女优上过床。这条爆炸性的绯闻其实是几年前就炒过的，是那女优自杀时写进遗书的。女人真可怕，临死都还不忘记把玩过她的男人们拖下水，那颗打探八卦及制造八卦的灵魂大抵是永生不灭的。但小桃之所以到现在才知道，兼因她是最近才爱上这个由五名长着路人脸的男生偶像组合，她几乎翻看了所有关于他们的影视剧，一遍遍听他们的歌，同时为樱井翔没有和那女优发生性关系而倍感欣慰。

所以她决定好好爱翔！

为了翔，她报名去学了吉他；为了翔，她天天跑到家附近的日食店吃他最爱的荞麦面；为了翔，她努力攒钱想换一张欧洲火车票来一趟他最向往的旅行；为了翔，她将他崇拜的电影大师北野武视为神。所以为了翔，她必须一定绝对要抽出时间去看岚的演唱会。

所以为了翔，她必须坚定不移地在《摩登》杂志社最忙碌、加班到昏天黑地的出刊前夕冲进女上司的办公室请假去看演唱会。

纠结了好几天的小桃，终于鼓足勇气，冒着会被降薪甚至开除的危险，走到陆安安的办公室门口。她是算好了时机的，就要趁付安娜在里边跟陆安安谈公事的时候去，有第三方在场，女上司会稍稍收敛一下她的尖刻劲儿，再说了，反正付安娜百分百会在陆安安面前嚼舌根，但表面上又总是摆出一副特别袒护同事的样子，不管今后会发生什么事，只要她请假的那一刻付安娜从旁保持温婉的微笑，基本上陆安安就不会发作。这馊到不能再馊的主意其实是南茜和阿青给她出的，她们三个人的工作理念很相近，那就是"享受生活永远高于加班"。这其实是一种特别矛盾而缺少逻辑的说法，没有工作就没有收入，何来享受？可现在的年轻人总是好高骛远，以为自己离了这里还会有更好的发展，待他们转了一圈之后才会领悟到职场大同的真理，在哪儿上班都一样，没有哪个上司会呵护不肯加班的员工。

不过此时的小桃正值色迷心窍之时，"前途"和"吃苦耐劳"及"自制力"在她的字典里是放得很后头的，所以南茜跟她说："反正就此一次，应该请得出来。"阿青顶着她那智商与头发丝一样数量的光头跟她说："一定要趁第三者在场的时候跟她提。"于是，这姑娘就被调到了傻逼模式。

那一天，陆安安的办公室百叶窗显得很诡异，居然是完全遮光，这意味着她可能和付安娜在谈论一些重要到不想让其他同事知道的事情。但小桃正值头脑发热期，她才不管现在BOSS很忙，她只想去见翔。

于是，莽撞推门而入的小桃见证了让她惊掉下巴的一幕——付安娜掌掴陆安安。

什么情况？站在门口的小桃完全不知道自己该不该进去，抑或施个魔法让她们都看不见她，然后她好悄悄后退、后退，再后退……退回到自己的阵地，然后掐住所有人的脖子大吼道："陆总编被扇啦！"

尽管小桃不确定背对着她的付安娜有无意识到别人开门进来了，但正对门的陆安安是清清楚楚看见她的。陆安安面无表情，本该有红印子隆起的皮肤还是白净的，可见粉底霜打得够厚够坚实。

"有什么事吗？"陆安安稍稍仰了一下头，问已经呆若木鸡的小桃。

付安娜的背影似乎颤了一下，然后她亦回过头来，对小桃露出一个妩媚的笑，那笑容大方而得体，就是不知为什么却让小桃很想把它踩扁。

"还能有什么事？我们小桃的翔哥哥来开演唱会，她还不得请假去看一场，完成对他心与心的触碰？"

干！付安娜难道是外星人？这儿没有谁的事能瞒过她！小桃当时的表情极其复杂，像有一坨屎干结在她面孔上。

"哦，对了。山风团要来演出呀！"陆安安以极其优雅的姿势坐回到她那张大得很夸张的红木太师椅里，据说那是民国产的，能抵得上《摩登》杂志一个员工十年的收入。

"这个……我……只是来问问陆主编要不要来杯咖啡。"

话刚说完，小桃已经想抽自己了，付安娜都已经给她铺了台阶，她居然没有顺势往上爬。原因很简单，她刚才看到付安娜抽自己上司了，这太可怕了！她那智商贫瘠的小脑袋瓜都反应过来了，此刻不能再给陆安安添堵。

"你去看看演唱会也好。"陆安安似乎完全没理会咖啡的事，"山风团现在挺受欢迎的，是J家的新天团，要不然你带个相机去，拍点好照片，到时回来写个专栏稿，给你算稿费。"

"啊？"小桃以为那是自己幻听了。

"啊什么啊？赶紧去啊！"付安娜上前亲热地搂住小桃的脖子，道，"把我的单反拿去吧，照片拍得好点。"

"嗯，那你们出去吧，今天早点下班，这两天都辛苦了。"

陆安安居然对付安娜讲出这么体贴的话来，可见是被耳光抽傻了。

"谢谢陆姐关心！"付安娜甜蜜蜜地搂着小桃，向陆安安挥手道别，"那我们出去工作了，您也别累着。"

"嗯。"陆安安已经埋头在笔记本电脑里了，跟她从前不怒自威的腔调完全一样。

小桃就这样被付安娜拥出了办公室，她在云里雾里之际，只听得付安娜在她耳边轻轻道："刚才的事你敢说出去，别想在《摩登》混了。"那语气，简直像在说："刚才的事你敢说出去，就别想活着去看岚团的演唱会了。"

可惜的是，小桃心惊肉跳之余，完全没有听从付安娜的忠告。

弄堂咖啡馆的聚会，这一次就少了付安娜，这回是三个女人加上一个乔洋在那里人手一份咖喱饭，边吃边做出最夸张的惊讶表情。

"不是吧？你眼没花吧？"南茜瞪大了眼睛，"那腹黑马屁精敢抽陆主编？她是嫌命长？"

"更诡异的是陆安安居然没有发作，两人都相当会演啊！"小桃死命吮着杯子里的西柚汁。

阿青点了一根烟，眼神迷离地抽了一口，幽幽道："不知道这两个女人搞什么鬼，反正都不是省油的灯。"

所有八卦分享环节都会积极参与的乔洋也发表意见："一定是陆安安有什么把柄抓在她手里了，这死女人是很厉害的。"他一想起付安娜前阵子每天放在他桌上的早餐，至今都要倒抽一口凉气。

"你们说那会是什么把柄？"南茜表示同意，实际上乔洋说什么她都同意，痴恋的人总是比较没脑子。

"哼！"阿青道，"工作上的事情，无非是车马费吧，但时尚刊物编辑收车马费早就是公开的秘密，应该不至于；再说，哪次有车马费的时尚秀不是付安娜冲在前面？咱们这也就那点屁事，还会有什么把柄？"

"私生活？"

"陆安安是单身贵族，就算养小白脸或者给土豪当小三，都是个人问题，付安娜也没有权力为这个扇她吧？"

"哦！"小桃突然尖叫，"会不会陆安安其实是吸血鬼？"

三人顿时沉默了，没办法和小桃说正经事，大家都知道。但八卦算正经事吗？对他们来讲那就是正经事，没有八卦，人生乐趣要少掉一大半。

"你把这事讲给我们听了，就不怕付安娜知道以后让你死得难看？"南茜还是隐约有些关心同事的安危。

"切！"小桃相当豪气地将脖子一仰道，"如果真把我逼走，她付安娜也休想混了，我会闹得她鸡犬不宁！"

"省省吧。"乔洋白了小桃一眼。

阿青笑道："乔洋啊，自打知道你是GAY以后，我发现你冲我们翻白眼的表情真当好GAY呀！"

乔洋实在没忍住，又冲阿青翻了个白眼，四个人齐齐大笑起来。小甜甜的歌声轻轻游走在每张餐桌之间，他们突然产生了某种生死与共的豪情。虽然这些女人不可理喻，虽然这个男人矫情到死，但《摩登》已经把他们紧密联系在一起了，无关风月，只关友情。

分手回家的时候，南茜照例提出要乔洋送他，孰料他冷冷地回道："我不顺路，你打车吧。"

南茜的心瞬间沉入冰川谷底，虽然她知道拒绝一个人就得狠到底，但乔洋的狠还是让她有些吃不消。

"你最近和慧姐见过面吗？"她突然想起这茬儿，希望能用对话来消减刚才刹那间强烈的失落感。

"啊，见过。"乔洋脸色也有些不太好看。

"怎么样？有没有再尝到她的手艺？"

"有。"

"是什么？"

乔洋愣了一下，缓缓吐出一个菜名："相知汤。"

"相知汤是什么？名字好老土！"南茜开始泛酸了，从他的话里她听出来两个人背着她有接触，至于接触到哪一步了，她是半点都不敢深想。

"哦，就是莲藕排骨汤。"他语气很淡漠，脸皮却是辣的。

第三章

主菜——黑胡椒西兰花蜜汁煎小牛排 > > >

1

南茜其实是个脸皮很薄的人，喜欢被照顾、被追求、被想念，在一众环肥燕瘦的美人堆里也认为自己鹤立鸡群，只因美得没那么嚣张，反而更受关注。她认准了低调的柔情可以占上风，事实上也的确占了上风，于是总在心里默默骂那些浓妆艳抹的美女是傻逼，她们敬酒的姿势傻逼，碰在一起谈笑的时候傻逼，在男士面前刻意扭胯的姿势更傻逼……南茜希望在一群气场强大的名模嫩模堆里维持她人淡如菊的优势，总会有个把看上去不错的男士会想要从迪奥香水和三十公分的高跟鞋围攻下钻出来透口气，他们会寻找那些看起来不怎么显眼，却很养眼的壁花，比如南茜。

所以，穿着恬淑得体的南茜能屡屡在万艳千红的时尚高级派对上换得几张大资的名片，但她从来没有给他们打过电话，因她从他们身上闻见了污浊气。气息是极微妙的东西，有些男人一近身，从前或艰或险的经历就仿佛刻在身上，他们会变油、变滑、变得爱耍狠、变得自恋，唯独不会变高尚，于是混沌感扑面而来，哪怕他们家财万贯、皮肤白皙有光泽、手指甲剪得很干净，嘴里聊的都是莫奈、梵高甚至汤姆·福特，身上动不动会露出一块羊脂玉的踪迹，但依然打动不了小女人南茜的灵魂。她就是爱难搞定的男人，因为他难搞定，所以更显魅力与节操，比如出柜的乔洋。

在自己打车回家的那天深夜，南茜坐在床上哭得跟精神病患者似的，床单上铺满了大资们的名片，她甚至坚信只要随便拨通其中哪一位的手机，就能顺利嫁入豪门，保不齐还是比梁洛施更高端，更有体面的名分。但是，她没办法放下最要命的爱情洁癖，在这边万般受宠，在那边却被视为粪土。

"乔洋，你去死吧！"南茜在那堆名片里仰天长啸。她怎么也搞不明白男女其实在贱的程度上一直是旗鼓相当的，一方开始追，另一方就开始跑——她主动提出献身，他就果断出柜。

为了寻找心理平衡，南茜决定搬一个备胎，备胎就是受欢迎的女性手里的一把牌，还不是司令牌，最多抵个老K，她们把这些牌捏在手里，就有了所谓的底气。这底气可以让她们勇往直前去受伤、被拒绝，自尊心被踩在脚下的时候还能自信爆棚。备胎是女人们居家疗伤的上上品，因此南茜决定启用她的备胎。她努力在那一堆镶金带银的华丽名片里搜寻记忆，很多人她看到名字都已经想不起他们长什么样了，她只得把那部分摘除掉，专在还有印象的名字里打算盘，最后挑出了两位备胎候选。

她先给继承家业开珠宝行的侯总打电话，手机半天都没人接，于是放弃。之所以先选他，兼因此人外表还算看得顺眼，瘦削挺拔，架一副无框眼镜，头发剃得很清爽。当然，至于这位侯总路盲、左右不分、略带口臭这些事情，南茜基本上已经想不起来了。

侯总没接电话之后，南茜只能打给张总，手机才通了三下对方就接起了。

"小茜啊，你可是把哥晾得够久的啊！"张士豪是那种典型的土豪，但偏偏长得不怎么土豪，眉目英挺，唯一的缺点是不能开口，一开口那从小混黑帮的调调便源源不断地跑出来了。南茜之所以肯打给他，心里隐约有点希望让这位如今叱咤风云的金源房地产开发商纠集他从前那批兄弟把乔洋拖出来狠揍之后倒挂在天桥上吹一晚上风。

"人家这不是知道张总日理万机，不敢打搅您开创宏图伟业嘛！"

话一出口，南茜自己都快吐了，检讨自己那声气，跟一堆整天想着傍张长期饭票就能安枕无忧的三流嫩模有什么两样？

"那这是咋的啦？想哥了是不？想哥了就说呗！哥来安抚妹妹你细腻脆弱的小心灵啊！"

"那哥能帮我去揍一个人不？"

"说话！说话！"金总的黑帮豪情瞬间被钓起来了，声音都有点发颤了，"帮你解决个人还不简单？丫是欠你钱了，还是欠你情了啊？"

"欠……"

南茜突然喉咙发硬了，眼圈也跟着热起来。是啊，乔洋欠过她什么？说到钱，她至今还欠着他一千块没还呢；说到情，他早就明确不需要了，他没给过她，也没冲她借过情，甚至都没有找她解决生理需要，他很无辜。

"欠钱！"南茜大吼，"欠钱不还！但钱我也不要了，我只想要他不好过！"

女人撒起谎来，基本上都不用打草稿。

只听得张士豪在电话那头长叹道："妹妹哟！钱这事还不是分分钟搞定？对了，丫男的女的？男的就好办，能给丫下点狠手；女的就比较麻烦，哥还有点下不去手啊！"

"男的，一个死贱男人！"

"成！妹妹你说话，哥这就把他搞定！"

不知为何，张士豪那简约直率的回应让南茜万分心安，她是太久没有碰上哪个男人冲她拍着胸脯说："一切包在我身上！"与此同时，她也不敢跟那土豪坦白说："我想打他一顿只因他拒绝送我回家。"

刚挂断张士豪的电话，侯总的电话就过来了，还是一派柔情腔调，"小茜，真难得啊，找我有何贵干？"

"没什么。"南茜连寒暄几句的兴趣都没有，就直接摁掉了侯总的声音，她不需要他，现在复仇的火焰烧得正旺，她只需要一个有匪气的男人帮她宣泄那见不得人的怒气。

2

房慧的第二次约会，是在太平洋百货。

房慧一路走，一路把每个奢侈品柜台的东西都摸了一遍，她面目可憎地估量这些东西是否适合自己，还偶尔回过头问乔洋说："这个包包适合我吗？时尚杂志编辑同志。"

乔洋偶尔点头、偶尔摇头，然后眼睁睁地看着房慧面不改色地刷了十万块钱的卡，拎着大包小包风光地坐电梯到高楼层去吃饭，他们选在相对廉价的意大利式餐馆，那儿有经济实惠的苹果派和海鲜焗饭。

"你平常都是这样买东西的？"

房慧摇头道："偶尔为之，怎么可能经常这样消费？我每年都要存笔钱买点奢侈品，再去欧洲的某个小国家旅行。这大概也是生活的唯一乐趣，很小女人吧？"

他挑了一下眉毛，不想搭话。

"你现在住在哪里？"房慧突然抬头问，那个苹果派冷掉了，但里边的苹果还是很好吃，有点巧克力的味道。

"我？"他回道，"三环外。"

"房子是买的还是租的？"

"租的。"

"多少钱一个月？"

"六千。"

"这么贵？怎么不跟爸妈住一起？省点房租不好呀？"

"不想，他们很唠叨。"

"也对，我当初也是因为嫌他们唠叨才决定自己买个房子住。"

乔洋瞬间有些自卑，跟房慧相比，他实在是有点弱，她似乎什么都有了，除了男人。而他还在打拼阶段，她现在的生活是他未来人生的一个愿景，除了那臃肿的身材。

"不过没事的，你会成功！那么聪明有品味。"

她的夸奖让他受宠若惊，他一直觉得她打心眼里瞧不起他，未曾想还会发善心给他灌输正能量。

"谢谢房老师鼓励。"他从那一刻起决定叫她"老师"，意思很明确——我跟你不可能成为情侣。何况他还有十一年时间赶上她，他的青春当然是自己做主！

房慧愣了一下，突然苦笑起来，说："不客气，乔洋同学。"

走出百货商场的时候，两个人也是一前一后，乔洋拎着房慧的几袋奢侈品快步走进停车场，房慧踩着高跟鞋不紧不慢跟在后面，鞋子让她注定走不快。她突然心里有些绝望起来——也许这辈子，她都无法跟上他的脚步。

"乔洋！"她在空旷的停车场大声唤他。

他茫然地回过来头，表情有些气恼，让他拎着几袋子女性用品已经够丢脸了，现在他只想尽快躲进车里去。

"怎么了？"他的语气很不耐烦。

"我脚痛，想在这里歇一歇。"她索性一屁股坐在停车场内的一个台阶上，没有想站起来的意思。

"回车里休息不好吗？坐在这儿多难看？"乔洋有些急了，尤其是他看到有三个男人正朝这边走来，像是也在找他们的车。

"你跟我出来，就已经觉得自己很难看了吧？"房慧的笑容很疲倦，"以前看过一个日剧，叫《美发贵公子》，讲一个二十出头的年轻美发师，去到一个五十岁的老女人店里学手艺，他最初爱上一个三十岁的美女，和她同居，然后又因为对方逼得太紧而分手。老女人始终在旁边看他不停地折腾自己的人生，从来没有说过他，她就那样看着，什么也不讲，因为她知道，对那个美发师的爱就只能是远距离的，一亲近就什么都没有了。后来，那个小男人终于要离开理发店，也意味着要离开那个老女人了，分别的那天早上，老女人显得特别安静，她甚至都避开了他给她的吻。一个吻啊，这个剧从头播到尾，他都没怎么正眼瞧过她，现在她终于能得到一个吻，却推开了。知道为什么吗？"

"……"

房慧的笑意里突然有了泪光，接着说："因为那个男人从头到尾都称她为'老师'。"

乔洋突然胸口涌起一股莫名的哀伤，他不太明白房慧讲这个故事的意思，却又像是什么都明白了，于是生出一种被温厚的宽容与怜爱包围的感觉。

那三个找车的男人也走近了，其中一个走得很快，走过乔洋身边的时候，房慧还坐在台阶上脱了一只高跟鞋然后揉她的小脚趾。

走过乔洋身边的男人此刻蓦地折过身，给了乔洋结结实实的一拳，乔洋顿时整个人飞了出去，房慧的奢侈品也跟着散了一地……

3

乔洋被打成猪头这件事，在《摩登》杂志社引发了轰动。

所有女人都用心疼的眼神望着他，他是三天以后来上班的，说明伤得不重，起码没被人家卸下一条手臂什么的。但同时，除了南茜以外的所有人都有这样一个疑问——乔洋究竟得罪谁了？

小桃听说这事以后，第一个反应是"流氓打手们认错人了"，乔洋是如此温和低调又讨喜，怎么可能惹上这样凶险的事？

阿青的第一个反应是"GAY圈好乱"。对那个乱乱的关系网这位摇滚女青年是早有耳闻加上目睹，所以她认为有点血光之灾纯属正常。

付安娜的第一个反应——也可能是她最后一个反应，那就是没反应。

和付安娜同样没反应的是南茜，但她依旧眼泪汪汪地来上班，给乔洋买了各色跌打药，嘘寒问暖无微不至。她想起两年前被一个矫情文艺男青年甩掉的时候，乔洋也是这样体贴，每晚都给她送来一碗滚烫的皮蛋瘦肉粥，他就是这样打动了她，然后在她主动进攻之际再潇洒出柜。

可恨！

南茜为此至今都不碰皮蛋瘦肉粥，那是让她沦陷的迷药。她一想起来就会心绞痛，然后开始嫌张士豪打得还不够狠，应该割掉他的舌头，让他再也尝不到食物的味道。

女人一旦残忍起来，会比男人残忍百倍。南茜体内的恶魔已经涨到满格，但那个势弱的小天使也在歇斯底里地尖叫："难道你不心疼他？"

心疼？南茜是心疼的，她眼睁睁看着他每天一瘸一拐地来上班，坐下的速度要比平常放慢十倍，右半边脸完全肿起来了，与深深浅浅的结痂连在一起，让他一下从阳光男孩沦落到苦逼少年。

"啧啧啧……都这个样子了，怎么不多休息几天？"从来没把员工当人看的陆安安都忍不住释放了她的同情心。

然而，乔洋却摇摇头，勉强地挤出一个笑脸，说："工作要紧。"

其实，他是不忍心待在家里，让这个月的工资平白无故地减少。

"打你的人查出来没有？"

他还是摇摇头，道："打完就跑了，其间还一个劲儿地喊要我还钱，可是这些人我一个也不认识。应该是打错人了吧。"

"我就知道！"小桃噔噔噔跑过来补充，"乔哥哥那么好的人，怎么可能得罪谁？一定是认错人了！"

"切！"阿青也走过来，很豪气地拍拍乔洋的肩，露出手背上新刺的一只蜜蜂文身，"保重啊，乔哥哥。那圈子乱是乱了点，以后结交性伴侣之前一定要看人，尤其是摸清对方的职业，我很多那方面的朋友都曾经被搞得很惨哟！"

乔洋听得鸡皮疙瘩都起来了，恨不能猛地掀桌大吼："乔哥哥我他妈的是直男！"

但是，此刻他却盯着桌子上那一堆南茜送的各色膏药，突然有些想念房慧。

被打的那天，是乔洋生平最丢脸的一天，他只觉身上每块暴露在外的皮肉都受到重击，鞋底摩擦过衣料的时候刺痛随之涌来，全身都在痛，痛到麻，痛到辣。他不知道房慧当时是怎么个反应，反正他是一声都喊不出来，只有在心里骂。他很害怕，并没有表面上那么坚强，所以姿势是半跪在地，双手护头，即便如此，口腔里还是泛起了一缕咸腥，那腥味越来越浓，直呛入鼻腔，最后他忍不住咳嗽起来，猛地直起身体，结果马上就吃了一记重拳。

乔洋直觉自己的眼睛看不见东西了，他怕自己被打瞎了，于是尝试努力睁眼，看到的却是一片血红，随之而来的才是弱光，那红彤彤的光线里，他依稀看见房慧手里抓着高跟鞋，拼命跟一个打他的小流氓撕扯，她用鞋跟敲对方的脑壳就跟敲木鱼似的，还能听见响亮的咚咚声，同时一口利牙咬着对方的耳朵，动作异常凶悍。

然后，他耳朵眼里又冲入一个小流氓的嚎叫声，应该是被房慧折磨得受不住了。他有点想笑，可是剧痛难耐，有些地方明显又热又痒，都肿起来了。他只得闭起眼睛，不敢再看，直到那三个人跑得无影无踪。

房慧喘着粗气，赤脚站在那里，头发散乱得跟被强奸过似的，身上那件精致的真丝连衣裙肩膀处已经脱线，被腹部赘肉勒出好几层褶皱的部位完全裂开了，露出奶黄色的肚皮。这还不是她最不堪的部分，若是仔细看她嘴角的血迹，以及晕成中国水墨画款式的眼圈，说她是地狱里爬出来的女恶煞也不过分。

"你……你……"房慧直愣愣瞪着他，"你他妈到底什么情况？"

"我……我他妈怎么知道？"

"你他妈就不会还手吗？"

"不会还手犯法呀？"

"不犯法，但巨矬。"

"谁说的？基佬都不会打架。"他脱口而出之后，都有再抽自己两下的冲动。

她突然又吃吃笑出声来。

"笑什么？"

"笑你挨揍了呗，活该！谁让你平常这么臭屁。"

"我喜欢挨揍不成啊？我过瘾好吗？"他也很想笑。

她歪头想了一下，喃喃道："嗯，是挺过瘾的。"

在这样血淋淋的气氛中，两人又笑作一团，要不是乔洋每牵扯一下面部肌肉腹部就疼痛无比，他大概已经当场笑死了。

真是奇怪，这两位永远是在动手之后才真正开怀，难道是骨子里都热爱暴力？

"喂！"乔洋捂住那半边肿起的脸，"上次我被打之后，你似乎就为我上菜了。"

"这次不行。"房慧穿上高跟鞋，弯下腰捡起她花了十万块买的一堆奢侈品，道，"这次得先去医院，再给你上菜。"

左眼眯成一条缝的乔洋，浑身散发着药水味回到了到房慧的公寓，像是刻意打扫过了，屋子里尤其整洁，房慧急吼吼地将几乎被踩烂的几袋奢侈品拿出来检查。还好，LV手提包只是起皱了，稍微用报纸塞在里边撑一撑应该还能用；巴宝莉羊毛围巾中间不知被哪个混蛋踩了个破洞，这可不是缝补一下就能消除掉的遗憾；还有那件宝姿大衣，上面有个纽扣怎么都找不着了，气得房慧直想竖中指。

乔洋安静地坐在客厅的四人餐桌旁，盯着已经变成干花的一瓶勿忘我看得出神。

"干花容易坏风水，还是换掉的好。"他拿手指轻轻点了一下细小的紫色花瓣，那花瓣居然落了下来。

"你懂什么？这个干花只会影响感情运和夫妻运。"房慧白了他一眼，拈起掉下的碎花，丢进垃圾桶。

"影响感情运你不怕？"

"当然不怕。"

"为什么？"

房慧脸上的光暗了一下，幽幽道："因为有没有爱情和幸不幸福，没有半毛钱关系。"

乔洋张了一下嘴，却不知道说什么好，只好又闭上了。

"不用跟你爸妈打电话报平安了吧？"她生硬地扯开了话题。

他连忙摇头。

"也是，在外面打过架的孩子都不想让爸妈知道。"

"喂！我是大人了！"他稍一激动，浑身就开始抽痛，只得龇牙咧嘴地坐回到凳子上。

房慧没再说话，转身进厨房摆弄起来。

每到这一刻，乔洋就觉得自己异常幸福。是的，有没有爱情和幸不幸福没有半毛钱关系。就像现在这样，坐在餐桌旁边，聆听厨房里传出的切菜声、锅盆碰撞声、煤气灶上煮东西时发出的轻微的"突突"声，想象一个身材臃肿却姿态坚定的女人在一堆食材中间起舞，面目模糊，但动作就像指挥交响乐一般美妙。"上帝的福音"从里边传出来，开始是听觉，后来便能闻到香气，让人魂牵梦萦的料理之香，能引领你踏上通往天堂的台阶……

等待开饭，是大多数人最幸福的时刻。

乔洋徜徉在这幸福之中，欲罢不能。

没过多久，香气开始变得有温度了，房慧也从厨房里出来，头发很整齐地贴在脑后，用一根黑色发带束住，身上的灰T恤沾染了一点食物的气息，令她闻起来很有亲和力。

"好了？"他自觉口水已经溢到嘴边。

"再等五个钟头就好了。"

"哈？"他嘴里的茶险些喷出来。

"你大概会顶不住饿吧？"

房慧有些像在逗他，他低着头，想起身告辞，东西没得吃，总得先出门找家肯德基吧！但转念一想，还是决定留下，不就五个小时？等等吧！

"看来决心很大吗？"房慧笑了。

"开始的时候，我一直不明白，你既然是一个人住，为什么要买四人餐桌？又大又笨重，特别占空间。"他抚摸那桌面，手感光滑细腻，这种上等实木质料能确保一张饭桌用上近一百年。

"后来我明白了，你潜意识里还是希望能有个家庭，三口之家那种，老公收入颇丰，能保全你一辈子衣食无忧。你是想生个女儿的吧？长大了可以和妈妈一起在厨房做料理。偶尔，你们会接待一位朋友来家里吃饭，还会嘱托客人带月兔形状的和果子作为伴手礼。你的幸福也许跟爱情无关，但一定和完美家庭有关，我猜得对吗？"

房慧沉默良久，然后站起身，缓缓道："我想你现在需要一份食物充充饥。"

十五分钟后，乔洋尝到了房慧的西餐手艺——黑胡椒柠檬蜜汁煎小牛排。

柠檬的清新气息伴以牛排油厚的肉感，入口香酥，油脂裹在清爽的蜂蜜汁里，轻轻一咬便蔓延至整个口腔。第一口吃起来有些淡，接着越来越浓烈，与喝咖啡的感觉恰好相反。

"被打了一顿之后，是个人都会饿，希望你吃得开心。"房慧只给自己做了一道蔬菜沙拉，淋了千岛酱的那种。

"被打了一顿之后，其实是个人都会疼。"他努力撑大那只眯缝着的眼，整张脸都是扭曲的。

吃完饭，两人几乎就陷入了沉默，房慧似乎在用鼻子观察她那道精心炮制的极品料理，因为香气确是极有层次地传递出来，其间甚至飘出了苦味，但很快就被一种月桂香取代，月桂随着小火轻炖的继续化作乌有，替换它的是一股肉的焦香味。

晚上九点，厨房的电子计时器发出滴滴的提示音，房慧面露欣喜，边喊"成了"边跑去关火，然后端出一只汤盆来。

"请品尝。"

"怎么又是汤？"他原想皱眉头，但食物抓人的香气不允许他有厌弃的表情。

"不是汤。"房慧揭开汤盆，系满满一盆切片厚实的三文鱼。

"这不就是三文鱼刺身吗，需要煮这么久？等等，这压根儿就没被煮过。"他感到自己严重被耍。

"哦，对，忘记告诉你了，我刚刚煮了五个钟头的是自己的早餐营养肉桂粥。给你吃的这道菜才是祖传秘方哦！"

他只得气鼓鼓地夹起一片三文鱼，蘸了酱油和芥末，放进嘴里。忍过芥末冲鼻的辣劲之后，他嘴里开始有了奇异的化学反应，像春季艳阳突然笼罩全身，空气里弥漫着一股怡人的青草味，几个过早穿短裙的女孩挺着一对对刚刚发育的乳房走过落英缤纷的樱花树，还有一道彩虹架在他身后，女神之手穿过云层抚摸他的头发，然后湿暖的舌头慢慢滑过他的小腹……

这感觉越来越舒服，也越来越恐怖。

"这不是普通的三文鱼，我在里边加了杏仁粉，还有一点新鲜无花果酱，调和掉了鱼的腥味，封住了肉质本身最可口的脂肪层。尝到春意没有？"房慧只是解说，一口没碰那鱼。

"嗯嗯嗯！"他猛点头，好不容易咽下了美食，也咽下了春天，才开口问，"这个什么菜名呀？"

"合欢药膳，食材全是催情的。"

只听"噗"的一声，乔洋嘴里的催情食品都喷在了房慧的脸上。

4

张士豪为什么会看上南茜那样的中等美女呢？那是因为极品美女把他伤惨了。虽说张士豪是正宗屌丝出身，凭着一腔热血和花岗岩一般硬的脑袋走到今天，腥风血雨都见识过，把子全拜过，也曾被兄弟出卖过。所幸这些都没能阻止张士豪那颗火热的心，他依旧是傻不愣登地奔波，十几块赚，几十块也赚。有阵子张士豪落魄到去做泥水匠，每个月累死累活才拿几千块，那个时候他心中的女神是做会计的张月梅，那女人有胸有屁股，眼角带蜜，扫到谁谁的魂就被带走了，所以他有大半月的工资后来都交到她手上，就这样交啊交，后来张月梅给他一张她的结婚喜帖作为回礼，新郎当然不是他。张士豪带着受伤的心为一整个楼盘和了水泥，然后就决定学着怎么把他亲手造起的几幢楼卖掉，他样子生得好，又有点大咧咧的腔调，不知道的都以为那是老实豪爽，实则是匪气太重。卖着卖着楼盘，张士豪就正式跨入了土豪界，喝的是拉菲，住的是别墅，光买一个名家的油画就花掉五百万，家里每只酒杯都沉得离谱，因为是整块水晶雕起来的。有一次，他在公园里遛他的喜马拉雅猫，碰巧瞅见张月梅正在训自己的孩子，她穿着廉价的羊毛衫和牛仔裤，腰身比做姑娘的时候肥出两倍有余。他早就打听过了，这位旧情人找的老公是个懒汉，后来一直花她的钱。张士豪立马打电话给自己的小弟，让小弟火速安排一个美女来公园做他的女朋友，他还在电话里反复强调"必须是个大学生"。结果呢，那美女姗姗来迟，高跟鞋踩得一巅一巅的，她来的时候张月梅早牵着孩子走了，把他气到吐血。

"滚！"他冲那美女大吼。

美女撩了撩仙气十足的长发，轻飘飘地吐出一句："德行！"

那撩头发的动作让张士豪有点心动，所以干脆跟那美女好了一段时间，那美女伺候他很周到，夜夜给他煲大补汤。他很快被感动，甚至有了立马娶她的冲动。美女也似乎做好了嫁给他的准备，还给了他一张医院诊断书，证明自己已经怀孕。张士豪当时犹如登上幸福的峰顶，他定好另一套豪华别墅，在里边种上美女最喜欢的郁金香和马蹄莲，又去买了通往苏梅岛的头等舱机票，打算认认真真结个婚。这份欣喜直到某天另一个土豪来给他醍醐灌顶，才彻底烟消云散。

另一个土豪也是合作房地产生意结交的，他第一次看见美女的时候表情就有些异样，后来听说张士豪要娶她，脸上的笑意便更显诡秘。这土豪因为股份分成的事后来跟张士豪闹掰，两人吵得面红耳赤，继而都流露农民本性，开始互相爆短。

"你当你要娶的那个女人是纯洁无瑕的天仙啊？我告诉你，那女人就是个鸡！"土豪冷笑。

"你放什么屁呢？"张士豪未曾想对方会扯到他未婚妻头上来，吵架就吵架呗，攻击一个女人算什么？

"你是不知道吧？那穷疙瘩里有一批人，就专门做这种家族事业，母亲会让女儿出来傍大款，然后教她怎么把大款钓牢。你没发现你那未婚妻即便有你养着也还坚持要开店做生意？而且她做生意肯定永远亏本，然后就不停地让你拿钱去填漏洞。她也肯定每个月给家里寄大把的钱，她的小姐妹也肯定个个都像夜店小姐，而且你难道没发现，无论你给她多少钱，她三天不到准说已经用完了。那就是她的套路，你他妈只是她的一门生意，居然还傻到想娶她？我告诉你，这女人就是因为后来玩得太大，拿了张怀孕证明来向我逼过婚，我才找私家侦探挖了她老底。她找哪个男人都用这一招，怀孕根本就是假的。"

被轰炸得七荤八素的张士豪就这样回到家，强行把美女拉进医院做检查，结果当然是没怀孕。他又开始查她钱的去向，他每个月都给她五万块的基本生活费，加上为她做生意亏本补的漏洞，七七八八也有六百万投到这女人身上了。如果美女每个月都要寄给她妈两万块，那么还有三万去了哪儿？他翻出她的那批"名牌包"去检验，发现买的全部是A货，衣服也都是地摊上淘来的，所以一天换一套都不可惜。这美女骨子里的低端，终于让张士豪幡然醒悟。

分手！他下定决心要把美女扫地出门。美女大抵也看出了他的决心，于是撕下了贤良淑德的面具，反而要张士豪滚出去。很简单，那套为结婚买的豪宅，房产证上写的是美女的名字。张士豪就这样一夜之间被全世界抛弃了，以至于他后来出席任何高级场合，邂逅任何对他暗送秋波的美女，都能一眼看透她们涂得冗长而曲卷的睫毛下暗藏的阴谋。

所以他怕美女了！他宁愿选择像南茜那样看起来有点小平凡的女人，起码她身上散发着某种让人安稳的气息，也不刻意作出媚态来讨好土豪们。女人要男人有安全感，男人也需要女人有，他们希冀的爱情总是危险而传统，很难讲清楚这矛盾心态的来源。反正他张士豪已经没办法再以外貌来判断一个女人品质的优劣，他开始在意柔顺度和忠诚度。相形丰乳肥臀的造型，更能体味扁平的飞机场之和绚美好。尤其南茜那股子单纯劲儿，清高得单纯，小心机一眼就能被张士豪看透，无论是偷吃一块饼干，还是假装整理裙子以便弯腰关注一下某个名模脚上的新款JOHN LOBB皮鞋，他都理解。南茜的虚荣心，仅停留在一个表层，她也幻想住别墅，但对自家租赁的那间斗室阳台上自行开发的迷你花园也心满意足；她会谈论名表，对围着纪梵希丝巾的女人投以艳羡的目光，可回过头来她会在经济允许的范围内挑选二线品牌的包包和质地精良的便宜衣裳。

一个能为自己的生活精打细算的女人，一般都不会太贪婪。

张士豪凭他四十二年的人生经验得出结论——南茜适合做张夫人。因为她风格平实，又系本地人，有良好的教养，也许双亲不是特别有钱，但绝对是将女儿精养起来的。张士豪需要这样的女人养在他金玉满堂的宅子里，替他生孩子，替他摆弄收藏的古董，替他接待每一位贴心的哥们。南茜就是那种每个古惑仔在刀光剑影中逃出升天时都会想要的依靠，看上去不那么事儿，也不复杂，你苦着脸回家，她也许还会给你端上一碗热汤。因为没那么漂亮，才感觉真实。

张士豪不究缘由就差人把乔洋打了一顿，因为他坚信她肯定是被那小子给骗了，至于骗了什么，以他精明却不细腻的思维模式来讲，就只会想到钱。因为南茜反复强调说："我才不会跟这样的人谈恋爱，我就是看他不爽！他还欠我钱！"

"没错！看丫不爽就揍丫！哥吧，虽然是个讲道理的人，但也会有看人不爽的时候，该出手时就出手呗！何况丫还欠你钱！"

就这样，乔洋挨了一顿打，那三个小弟回来汇报的时候也是意外的鼻青脸肿，其中一个头皮秃了一块，说是"那小子还带了他阿姨来，那阿姨挺猛的，直接用鞋跟把俺头给打破了"。

"放心！下次让哥查到丫阿姨是谁，再替你报仇哈！"张士豪挺豪气地数出一沓人民币给那受伤最重的。

"不必了。"头皮秃了的小弟表情悲壮地摇了摇头，"我也有阿姨，我姨疼我的时候就特别爱教训我，老敲我头，所以我被砸那几下，就想起我姨了……我要回家！我要回家！呜呜呜呜……"

在如此特殊的情况下，南茜硬着头皮和土豪开始了交往。她已经打算好了，买个施华洛世奇的领带夹送他，请他吃顿饭，其间娇笑几声，露点小女生的媚态，再夸到那土豪心花怒放，走出餐厅以后就可以老死不相往来了。

结果张士豪居然迟到！

他是满头大汗，领带勒在额头上冲进餐厅的，那虽然只是个环境很小清新的日式餐厅，老板娘做的永远是面包和汤，但也不至于能接受一个土豪系着爱玛士皮带，头上勒个鲜红刺目的领带就进来了。于是，站在料理台后边削黄瓜的老板娘冷冷地"哼"了一声，斜眼瞟了一下南茜。作为老顾客，南茜恨不能钻地洞，她把头几乎埋进了汤盆里，嘴里不停地小声念叨道："千万别走过来，千万别走过来，千万别走过来……"

"南茜小姐呀！看到你了！"

张士豪几乎是踩着妖娆的狐步奔向南茜坐的位子，她只得把头从汤盆里抬起，竭力挤出一个甜美的微笑。

这家秋叶食堂是房慧发现的，开在市区一条狭小的老街上，周围全是原住居民。整店不足五十平米，只摆了四套桌椅，老板娘现点现做，只有两款汤和三种面包可供挑选。依房慧的说法，主打菜品越少的店东西越好吃，因为少，所以更加专注，也更为专业，口味必是独树一帜的。南茜和乔洋都是看了房慧的专栏文章才专程去的，吃过一次就上瘾，唯一的问题是吃不太饱，后来乔洋每次去都点两份，但两份又嫌多，要个人帮他吃掉一些，这个人往往就是南茜，有时候也是小桃。

张士豪接过菜单以后愣了半晌，不知道该点什么。牛奶红豆面包、肉松金丝面包、菠萝奶油面包……每个都便宜得让他喘不过气来。虽然这次南茜强调是"请他吃饭"，但他早已下定决心要在吃饭中间假装上厕所时偷偷把单买掉，男人怎么好让女人付钱？太没气度了！张士豪的交往观念还停留在二十世纪八十年代中期，但这正是他最棒的绅士行为，且没有之一。

结果是，张士豪每样面包点了三份，一人再点一道奶油蘑菇浓汤，以保证能吃饱的同时买单能付掉两百以上的金额，否则显得他多小气。

"小茜啊，哥可是听那教训他的几个兄弟讲了，那小子油腔滑调的，看起来特不像好鸟。身边还带着他姨，你还别说，他姨还挺猛的哈！"张士豪边讲边顺手抓起盘子大的厚面包，撕咬得尤其香甜，他大抵是这辈子都没吃过这么好的面包。

"他姨？"南茜愣了一下，想起了房慧。

"他姨还伤了我一小弟咧！嗨，真是奇了怪了，你说现在的女人怎么德行都开始变了哈？当然，哥不是说你啊！我们南茜小姐还是挺温柔似水，你知道不？你老让哥想起一个人来！"

"谁？"

"邓丽君！"

张士豪满脸的爱意，看得南茜直起鸡皮疙瘩，她悄悄抬眼看了一下料理台上忙着调汤的老板娘。老板娘像是在憋笑，嘴角一抽一抽的。

"《小城故事多》，听过不？《南海姑娘》，听过不？那歌声，飘荡在哥耳边久久不散呐！哥每次听邓丽君的歌呀，那心肝儿就像被麻醉药给包住咧，整个人从脚趾头软到耳朵根。知道不？"张士豪突然压低声音，一脸认真地凑近南茜，南茜瞬间闻到一股酸菜混合高级古龙水的怪味儿，"你就是哥心中的邓丽君，那是啥你知道不？那是女神。"

南茜险些把嘴里的一口汤全数喷了出来。

"南茜小姐！"张士豪大概是说嗨了，连额头都是红的，那根领带还牢牢扎在那儿，"知道哥刚刚干什么去了不？哥打篮球去啦！哥年轻时打篮球那会儿，就拿个大录音机放在球场边，每进一球，就放一首邓丽君的歌，可怀念啦！"

"你不是说听她的歌从脚趾头软到耳朵根儿吗？怎么还能打球？"

那不是南茜问的，是端盘子的服务生问的，她在旁边听很久了。

"夸张懂不？那叫夸张！体现咱的谈吐有水平！"张士豪已完全沉浸在自我陶醉之中，"我的南茜小姐啊！听哥一句话，以后别穿这种稀奇古怪的小花裙了，像邓丽君那样，烫个短波浪卷儿，穿个白闪衬衫，配小黑裙，裙子长点。那就……"

"救命啊……"

南茜终于推翻汤盆，在尖叫中疾速跑出了秋叶食堂。

5

之所以没有报警，是因为乔洋觉得太丢人。

房慧没有阻止他的决定，依她的话说："年轻人，总要有这种丢脸的经历才会长大。"

"我已经是大人了。"他奋力反驳。

"嗯，但肯定还是有点伤不起。"她冷冷吐槽。

他没再说话，因为直觉她已经洞悉了他的内里。他想起第一次被女人甩掉的时候，一个人躲在郊外的桥洞里痛哭，眼泪把他整个人都淋湿了。

"好了，"房慧突然长叹一声，"人艰不拆。"

乔洋沉默了，他很怕多说一句话，秘密就会多泄露一点。他希望现在能有个人坐在他身边猛夸他——他的潮，他的帅，他的机灵，他见风使舵的乖巧。男人需要被肯定，才能活得更高兴，就像再聪明的女人也只希望人家夸她漂亮。

但是，从他被打以后，房慧很久都没有主动找他，她彻底装死，消失在他的生活里了。他偶尔也会想她，不停刷新微信，看到房慧在朋友圈里发那些美食照片，上传料理秘方，知道她最近播了波斯菊种子，在等待发芽生长。他不由自主地开始关注她的动态，因为她不跟他联系，意味着祖传食谱的后面三道菜他也无缘再品尝了。

"你要毁掉一个男人的自信，最好的办法就是无视他的存在。是到了让这小子知道自己对于这个世道来讲他并没有那么重要的时候了。"

鱼姐用茶折轻轻将烟小种拨进西施壶里，动作缓缓得，像在摆放房慧的整个人生。

"那万一他就此不理我了怎么办？"房慧已经被烟小种的茶气打通了肺腑，浑身暖洋洋的。

鱼姐迅速抬头看了她一眼，那眼神如刀似剑，说："你在乎过吗？"

在乎？她顿时语塞。究竟有没有在乎过乔洋，她是真没有考虑，琥珀色茶汤在青瓷杯里反射出幽冥之光，照耀着她无法预测的未来。

"你在乎的只是面子，老纠结在怎么不被人发现那些对你来说很重要、很见不得人的秘密。"

"……"

"秘密，影响命运的最大利器，有些秘密会让人越来越有魅力，有些秘密却让你终生都作茧自缚。女人经常为了一个小秘密而弄出大动静，却对一些大事无动于衷。你觉得秘密重要还是那个男人重要？不用说，肯定是秘密重要，小男生对你来说，不过是捍卫尊严的春药。所有老女人都是吸血女伯爵，需要花样美男的鲜血来安抚自己日渐衰老的肉身。"

一针见血的鱼姐其实对房慧的过去一无所知，两个人聊的话题几乎都是现状，然而人人都是有大脑的，随着接触的加深，即便你什么也不说，对方仍然能对你的过去瞧出七八分，算命先生都靠这个吃饭。

"所以说，我还是去跟我那闺蜜说清楚，就此放弃比较好吗？"她的迷茫是必然的。

"所以说，你还是继续努力比较好，大概这样才能保全你的秘密吧。"

鱼姐此刻仙气直冒，她的画家情人——是另一个画家情人，前一位在半个月前分手了，在旁边支着画架，细心捕捉她那张逐渐萎缩的面孔，她是真的老了，但却是那种让人心动的老，不忍触碰，又想亲近。

"房慧啊，我曾经收到过很多年轻男人的表白，他们比我小好几岁，都有漂亮面孔和好身材。每次我都跟他们这样说的，要跟我好？可以的。但有两点原则：一、我不会借钱；二、要像正常情侣那样交往，意思是大部分约会肯定是他买单，生日或情人节都要送我很珍贵的礼物，而我的回礼也许只是一包巧克力。你猜怎么着？这样提前讲清楚的后果是，基本上百分之九十的求爱者都跑掉了。现在的年轻男人不比从前，他们视物质享受高于一切，把所有饥渴难耐的中年女性都当成自动取款机，总觉得可以随时掌控这个世界。总之，他们多数都是混蛋。"

"可是……"

"可是那小男生不是那种人，对吧？"

房慧低头不语，乔洋是那种人吗？他连一杯咖啡都要抢着买单，总是把钱包很豪气地往餐桌上砸，虽然她知道里边应该没几张纸币。

"所以，不要放弃他！"鱼姐那语气简直像在演电影，"一个年轻、样子好看的小男人，从未对你那少得可怜的家产有企图，从没让你买过一次单，除了你为他做菜时花费的食材和调味品。如果说他刚巧又因为有个脑子进水的追求者主动为你们牵线，那就是天上掉下的大馅饼。你以为我稀罕你在我店里买那几饼茶？当然我还是稀罕的，但以为我稀罕绞尽脑汁给一个蠢主意设计套路？做梦吧！所以，这是你可能这辈子最好的机会了，不抓住，后悔终生。"

一番慷慨激昂的演说之后，鱼姐又给了房慧一条关键性的追男建议。

6

古小川和陆安安的相处，除了在床上之外就只有北境花园咖啡馆。他们只是坐一下，聊聊彼此的近况，给咖啡馆的新摆设拍几张照，在居士抱着古琴冲进店里的那一刻匆匆逃离。

"我们这样算什么？"古小川问过这样的问题。

陆安安看了他一眼，说："什么也不算。"

虽然这个答案是意料之中的，古小川还是隐约有点失落感，那天他只是把陆安安送回家，并没有进屋的意思。

"怎么？难不成你还心里不舒服了？"她的语气很刻薄，受过内伤的女人都刻薄，好像全世界都欠了她似的，因为找不到人为她的痛苦买单。

"何必咄咄逼人呢？"他摇了摇头，不明白为什么女人一旦跟他有了那层关系就统统变得不可理喻了。

"别以为你坐着轮椅就什么都得听你的，我不会可怜你半分，因为我太了解你们这些人内心有多冷漠自私。嫌我咄咄逼人了？那就去找别的女人啊！温柔可人的、唯命是从的，凭阁下的条件应该不是难事。"

陆安安身上那件宽大的藕色冰蚕丝中式外套上涂绘的鸟雀正停驻在她胸口，像给她怀里配的一把手枪。

他决定转身就走，电动轮椅发出嘤嘤的冰冷声，直到一记响亮的金属门关碰的声音击中他的后脑勺，他才回过头来怒吼道："我爱上其他女人了，你算个屁！"

是的，她算个屁。

陆安安面无表情地靠在门上，眼睛直愣愣地盯着客厅那盘根错节的茶几上摆着的一束雏菊。那是上次幽会时古小川送来的，他说最讨厌玫瑰，浮夸得很，还是雏菊好，清丽持久不张扬。陆安安面上冷笑，心里却有一点高兴，这个男人把她视作清秀佳人？而且雏菊的花期果然很长，十来天过去了，那花还开在暗灰色的日式瓷瓶里。

就是这十来天里，陆安安给自家台阶旁边修了一条斜坡，还把卧室改在楼下，因为古小川的下半身虽然带给她愉悦感，同时也是她的负担，她再也不愿意每次都先要使一股蛮力把他抱进客厅，放在沙发上，再回身出去将轮椅推进来。抱古小川的时候，陆安安很尴尬，她是习惯了穿上等绸料的女人，从不知体力活为何物，家政阿姨每周给她打扫一次，她付给人家八十块。即便是她门前的几株花草和樱树，都要叫那位精通园艺的邻居来帮助修剪，她再以时尚品牌活动赠送的试用化妆品礼盒作为回报。

这样的一个懒女人，却有巨大的力气把一位净重六十七公斤的成年男子托起来，抱到沙发上，这过程其实是很暧昧的，他的头抵着她的乳房，还没走到客厅，她胸前就开始燥热，感觉到他在摸她，她竭力不让自己手软，同时奇怪作为一个大男人被女人这样抱来抱去的怎么就一点不觉得丢脸呢？陆安安无法理解古小川的那些习惯，其实他早已是被谁抱在怀里都不会产生抵触情绪的人，残疾让他学会了如何依赖别人，当然更多的是学会如何不麻烦别人。但不得不承认，他钟情于和陆安安的皮肤摩擦的感觉，他第一次登门拜访她的时候，她穿着一件镂空的大领口毛衣，两只肩膀都露在外面，下身的烟灰色绸裤在她的长腿上一颤一颤的。

"不好意思，我在洗浴缸。这周家政请假了。"

怪道那毛衣上有水珠，脖子上都湿湿的。

"那……"他开始犹豫要不要进去。

"哦，请进请进，我去换身衣服。"

她急忙往里头奔，只将门敞开着，待换了一身绣满荷叶的软缎旗袍出来，发现他还在外头，这才想起他的残疾，于是忙红着脸道："那……你要怎么进来？"

"只能麻烦你把我抱进去，再帮忙把轮椅推进来。"

她愣了有十秒钟，这才硬着头皮俯下身，他很自然地将下巴抵住她的肩膀，她嗅到他柠檬味的剃须水味道，那是男人的味道，有些像她第二个前夫，混杂了许多的诱惑，整个人闻起来像迷药。他的臂膀环住了她，她腹部吸气，将他抱起，她能透过衬衫摸到他骨骼的形状，很硬且有棱角，于是蓦地计算起自己是有多久没碰过男人了？这样亲密，这样性感。

还未走到沙发那里，他已经吻了她，她几乎要瘫倒在地，同时脑子里迅速盘算一件事——心理医生，收入应该没有问题，如果跟他好，大概也算不上养小白脸。

想到这里，她的舌头便回应了他。

一切都发生得很自然，让陆安安觉得无比舒服，古小川可能在双腿瘫痪的男人里边算是性能力很强的，他能充分满足她，填满她一度空虚寂寞冷的肉体与情绪。后来陆安安把卧室搬到楼下的时候，顺便将一堆巫毒娃娃都扔掉了，她已经被性爱滋养得春光灿烂，再不需要靠怨恨过日子了。

但是，她也害怕。被伤得狠的女人都防备心很重，而陆安安的防备心之重，其实已经远远超出了古小川的想象。

7

南茜纠结于要不要向乔洋道歉这件事上已经很久了。

她丢过硬币，拿塔罗占卜了二十遍，过斑马线前总跟自己说："如果第一辆开过的车是红色的，就跟他坦白；如果不是，就拉倒。"有一天，真的开过一辆红色保时捷，结果她还是没讲。

乔洋呢，被打以后总有些魂不守舍，工作永远出错，开会永远走神，小桃和南茜只好不停地为他善后，修正一些他根本没必要犯的奇葩失误。有一次，阿青终于拿着一篇关于白百合的专访，冲乔洋发飙道："请问您上回被打得有多严重？白百合的稿子上居然放的是Angelababy的照片，您老人家是不是该去做个脑部CT，看是不是被打傻了？"

"就犯了这一次浑，有必要这么损我吗？拿人家被打这么矬的事开涮，天理难容。"乔洋还勉强挤出一个笑脸来卖萌。

"拜托。"阿青猛得将样片往乔洋桌子上一摔，她发火从来刹不住车，"这些天你犯的浑都能写本《犯浑大全》了，你到底想怎么样啊？提前进养老院？"

"进养老院倒还是有福之人。"付安娜不知什么时候出现在他们身后，她用嚣张得不得了的腔调开始总结陈词，"最怕就是像很多孤寡独居的老头老太太那样，老了不住养老院，结果一个人死在公寓里，尸体臭了被隔壁邻居闻到才报警，那样子才叫惨。啧啧啧！"

阿青即刻摆出后悔的表情，《摩登》的员工有一个不成规矩的规矩，那就是所有犯的错误都绝对不能让付安娜知道，否则后果不堪设想。大伙儿都像防狼一般防着这个满身名牌的ET女人。

乔洋似乎完全没意识到阿青的愤怒，他正陷入更深的迷思之中。都两个礼拜了，房慧还没跟他联系过，只是偶尔还在朋友圈看到她的美食照片，他骄傲到连点个"赞"都吝啬。但是，已经有三天了吧，房慧连朋友圈照片都不发了，她是出去旅游了？还是病了？

"安啦，乔哥哥这么年轻，再说他桃花那么多，怎么可能死在公寓里没人知道呢？那个色鬼女房东不是隔三岔五都要上他家去检查居住环境的嘛。"大抵是实在看不惯付安娜，南茜急着要给乔洋出头，话锋也变得尖锐了，"不像有些人，人老珠黄了都，应该考虑多吃水果，练点乐器，防止老年痴呆。"

这话明显是在刺激付安娜，阿青当即领会精神，假装傻不愣登地回道："那可不一定哟，《欢乐合唱团》里那个芬恩你知道不？就是扮演男主角四分卫那个，柯瑞·蒙特斯，他服药过量死了。这么年轻，也挺突然的。当然了，有些人年纪大了，接受不了年轻人的时尚，肯定也不知道《欢乐合唱团》为何物。"

没想到，阿青居然能配合南茜来一次这么漂亮的反击。她们尽管不知道付安娜的具体年龄，但凭女人的直觉早就猜到此女应该已经跨入大妈行列了。

付安娜果然气得翻了个白眼，转身走了出去。

"人真如水上的泡沫，浮浮沉沉之后转眼消失……"

这么文艺范儿的话出自乔洋之口，让阿青和南茜都忍不住侧目。她们绝对猜不到，他此刻脑海中浮起的是房慧一个人在厨房里烹饪的情景，她手上拿着一只鸡蛋，在料理台边缘轻轻磕开一个破口，晶亮的蛋清滴落在地，她没有理会，将破碎的鸡蛋抬至一只玻璃碗的上方，掰开蛋壳，橙色的蛋黄被裹在一团透明的清光里急速下坠，滑入玻璃碗中，然后她开始找打蛋器，转过身，踏出一只脚，正踩在一滩湿滑的蛋清上，整个人身体猛地后仰，她的后脑勺碰撞大理石料理台边缘的时候发出清脆如掰断黄瓜的声音，遂软绵绵地倒地，血浆像变戏法似的从她压在地面的头颅里蜿蜒而出，染得地砖一片血光……

幻境演放到这里，乔洋再也按捺不住，疾步跑出了办公室，嘴里大吼道："下午帮我向陆主编请假！"

"啊？哦……"南茜和阿青总是先答应乔洋，再反应过来答应的是什么事。

乔洋一面飞奔进地铁站，一面给房慧打电话。真意外，房慧没接，那"嘟"音每响一下，他脑中房慧躺在厨房地板上的画面就更鲜明一点。

他突然意识到自己无法接受这个老女人的死亡，她不好看，她极度自恋，也经常出言不逊，还有极明显的色心……可是，她至少不能现在就死，在自己还没吃到接下来的那三道菜之前，她不能死。尤其是那间厨房，尽管他从来没有看清楚那个被一堆锅碗瓢盆盖得满满登登的厨房，但那里几度制造过令他足矣死而无憾的奇迹，这都是因为那个女人。

房慧家的门闭得很紧，他将门铃按到手指发麻都不曾得到回应。当然了，中国小区住户的门都做得非常坚固，像美国警匪片里那样猛撞几下就能破门而入这种事，也只是拍拍而已。无奈之下，乔洋只得站在外头怒吼，不知为什么，他就是坚信房慧在屋子里，仰面朝天躺在厨房的地板上，血浆像番茄酱一样泛着诱人的光泽……呸呸呸！这个时候不能净想着吃。是的，房慧肯定在屋里，身上散发着橄榄油的香味，拖鞋底上全是鸡蛋清。

越想越觉得恐惧，乔洋敲门的力度加大了，嘴里不停大叫："大妈！是我！乔洋！开门！开门啊，大妈！"

　　紧接着，房慧那三个这辈子见面没打过一声招呼的邻居都开了门，她们清一色穿着色泽艳丽的两件套家居服，头发盘在额头上，畏缩缩地自门缝内探出半个脑袋，眼神里都有些小郁闷。

　　"不好意思啦，不是喊你们。"乔洋脸红脖子粗地解释，然后继续他对房慧的救赎，"大妈！房慧大妈！出来！你没事吧？出来！好！我现在就喊三声，数到三你再不出来，我就报——警——啦！"

　　邻居的三位大妈此刻迅速交流了一下眼神。

　　"你觉得这男的是谁？"

　　"那女人的侄子吧？看上去挺年轻的。"

　　"可他怎么叫人家大妈呀？真不礼貌。"

　　"谁知道呢，这女的一天到晚穿得跟个鸡似的，也不知道哪来那么多钱，听说那房子还是她买的。说不定啊，在包小白脸！"

　　"那这小白脸怎么喊人家大妈呢？"

　　"肯定是发生纠纷了呗，钱弄不清楚，人家就翻脸了。"

　　"啧啧啧，我就说这女的有问题。不说了，我还炖着鸡呢，回聊。"

　　"回聊。"

　　大妈们就这样拿神秘的眼神密码互通有无之后，默默关上了门。

　　被定性为吃软饭的乔洋在躺枪中继续奋力敲门，嘴里念叨道："一！二……大妈你倒是想怎样？"

　　"谁是大妈？"

　　房慧提着两大袋食材，站在乔洋背后，脸还是板着的，仿佛对他的疯狂举动一点儿也不意外。

乔洋整个人突然松懈下来，房慧就与他隔着两个门站在电梯口，他看着她，像在看一个怪物。她拎的东西很沉，两只肩膀都严重下垂，显得她更老、更矬，穿的还是方便行动的休闲风衣，牛仔裤的款式也很老套，裆部勒出了一个难看的三角皱折。

"请问谁是大妈？"她还在问，两只手紧紧抓着鼓鼓囊囊的塑料袋。

他什么也没说，快步走到她面前，他想就此抽她一记耳光，因为她没有按照他的设想躺在厨房地板上，也没有给过他半个短信，连微信都没给他点过一个赞。他恨死这个女人了，做的东西这么好吃，人又那么奇葩、刻薄、混蛋、可爱。

他掰起她的下巴，恶狠狠地吻下去，然后听见她手里两个塑料袋落地的声音。

这个吻显得又气又急，他的牙齿几乎要嚼碎她的舌头，她显然被吓住了，没办法动弹，肩膀依然沉重，像是被一个气团包围住，无法思考，很快又飘浮于半空。有那么一两秒钟，她有了感觉，宛若心房放进微波炉里加热了一分钟，暖烘烘的，但接下来却是厌恶，就像那几个前男友一样让她厌恶，她嗅到男人身上特有的污浊气，原来乔洋也有。

但她没有推开他，亦不回应，直到他离开她的嘴唇，像一团闪电骤然消失，她这才看清他如梦初醒的眼神。

那一晚，房慧为乔洋做了第四道菜——干柴烈火。

8

　　将五花肉切成每块长宽各一寸左右的肉块，过水呈淡粉色捞起，放入酱油、冰糖、料酒、姜葱一道炖煮，汤汁收干后出锅，洒桂花粒，装盆。

　　工序一点不复杂，白痴都能弄。然而，房慧就是有本事把红烧五花肉炖出一股奇香，肉味也没有一般红烧的咸重，出锅时每颗肉都只见精、不见肥，脂肪皆被熔解，精肉却还连在一道，中间隔了层薄如蝉翼的黏汁，最牛的是咬一口竟能嚼出清爽的果味来，与浸泡了油热酱汁的桂花掺在一起，宛若给舌头做了一次香薰油压。酥软的肉在口腔里缓缓融开，它们点燃了食客的五脏庙，直觉眼圈都在发热，几乎能望见熊熊火光中那一位着红裙的艳丽女子，双手拿着节拍板，竭力扭动腰身，展示最原汁原味的弗拉明戈舞——每跺一次脚，地上便开出一支妖异的西番莲；每转一个身，腰际便呈弧状散出一圈璀璨的烟火。那女人盘旋在略带焦香的黑色舞台上，曼珠沙华纹满了赤裸的背部……

　　乔洋整个人都像是被撒了孜然的烤肉，说不出话来，只是就着白米饭和一碟花椰菜，品尝干柴烈火。

　　"慢慢吃，小心噎着。"

　　房慧嚼着自己碗里的水果沙拉，都不曾抬眼看过乔洋。

　　他在这盘红烧肉里，甚至尝出了刚刚那个吻的味道，略微干涩，然而烈焰燃情。况且，他在房慧眉宇间觅到了一点情绪的涟漪，这是她从前没有给予过的，被吻过的女人要不就冰冷如铁，要不就温柔似水，她属于后一种。他心里默默揣测，也许从今往后，她都不会再瞧不起他，应该有那么一点爱的感觉吧？同时，他也有些后悔，刚才的举动实在太没节操了。

"别想太多，吃货都没什么节操。一个基佬为了一碗红烧肉舌吻一个直女大妈这种事，偶尔也是会发生的。"

她仿佛能透视他的心思。

"我认识一个老女人，五十多了，当然这年龄在欧洲并不算大，听说那儿的女人每个阶段都会呈现出不同的美。那老女人，这辈子都在跟比她小二十岁以上的男人恋爱，每次我问她秘诀，她就跟我说，一要看牢自己的钱包，不能让小男人有机可乘，这是硬道理；二是自己多照镜子，看看自己到底有没有足够的魅力吸引他们，只有认清楚自己，才能明白对方的心意；三是给他们足够的爱，让他们感受到爱的力量；四是让他们保持对你的新鲜感，用深厚的阅历打造成一口深井，只要他们够努力，就能汲取到源源不断的新泉——知识、常识、乐趣、能量。"房慧顿了一下，望着乔洋，看得很深很深，"所以我一直在想，我究竟有什么能力让一个小我十一岁的男生爱上我，除了做吃的，我什么都没有。"

乔洋看着那盘鲜艳欲滴的红烧肉，突然有些吃不下了。

"干柴烈火，是一时的，最多吃五块，到第六块的时候怎么都会觉得腻。我做的东西做得再好吃，总有一天你会吃腻。更何况……"她吐字变得艰难起来，"那个吻让我想明白了，我一，点，也，不，爱，你。我只是好胜而已，你根本就不是我的菜，无论哪个方面都不是。你缺少才情还挺自负，你没有大爱的胸怀还很挑剔，你动不动就觉得人家配不上你，而自己却完全没料。你就是那种无足轻重的蝼蚁，对社会没有任何贡献，可能连当个好情人的资本都没有，做丈夫更不够格。南茜是瞎了眼才会看上你，当然她还年轻，不知道这世界对好男人的定义是有着严格标准的，她还停留在感觉上，但感觉是多不可靠的玩意啊……"

"喂！"他终于坐不住了，"只是一个吻而已，那是我一时头脑发热，怕你一时想不开去自杀才可怜你的，别他妈的以为自己能喘上了。"

"自杀？"她心脏猛地跳动了一下，"那真要谢谢你的关心了。你可以走了，我要休息。"

离开房慧家的时候，乔洋感受到从未有过的奇耻大辱。

9

古小川看着房慧，满脸惊讶。

她确确实实变漂亮了，人开始瘦，也显出了一点腰身，下巴变尖，眼睛大得吓人，是接近付安娜的那种大，而且眉宇压得很低，首饰也不再佩戴得很夸张，只有一枚张着翅膀的蝴蝶戒指在食指根上停驻，嘴唇微微拱出含珠状。这显然是个被什么魔法点化过的女人。女人嘛，没有爱情就没有自信，现在都已经自信到再次他这里接受心理咨询了。

"没想到我会再来吧？"房慧的语气里都是得意。

"想到了，很多跟我大吵一架的病人都回来了。"他不想让她有这么嘚瑟。

"切！"她点起一支烟，"我是无聊才来的。"

"最近过得好吗？"

他不想再跟她绕圈子，直觉告诉他，她是存心来炫耀什么的，不如给她一个台阶，让她爬上台表演。

"我在想，我可能还是病得不轻。"她假装把脸皱得很苦逼相，"居然拒绝了一个帅哥的求爱。"

"啊，正常。"

"什么？正常？"

"发生在你身上特别正常，处女一般都很恐惧和男人发生更深一步的关系。看过波兰斯基的《冷血惊魂》吗？凯瑟琳·德纳芙为了保全贞洁，把自己逼成了神经病，杀掉了真心爱她的男人。"他突然有点负气，决定击碎她的得意。

"你是觉得我会杀死他，变成神经病？"

"精神病和神经病是两种概念。"

"你的意思是我精神有毛病？"

"没有的话何必来找我？"

"……"

"当然，所有人都在精神方面有或多或少的问题，这不是什么见不得人的事。"他觉得自己有些过头了，只得往回圆，"你现在的状态挺好的，很自信，至少比以前要正常很多。"

"你的意思是我以前很不正常？"

"至少不如现在正常。"

"其实，我……我也不知道是不是喜欢他，他吻我的时候，我一点感觉都没有，甚至有些厌恶。"说出"厌恶"这两个字的时候，她自己都吓了一跳，难不成是传说中的恐男症？她曾经在电影《裂痕》里看到过，巫婆脸的艾娃·格林总是对那帮没见过世面的女学生编造各种各样的风流见闻，直到真相揭晓的那一刻才全盘崩溃。

"你没有恐男症，放心。"

看起来，古小川也像是有读心术的人，房慧则是被一个吻确立了无限自信，同时又陷入迷惘深渊的弱智。

"那我现在到底是怎么回事？"

"你是来炫耀的，因为有一个不错的男人主动来吻你，让你有了自信。否则，我打赌你这辈子都不会上我这儿来。"古小川犀利得完全不像个心理医生，他这是存心在给自己的病人添堵。

"我为什么非得上你这儿来炫耀？"

"因为我是第一个剥掉你伪装的人，你一直在拟态，明明不是植物，却努力把自己涂抹成一只碧绿色的昆虫。"

"你这么一说，我立马就又不自信了。"

"那是因为你在谈恋爱这件事情上还没有达到理想的预期。"

"怎样才叫理想预期？"

"破处。"

"那不如你直接上啊！"

房慧话一出口，整个人就开始发抖，那种感觉就像揭开纱布，往自己的伤口上再掘一个口子，单凭想象就已经觉得痛了。

古小川突然长叹一声，合上了笔记本，实际上他也根本没记下什么，房慧在他眼里早就算不上病人了。他可以处理各种棘手的病人，却没办法处理一个节操太满的女人。

10

北境花园在每个暖洋洋的下午都云集着小资，他们手里捧着的东西一般不会超出以下三件：iPad、笔记本电脑、舒国治的散文集。这批不知哪里冒出来的所谓自由职业者永远过着匪夷所思的潇洒生活，似乎吃穿不愁，钱包里总是放着数张稳妥的信用卡，除了居士。

居士经常身无分文、抱着古琴，疾风一般卷入这块小资圣地。

居士在被冠以这个绰号之前名叫李诺然，虽然出身书香门第，却从来不思进取，出于无因的反叛，他把头发刷成金色，十根指节上都纹了奇怪的字母，发誓要和家里那些琴棋书画的玩意断绝关系。居士此后就开始了一段辉煌的饶舌生涯，擅长弄丝竹的父亲赋予他天生的好乐感，所以他果然舌头饶得很溜，能完整演绎吹牛老爹的经典名曲。与此同时，他还刻意追求洋妞，搞得自己好像是能随时飞到伦敦喂鸽子似的。这一切直到居士发现自己在肯德基打工赚的钱已经无力再维持目前的生活，才开始考虑换个不那么奢侈的玩法，于是他去母亲的中国古典乐团里偷了把古琴，丝弦的，声音很轻弱，纵然弹错了大多数人也听不出来。然后居士就开始玩另一种酷，他苦读《红楼梦》、没事打太极、抚琴练书法，还到市区周边各大寺院道观烧了一圈儿高香。不知被哪里的道士封了个居士，从此他愈发嘚瑟，成日间穿着米黄色汉服，顶着一头被火燎过似的黄发，穿梭于城市的大街小巷。

这是一种很有范儿的生活。居士一直这样认为。所以当居士看见乔洋一脸丧气地坐在沙发上打游戏的时候，他的优越感倍增。

"你看吧，跟老妈走得太近就这点不好，容易被她嫌弃，她越嫌弃你还越愿意跟你住一块儿。"

一脸自得的居士，仅从半小时前偷窥到乔洋在删手机里房慧的照片就得出结论——乔洋被他妈训了。

乔洋头也不抬，牢牢盯住电视屏幕上的那个生化战警，道："她不是我妈。"

"啊？"

"那她是你什么人？小姨？"居士的没心没肺也很可爱。

她是我什么人呢？

乔洋掌握遥控器的手松了，房慧是他的谁？女朋友？谈不上。知己？她都没跟他讲过任何关于自己的心事。陌生人？似乎又有点太熟了。那么说是同事的闺蜜合适吗？同事的闺蜜跟他又能发生什么事？

"女朋友，她是我女朋友。"

他抬起头来，目光坚定得有些滑稽。

"哈哈哈。"居士突然拍腿大笑，然后打嘴里迸出一句惊天动地的话来："我！早！就！看！出！来！了！"

"滚！"乔洋怒吼之后，突然又嗫嚅问道，"从哪儿看出来的？"

"从她抱你的时候，你闭眼了！"

由此，乔洋不得不对粗线条的居士刮目相看，这小子居然还观察得细致入微。

"当时我就奇怪，被老妈当众抱住，你应该瞪大眼睛浑身不自在才对，你居然闭眼了。不是有恋母情结就是那女人根本不是你妈，然后我选择相信后者，因为我从前就见过你老妈，你老妈是个标准的瘦子好吧！"

乔洋这才想起，几年前刚跟居士打得火热的时候，居士曾经有一晚离家出走，睡到他那里了，当时就是乔妈妈半夜起来给他们两人煮皮蛋粥喝的。

"兄弟，这女人你完全可以轻松拿下啊，怎么这回憋屈成这样了？"

"因为她说她根本不喜欢我。"

说到"不喜欢"，乔洋就有种想撞墙而死的冲动，还没有哪个女人敢不喜欢他，付安娜那个变态不算。

居士于是点上一支烟，递给乔洋，拍了拍他的肩道："连这种货色都搞不定，你不如死了算了。"

11

南茜现在每天晚上都要关掉手机，因为不关的话她就会接到张士豪没完没了的短信和电话，她不想再给这个人任何机会，甚至希望生命中与他没有任何交集。倘若时光倒流，南茜宁愿砍掉手也不会给他打电话，何况还是让他去打自己心爱的男人。良心的煎熬最难过，她如今只能夜夜躺在床上，用被子蒙住头，或者看新出的单行本漫画《深夜食堂》，脑子里挤满乔洋鼻青脸肿的模样。

装死是南茜现在唯一擅长的，但很快连死也装不了了，因为家里的座机响了，她拿起听筒，对方是小桃。

"姐姐，出大事了。"

"怎么了？"

"那个姓张的土豪自杀了！"

"啊？"南茜手里的电话险些脱落。

"不过没死！"

"麻烦你把话一口气说完可以吗？"她愈加心烦意乱。

"好啦好啦，姓张的当真割腕自杀了，现在在医院，说是谁也不见，就想见你！"

"神经病！"

"不管是不是神经病，人家都这样了，你就不能去救死扶伤一下？就当作慈善了。"小桃一直很会劝说人。

就这样，南茜苦着一张脸赶到市区的第一人民医院，走到门口就有一种想勒死小桃的冲动，因为张士豪就站在医院门口等她，虽然穿着灰颜的短袖T恤，但很明显裸露的手腕上缠的不是绷带，而是一块价值一百五十万的劳力士表。

"说，给小桃什么好处了？"

"呃……一套长振袖和服。"

"我靠！"她终于忍不住飙了脏话。

"小茜，你要气就气哥吧。"

"我本来就是气你，你缠着我干吗？"

"哥……哥想你了……"可能是因为紧张，张士豪说话已经有些大舌头了。

"停！"南茜强忍着一身鸡皮疙瘩，道："你看过言情电影没？看过情色片没？'我想你了'这种话只有男女发生肉体关系以后才能说，我跟你有过什么？有过什么呀？"

"哥……哥替你打过人！"

南茜顿时僵住了，的确，一个男人为她打了人，这份感情怎么说都不简单，哪怕她不爱他。于是，南茜猛地打开皮包，掏出钱夹，把里头所有的钱都翻出来，顺带将两张信用卡狠狠甩在张士豪脸上。

"说！帮我打人需要付多少钱？啊？需要多少钱？我他妈的现在就给你劳务费！"

张士豪显然是有些懵了，他将那张被信用卡抽过的面孔怔怔地对着南茜，轻声道："那还有和服的钱呢？"

"那和服多少钱？我付！"

"三万八。"

"我付不起！"

南茜顿觉天旋地转，突然蹲在地上哭起来，她不是哭张士豪缠着他，而是哭自己何以落到这样的地步——她爱的男人不爱她，爱她的男人她不爱！她不明白这种错位的事为什么会发生在自己身上，其实她根本没意识到，大多数人都是在错位的感情纠葛中过完一生的。

"小茜，你这是……别哭啊，别哭。哥跟你开玩笑呢，哪还要你付……"

张士豪笨手笨脚地蹲在她后边，试图将两只手搭上她的肩膀，孰料还未碰到南茜的衣服，就已经被一声暴喝弹开。

"滚！给我滚！"

"小茜……"

"滚！不滚我就死给你看！保证你连送我进医院的时间都没有！"

"好好好，哥走，哥这就走……"

张士豪走了以后，南茜一个人在医院门前的路灯下哭了很久，因为地点选得好，目击的路人都用同情的眼神瞅她，这姑娘不是死了亲人就是恋人得绝症了吧？唉，人生苦短，姑娘你保重，站起来吧！

哭得腿脚发软的南茜，后来终于站起来了，起来后第一件事就是给乔洋打了个电话。

"喂，你怎么样？"她声音哑哑的。

"我？我很想死。你怎么样了？"他在电话那头的声音也是哑哑的。

"真是巧了，我也很想死。"

"哦。"

"不过死之前，我要告诉你一件事，其实那天是我找人打的你，就因为你不肯送我回家。你不原谅我也不要紧，反正我马上就要去死了。"

话一出口，南茜整个人就轻松了。

"哦。"

"你的反应好淡定，什么情况？"

"没什么。"乔洋说，"也许我本来就该打。"

12

鱼姐今天特别美，因为她正在泡的茶可谓倾国倾城。

米白色的地藏香莲缩成一只半开的花苞，清冽的苦香气自略微封闭的花蕊里丝丝外溢，她的驻颜秘诀便隐蔽在其中。只需把它放入一只黑釉色厚壁大碗中，滚水注入，那花苞便随热流缓缓舒展叶瓣，开放成一朵平整的莲，金色花蕊漾在中央，饱满圆润。透明的纯净水迅速转为米黄色，先前的清苦气变暖，香味扑鼻，明灿灿的水光里映着一捧花形。用瓷勺舀一瓢花汤，置于段泥杯中，黏稠的胶原蛋白在汤里蔓延，茶汤边缘瞬间镀上一层油光。

居士饮了一口，顿觉花气直冲脑门，对于年轻的男孩子来讲，这种莲花茶是不适宜的口味，过于丰盈，也过于老派了。然而，整个泡茶过程极美，进而让人觉得这茶亦是美的，他连啜几口，遂长长叹了一口气，呼吸里都是清莲之味。

"我说，这地方不是你来的，何必要凑这个热闹？"鱼姐撇着嘴，一脸消化不良的样子，她实在很讨厌这种古里古怪的人在茶园里作乱。

"我不是来凑热闹的。"居士将胸脯一拍道，"是胡哥叫我来这里的，他说这儿更适合我的古风。"

所谓的胡哥既北境花园的老板，想是实在受不了他成日里抱着古琴进来赶客，只得把他忽悠到清鱼茶园，让老谋深算的鱼姐解决这个难题。

"在我这里练琴呢，也不是不可以。但是呢……"鱼姐的眼睛牢牢盯住居士架在酸枝椅上的琴，笑道，"规矩也不能不定。一是你每次来都得付钱，我这儿是小本经营，你懂的；二是你在这儿练琴，那我也得给你打个招牌，勿如就不要每天把琴搬来搬去的，挂在我对面墙上，意境好，又勾得起茶客的兴趣。"

居士顿时就高兴坏了，两秒之后才想起"付钱"二字，于是苦着脸道："可是那个……每次来要付你多少？"

"五十一次。"

"那一个月就得付一千五。"

鱼姐微微点头，望着对面的空墙发了会儿呆，见居士不再回话，便饮了一口莲花汤，胶原蛋白仿佛已经直沁入她的皮肤，她双眸莹亮，唇色桃红，恍似当即年轻了十岁。

"若是付不出来，倒是还有个法子。"

"什么法子？"居士当然付不出来，这位标准的无业游民每个月都还在接受老爸救济，偶尔给一些报纸写点足球评论，赚点咖啡钱。

"把琴抵在这儿，抵到你付得起费用为止。"

鱼姐一锤定音，居士就此赔上了自己的丝弦古琴。

居士走后，鱼姐将琴挂在空墙上，那里瞬间有了生气，后来房慧看见，却说好怀念从前墙上挂的是一幅穿斜襟女褂的妇人对镜描眉的油画。鱼姐淡淡回道："跟那个画家分手了，东西也不要他的。"

于是，两个女人对着古琴欣赏了有半日，就着蜜兰香的甜蜜茶韵陷入了某种迷思。失恋这玩意，不管谁先甩的谁，在没找到下家之前，双方都是难过的。鱼姐细纹丛生的皮肤像是被忧愁的空气扫过一层，黯淡得像从灰尘里翻出的一只老玉镯。房慧则容光焕发，她现在很有底气，尽管这种底气完全来自于她的娇情，短短五天之内，她找了六个远近亲疏各不同的所谓"闺蜜"倾诉这事，大致内容就是："我被一个小我十一岁的男生强吻了，他虽然长得挺帅吧，可我还是觉得不合适，真是烦死了！"

她们在微妙而无聊的经历里汲取生命力，一段无伤大雅的错爱，抑或一个惊心动魄的舌吻。

"只要跟你上过床的一周之内，这孩子没跟你借钱，每次约会都是他买单，你倒是可以好好炫耀。"鱼姐以过来人的身份这样嘱咐房慧。

"姐，我可没想过要真跟他上床。"房慧讲的是真话，她那压根儿没被开发过的身体其实对任何男人都没办法产生实质性的情欲。

鱼姐皱了一下眉道："小慧啊，有时候我就觉得你像个处女，对情欲看得太冷淡了些。年轻男人有年轻男人的好处，他们也能像少女一样皮肉紧连，摸到哪里都是光滑丰饶的。你没尝过这个新鲜，实在可惜。再说了，你牛都吹出去了，好不容易豆包吃到豆沙馅边儿了，又要退出，会不会太诡异了些？"

被一语道中要害，房慧不由面红耳赤，低头用茶杯挡住嘴唇嘀咕了一句："不管怎么样，我觉得我都已经赢了。"

"把一个从前根本不屑你的男人吸引住，让他跨出关键性的一步，然后狠狠把他甩掉，那是高中女生玩的把戏。你这个年纪的女人，已经玩不起这样的游戏了。再这样下去，这个赢，早晚变成输。"鱼姐点到为止，再不说话。

　　今天鱼姐心情不好，哪怕刚刚才得了一个古琴。

　　房慧这样思忖着，也不再讲话了。

13

　　这是怎么回事？

　　南茜躺在床上，怔怔地望着荷绿色薄纱窗帘外透进的阳光，有点不知所措。她闻到了久违的男友的气息，乔洋发丝间散放的薄荷清香包裹了她，让她既欣喜又惊慌。她已经记不得他是怎么上了她的床，应该是两人在医院附近的夜摊上喝了几瓶啤酒，然后都有些晕晕的，再然后他坚持要送她回家，说是怕再被打。于是……事情就一里一里地发展到床上去了。她回味不起他是怎么把她推倒的，只知道双方都是动作熟练，一步到位，他显得很匆忙，仿佛要把她身体里所有的能量都抽出来。她极度配合，腰肢时松时紧，摩擦的快感将她的心智磨成齑粉。潮湿，癫狂，皮肤被吮吸的愉悦，甜蜜的抽搐与微微爆炸般的疼痛将她愈托愈高，她希望就此死在他的身体下面。

　　但是，第二天太阳照常升起，南茜仍然不得不面对她和乔洋错综复杂的关系。他们这算什么？乔洋还将半颗头颅埋在枕头里酣睡，下巴上糙糙的，他是个大男人。南茜这样跟自己说，这意味着他们可以像世上所有正常的恋人那样交往，一周约会四次、上床两次，庆祝每一个纪念日，她为他的围巾系出精致的结，他抚开她耳边的几缕碎发，然后两人的额头靠在一起……

不过，她总觉得哪里不对劲。是的，乔洋在她面前出柜。他声称这辈子只爱男人！那么现在又是什么情况？

"喂！起来！起来！"

尽管他的睡相像一只温柔的鸽子，她还是狠心地把他摇醒。

他睁开眼，迷茫地环顾四周，再看到南茜卸了妆的一张细薄的脸，然后猛地从床上跳起来，以闪电般的速度从地板上捞起裤子穿上。

她冷冷地注视他的一系列动作，这明显是沾过腥后努力擦嘴的行为。

"后悔啦？放心，我不要你负责。大家都是成年人。"她有她的自尊。

"不……不是，看看几点啦！要迟到了！"

对啊，今天是周四，他们还要上班！

南茜恍然大悟，亦跟着跳下床，火速穿衣，两人几乎同时冲进卫生间，他比她快一步，已经把她的牙刷拿在手里。手忙脚乱中，他的脸和手总是频频碰住她，她拿起浴巾来洗脸，用冷水浇稀脑中的一团糨糊。两人不停地磕绊，动作是快的，但进展是慢的，直到双双坐上地铁的一刹那，才松了口气，地铁前行，他们坐在一起，一言不发。这个时候，终于能想想发生的那些破事要怎么处理了。

"你说，我们这样算什么？"南茜跟肥皂剧里所有的怨妇一样讲着俗烂的台词，仿佛算准了乔洋扮演的角色注定是没心没肺的纨绔子弟，她作为大户人家刚刚买进来不久就被大少爷破了身的丫环，只能可怜巴巴地去求他给一个交代。

乔洋沉默。

"我们昨晚是冲动了，不过没关系，这事可以当没发生过。"看到对方没反应，南茜果断又把剧情调到了《欲望都市》频道。

乔洋还是沉默。

"我都不知道原来你跟女人也可以……"

"那是我喝高了！"

他粗暴的辩解让她瞬时心灰意冷。

"不过，我觉得跟你在一起，也挺好。"

他这吐字艰难的一句，总算把她先前的忐忑都消除掉了，原来他并不是没有良心的，在中国，婚前性关系依然意味着女人吃亏，需要被呵护。他们都没办法逃过老祖宗的训诫，还得把情欲往最传统的方向去处理。

"嗯，啊……"她红着脸，垂下了头，漂亮得让人无法直视。

地铁里闹哄哄的，谁也没听见他们的对话，大家都各忙各的，关心不到其他人。城市越发展越忙碌，已经无暇回头欣赏一下好风景，比如一对刚刚有过肉体缠绵的男女，是否会依最古老的方式开花结果，这些林林总总的纠葛，已经没有人去张望了。

乔洋和南茜的故事，就此埋没在人海里，再没浮起。

14

付安娜对古小川的折磨很极端，她每天给他发短信，内容都是一样的——"我们约会吧"，而且发送的时间几乎都是在当古小川煮了一杯哥斯达黎加咖啡，打算在阳光明媚的露台上享受周末的美好时光的时候。此外更有甚者，当他一大清早开门倒垃圾、取报纸的时候，总会踩到一束紫色勿忘我，花瓣干燥而鲜艳，美得很清新，也很诡异。无论刮风下雨，那束花总会出现在他家门口，附带一张画满心形的卡片——想象它画满了心的样子吧，密集恐惧症患者必定吃不消。面对付安娜疯狂的行径，古小川终于吃不消了，他决定将她转给自己的一个同行处理，于是在付安娜来就诊的某一天，他跟她摊牌了。

古小川当时是这样说的："最近我一个在德国研究心理学多年的朋友回来了，他非常棒，棒得让人嫉妒。我把你的情况跟他做了介绍，他也很有兴趣。下周五下午你有空吗？我带你去见他。"

付安娜没有正面回答，只是问："他跟你一样帅吗？"

"这个……医术与相貌没有关系。"

"对我来说有关系，如果我根本不想见一个医生，他医术再高明也医不好我。"

"你的心理状态越来越不对了，我有困难……"

"不对在哪儿？因为我天天送花给你？"付安娜的眼睛越逼越近，"还是因为你和陆安安的关系？"

古小川顿觉窒息，想起《致命诱惑》里的凯瑟琳·特纳。

"那是我的私事……"

"你们心理医生不就是靠私事赚钱的吗？没有了私事，你靠什么买排屋呢？"

"可那不涉及到我个人。"

"难道你就没有心理上的毛病？你一定很怨恨这个世道吧？把你生得玉树临风，却让你永远站不起来。你要看高处风景，还得依靠斜坡，或者让人把你抬上去。陆安安力气大吗？能把你抱上露台观赏她的后花园吗？听说她的露台上摆满了值钱的兰花，还有一株快要枯萎的幸福树。这个女人真蠢啊，种幸福树。哈！"

付安娜张嘴笑的时候，古小川恍惚看到她嘴里的獠牙。

"总之，以后别再来我这儿了，也不许再送花给我。我不需要……"

"不需要情感转移是吗？那是心理医生的大忌吧？我在网上查过。那你和陆安安又是怎么回事？她又不是美女，打扮也很土，难不成你就专搞赫薇香小姐（狄更斯小说《远大前程》里的人物）那个类型的？我对你来说太优秀了还是太瘦了？陆安安也不胖啊。"

"够了！"古小川终于没沉住气，吼道，"我和谁上床跟你没有关系，马上滚出我的诊所，否则我报警！"

"报警？啧啧啧……"付安娜摇头，"你对所有没治好的病人都是这么干的吗？没错，我跟踪你、骚扰你，所以我才来看病啊。难道你就用这种方法治疗你的病人？废物！"

古小川感觉自己快要吐了。

走出古小川诊所的时候，已经是晚上七点半了，付安娜有点饿，但精神还是饱满的，高跟鞋在地砖上踩出有力的足音。她转过一条街，头颅昂得越来越高，然后心情很愉快地走进秋叶食堂，坐在陆安安身边。

今天食堂的特供餐是金枪鱼三明治加猪肉土豆汤，汤面上漂着一层细碎的胡萝卜丁，浓艳得很。陆安安将三明治盘子推到付安娜跟前，似乎没什么胃口，她今天很难得地穿了一件黑色紧身打底衫，因为没生过孩子，腹部很扁平，突显挺拔的胸围，外罩灰色兔毛开衫，有种亲切的家常味儿。

付安娜拿起三明治，吃得很快，吃完以后才喝了一大口汤，遂长长地吐了一口热气，道："偶尔吃这样的晚餐也很好嘛！你还真是吝啬鬼，也不请个大餐什么的。"

"说吧。"陆安安冷着一张脸，仿佛在接受审判。

"他要把我赶走，哼！没想到这男的胆子那么小，我看你还是算了。他不是因为爱你才对我这样，分明就是怕惹事。男人都一个德行，女人追得越紧，他们逃得越快，一旦我们不搭理他们了，他们就又开始失落了。有毛病的。"付安娜拿起桌上的餐牌，开始研究能不能再点个甜品，结果发现这儿根本没有多余的东西提供，便又悻悻地放下了。

"谢谢。"陆安安付了钱，再没说话，径自走出秋叶食堂。

望着她的背影，付安娜突然发现她的强悍女上司瘦了，爱情总是如此折磨人，像鸦片，上了瘾就时刻处于绝望的快感之中。

15

自打和乔洋上过床，南茜每天早上走进办公室之前都要深吸一口气，确认自己百分百淡定之后才跨进去。在很长一段时间里，她都没办法正面对着乔洋，怕脸红，怕生怨气，更怕他突然给她一个淡漠的冷眼，然后转身离去。南茜不是个能接受一夜情的女人，事实上这世界没有哪个女人是真正能从骨子里接受露水情缘的，她们无论多开放，和男人做那种事的时候都希望天长地久，即便在次日醒来后各奔东西，心里隐约想着"他也许还会打电话给我"的也永远都是女人。南茜无法免俗，抑或讲那也算不得俗，却是一种节操。但乔洋呢？他是什么想法、什么反应？

乔洋似乎什么都没想，他的"同志"情结表现得越来越严重。桌子上开始出现穿着蕾丝边花裙子的瓷面具娃娃，右耳轮上戴了只夸张的水钻耳钉，衣服的颜色越来越闷骚、越来越紧致，勒出他纤细的腰身。南茜努力回想那天晚上的情景，她记得他很强壮，能一把将她托起，坐在他盘曲的双腿间，他们的节奏很合拍，根本没有磨合过程，就只是给予和汲取，像两个熟练的炮友。所以南茜愈发确信，乔洋就是她的真命天子！

但是，她跟他讲过"这事儿可以当没发生过"，为了自尊，为了不让他讨厌，那些肥皂剧和文艺爱情片里总是教育我们——太主动的女人永远只是女二号，专为烘托男女主角的坚贞爱情而存在。她不要做女二号，她要上位，为了上位她必须沉住气，假装自己很潇洒、很矜贵，乔洋只是她生命中的一个过客。

可悲的是，她显然被这个过客迷住了，尤其是有了那层关系之后，她每天都能闻到他的体味，几乎是在为他的体味而活。他迈着轻快的步子，手持样稿走进陆安安办公室的时候，她都能想象那两条长腿缠绕住自己的样子。她离不开他，她已经开始策划他们的婚礼了，每张白色桌子上必须铺满用丁香陪衬过的粉玫瑰，婚纱不要白色要银色，每走一步都会有银粉纷纷落下；还有雪花，她要石棉制造的假雪花在空中飞舞，他们在纯白与粉银中跳华尔兹，亲朋好友们坐在一个个小帐篷里，品尝烤肉和红酒，向他们抛撒大朵大朵的香水百合，他们在假雪中融为一团……

白马王子乔洋就以这种诡异的方式与南茜朝夕相处，她觉得自己已经完全放进他的生命里去了，所以她焦虑，开始掉头发，古老的相思病占据了她的整个身心。同时，张士豪还是电话不断，每天送红玫瑰到她的办公室，花瓣上涂满金粉。过了一阵，又改成蓝色妖姬，彰显其雄厚财力。现在人人都知道有个土豪在追求南茜，小桃甚至有点嫉妒，在一次晚宴上穿着从张士豪那里敲诈来的夜樱振袖招摇。

上床之后的两个月，南茜和乔洋都没有再约会。房慧曾对她说："无论是不是你先爱上那个男人，关键的一步必须要男人跨出，比如要求约会这种事。"可他们已经做爱了，是否算已经跨出那一步了？她想不起那晚是谁先吻的谁。

最后到底还是南茜没憋住，主动给乔洋发微信："最近还好吗？"

乔洋回了个冷淡的"嗯"。

她瞬间气馁，然而又不服输，接着道："有点想你，见一面好吗？"

过了好一会儿，乔洋才回复："好的。"

南茜即刻浑身又注入了活力，眼睛发亮，面颊发烫，像个刚刚邂逅梦中情人的少女，没错，她就是典型的少女心。约会那天，少女心花了极大的心思，身穿镶着黑色小亮片的吊带连身裙，不戴耳环，把嘴唇涂成桃红，中跟鞋配白色镶珠手包，头发披着，粉底打得很薄，压住服装的嚣张气势。她不想让他觉得不舒服，却又想让他记住她，记到骨子里去。她决定让自己变得不一样些，但仍要捍卫她雏菊的味道。

北境花园的夜很绚丽，因为街对面在放烟花，据说是要迎接一个什么文化节。南茜在一串串斑斓的烟花中等待乔洋，他来了，杏色T恤，贴肤的羊毛开衫，旧牛仔裤，头发精心打理过，根根竖起，耳钉很耀眼。他坐下的时候，她有一点激动，但还是努力坐直了，腰板挺着，她不想让他觉出她的惶然。

"这么急约我出来，有事吗？"他东张西望，完全没注意到她的打扮。

"没什么，就只是见一下。"她有些失望，说话声音也轻了。

"嗯。"他喝了一大口咖啡，"我也正想跟你说点事。"

说点事？什么事？想撇清关系？想在一起？还是只谈谈乏味的工作？她脑子里有一万种猜测。

"我最近，爱上了一个人。"他说得慢吞吞的，让她心里长着的那株名唤热恋的植物逐渐枯萎。

"哦？是谁？"

"这个人等一下就到了，你先看看。"

不知道乔洋是真没察觉到她的心思，还是他本身情感粗糙，讲这话的时候居然还笑了一下。

是啊，"那件事就当没发生过"，是她自己讲出来的，她就是犯贱！

"好啊，怎么想到叫我看？"南茜忍着沮丧，也勉强笑了一下，肌肉都是僵的。

问话一出口，她自己就觉悟过来了，乔洋是在逼她割爱，用最残忍但也是最有效的方法。她恨不得夺路而逃，然而还是坚定地坐着，怒气与悲情混在一起，让她更倔强了。她要等，等着看乔洋爱上的那个女人，不会是房慧吧？还是他妈的其他什么货色？这个混蛋白睡了她，现在就想甩了她？好！甩归甩！但她要死得明白！

接下来的每一秒对南茜来说都像在受刑，她啜着咖啡，带着笑脸，和乔洋聊些不着边际的话题：章子怡跟汪峰好了，凯瑟琳·泽塔·琼斯离婚了，莫言拿了诺贝尔文学奖……她的两只脚不停地抖动，唇膏的颜色越冲越淡，整张脸开始苍白。但她不能就这样崩溃，她必须端庄得体，失恋也要失得漂亮。

乔洋的情人走进来，站在他旁边，乔洋牵住他的手，将他拉进卡座里坐下，然后对她说："这是我的朋友，很帅吧？"

那个人穿着古怪的菊黄色汉服，头发和稻草一个颜色，一副傻愣愣的表情，但表现得也很兴奋。

"介绍一下，李诺然，我的男朋友。"

乔洋死死抓着居士的手不放，以至于这个可怜的男人没能躲过南茜嘴里喷出的一口咖啡。

16

房慧对着阳台上那盆蟹爪兰发呆已经有半个小时了，最近她总是发呆，心情不宁，觉得做错了什么事，仔细想过又发现什么都没做错。一切似乎都在鱼姐的掌控之中，也在她自己的掌控之中，甚至情况比她们预计的还要好。但是，她内心的空洞却在逐步扩大，那是个莫明的洞，吸收了她一半的生命能量，她站在洞口，脑中浮现出古小川满是讥讽的脸，于是就有了跳下去的冲动。

不知谁曾经说过，房慧是典型的悲观主义者，努力存钱，对任何事物都缺乏安全感，只要稿费延迟到账就觉得天塌了。对于男人，抑或讲对于谈恋爱这回事，她也是很计较的，和她开口借过钱的男人一律拉入黑名单，生怕自己付出得多了会吃亏，经常拿追求她的男人和其他女人的男人作比较。他是不是值得她爱？甚至于有时候是她主动先喜欢的人家，当她费尽心机引起他的兴趣以后，在他对她表白的那一刻，她又马上疲软了，觉得这样的男人得来太容易，肯定不可信。

房慧打骨子里看不起男人，哪怕是乔洋那样高难度的，他错就错在吻了她，让她自我感觉良好到极限，她从他的吻里尝到了平庸的滋味，然后就开始鄙视他了。每一个前任都在这样的境遇里离她而去，她主动把他们推开，匆匆去寻找下一个目标，甚至都不和他们上床，她认为一对情侣走到做爱这一步就证明一个宝揭到了底，让人兴致全无了。和乔洋上床会是什么情况，她的确想过，但很快就不再想了，她无法忍受让一个男人摆弄自己的身体，他会为她生涩的动作而觉得可笑吗？他会嫌弃她的不自然吗？他会因突然发现她其实根本不会做爱而嘲笑她就像古小川一样吗？

想到这一层，房慧又有了自杀的心思。

这个时候，南茜又来敲门了。

"你不是把他掰直了吗？他不是吻过你了吗？为什么他现在还交了男朋友？你到底是不是阅男无数啊你？"

在一连串莫名其妙的攻击下，房慧把南茜拖进屋里。南茜头发散乱，眼睛里都是泪，眼线全糊掉了，唇色白得像鬼。

"忘记告诉你了，我退出了，也认输了。那小棕瓶我不要了。"房慧直觉面对的是一个失去控制的女人，也闻到了对方喷出的酒气。

"你他妈说一句'退出了'就以为没事了？你知不知道我他妈的为他付出了多少感情？我就是个贱货、婊子！他没钱，又老瞎嘚瑟，我都不明白我为什么会爱上他！我他妈一定是上辈子造了什么孽！我他妈贱！我他妈真贱！"

南茜哭得歇斯底里，房慧根本没办法安慰她，她最怕看到女人哭，也讨厌自己哭，所以她只是站在那儿，等着她哭累停下来。女人哭泣的时候，旁人越劝她就哭得越凶，因为被宠是一件让她们打蛇随棍上的事。所以当房慧无动于衷地冷眼旁观时，南茜终于觉悟到她现在找来发泄的那个对象根本就不在乎她的情绪，于是她只得收住眼泪，抽了两张纸巾擦了擦脸。

"怎么了？他交男朋友了？"

"嗯。"南茜点了点头。

房慧长叹一声，暂时把赴死的心放下，转身切了一只橙子，递到南茜面前，南茜愣了一下，然后拿过橙子猛咬下去，丰盈的汁水喷在空气里，清香无比。

"但这又不说明他不能爱女人，只要你够胆色、够聪明，还是能跟他在一起。"

"他可以爱女人，他和我已经做过了。"南茜急急地表白，提及"做过"两个字时，竟然还是不争气地打内心涌出一股自豪感，很傻逼的自豪。

房慧倒吸了一口冷气，心里对乔洋有了另一番评价，她隐约觉得乔洋和南茜上床是为了她。对她的报复？抑或是就把南茜当成了她去爱？女人在任何时候都喜欢意淫。

"小茜，你要不要冷静下来听听我的想法？"房慧努力把自己变成鱼姐，语气是从容睿智的。

南茜抬起头，认真地看着她，嘴角还有一抹橙子留下的黄色印迹，安静下来以后，她看起来好多了。

"第一，乔洋把他的男朋友展示出来，这行为有点刻意，所以很可能是骗你的。你说他和你做过，如果这不是你幻想出来的事情，那么说明他根本就是直男。第二，乔洋这么做，肯定是想让你对他死心，但同时他肯定是在意你的，否则不可能做得那么彻底。鉴于以上两点，我建议你从今以后把他当空气，然后有意无意地流露出对其他某个男人的爱慕之情，看他是不是会纠结。只要他对你的态度有一点暴躁或者无礼，就说明他还是喜欢你的，不希望有别的男人占据你的心。"

"我觉得这不可能，乔洋现在巴不得我爱上别的男人，他根本就是把我当毒瘤，割得越快越好，根本不怕我痛。"

"所以只能是死马当活马医。"房慧的眼神黯淡下来，喃喃道，"我曾经爱过一个男人，主动跟他表白，被拒绝了，表白那天他甚至都不愿意送我回家。后来，我喜欢上了别人，这个男人发现以后开始对我冷嘲热讽。那一刻，我别提有多爽了，因为我终于扳回了一局。"

"那我怎么样才能反败为胜？"

"你永远胜不了，你在爱上乔洋的那一刻起就已经输得一败涂地。但这种输是输在里子的，面子上你必须赢。真爱一个人的时候，讲的就是自尊，当付出得不到回报的时候，你就必须摆正自己的态度，心里再纠结，表面上却非淡定不可。从现在开始你必须努力复习你爱上乔洋之前的生活，那时你是怎么表现的？面对你没喜欢过的男人你是什么态度？把这些表现和态度都模仿出来。伤痛终有一日会消失，尤其是根本没有过暧昧期的男女，打击根本没你想象中的那么严重。"

房慧扮着人生导师的角色，给南茜指出一条又一条的明路，那都是她的经验总结，如今只是经过修正以后灌输给后辈而已。

"我就是不甘心！"

"没人会甘心，但一个人的人生轨道不可能永远正确，总会有偏差。乔洋就是你的偏差，你必须戒掉他，懂吗？"

"你以前一定经常被男人拒绝。"南茜看着房慧，许久之后才冒出一句。

房慧苦笑了一下，没有解释，只是径自问道："饿不饿？要不要吃点东西？"

　　南茜条件反射似的摇头，随后又改为拼命点头，在这样的黑莓日，减肥简直就是自虐。

　　房慧走进厨房，不久之后厨房内传出轻微的"哗啪"声，油脂香气自玻璃移门的缝隙里钻出来，让南茜的口水不自觉地溢满口腔。

　　"黑胡椒柠檬蜜汁煎小牛排，吃点肉，才有力气去应付明天。"

　　那盘油色晶莹发亮的小牛排摆在南茜面前，南茜想也不想便埋头将它们切成细条，然后一块块吃掉。每一下咀嚼都是享受，舌头被鲜美温热的肉汁浸透，然后变成能量输送进血管。

　　吃着吃着，南茜心里的眼泪就干了。

　　南茜走后，房慧给乔洋打了个电话。

　　"找我什么事？"乔洋的声音显得很疲惫。

　　"没什么。"房慧道，"突然想起来，你还没吃我的第五道菜。"

第四章

主食——牡丹虾握寿司 > > >

1

房慧在厨房捏了一下午的牛肉，用手猛搓，将肉块上每一条筋结都揉松揉散，雪白的脂肪在指间聚了又散，一整块肉变得绵软丰厚，然后被切成块状，放入锅中稍稍翻炒一下，加酱油和糖，直至肉块泛出晶莹的粉色。接下来，是被蒸煮去皮后的小土豆，切成两半，入铺油的锅内煎成金黄，每个土豆切面都浮起一层黑色薄焦。土豆与牛肉的混搭，成就了最为家常也最独具匠心的玉石俱焚。

"这一道呢，看起来寒碜，做法也简单，然而食材却不寒碜。土豆是我到乡下的老寡妇谭婆婆家的后院偷的，只有她那儿的土豆种得最随心所欲，用的是原始肥料，为了弄到它我被谭婆婆穷追猛打了几里地。还有牛肉，这个自然不是牛逼轰轰的神户牛肉，但也是处女牛，我在乡下委托一个农民帮养着，坚决不配种，饲料是我自制的，饮用水都比水龙头里出来的干净一百倍，那头牛长到六个月时被宰杀，肉块一直被恒温保存。那些肉，我从前只用过两次，一次是试食，一次是拍鱼姐的马屁。玉石俱焚，就是这么来的。"

本来油汪汪的一盘菜摆在桌上，乔洋已食指大动，然而被房慧讲到"处女牛""长到六个月时被宰杀"时，胃口又缩回去了。第一口咬下去，有些惶恐，可食物一旦缠上舌尖，便彻底沉沦了。那也许就是天堂的味道，更也许是童年的味道，乔洋逐渐被鲜咸的香气浸透，缓缓沉入吃带焦底的锅巴饭的那个时节——他赤着脚踩在工厂宿舍楼下的篮球场上，手里抱着一只脏兮兮的皮球，不停地尝试要把它投入高得离谱的篮筐。然后，宿舍窗口开始飘出油腻的菜香，他能从这些气息里分辨出哪家烧了鱼，哪家是青椒炒肉丝，甚至哪家的番茄炒蛋里放了太多的白玉兰。当然，他必定是认得准自家窗口的，因为他的每条衣缝里都是那个味道，于是他抱着篮球，匆匆跑回宿舍，一步跨两个台阶地走，逞强逞到六楼的时候，母亲正好将散落在面颊的两缕碎发用铁夹夹起，一对潮湿的手端着一盆色泽浓烈的菜往屋子里走，煤炉里烧成明黄色的煤饼每个洞都在闪烁鲜红的火光……他的味蕾瞬间粒粒竖起，这种欲死欲仙的知觉比任何时候都要强烈。他要进食，把家的味道大口吞嚼，胃袋逐渐被装满，血液充进肠道，大脑仿佛停滞。

"这道菜，配威士忌蓝方最好，很诡异是吧？"

房慧拿出一只水晶玻璃矮杯，给他倒了一点威士忌，一大坨浑圆的浮冰几乎装满了整个杯子。

"嗯。"他应得很含糊，"怎么想到要无偿奉献一道菜？"

"没什么。"房慧气定神闲，她在乔洋面前大部分时间都是气定神闲的，"庆祝你有了新的男朋友。"

土豆险些从乔洋的嘴巴里喷出来。

"南茜来找过我了，一把鼻涕一把泪的。我觉得她活该，明明你就不喜欢她，她自己也知道，却还要犯这个贱。这下把你嘚瑟坏了吧？"

嘚瑟？乔洋呆滞了一秒，他的确有，做某个女人的男神也许很累，但更多的时候是自豪，所以他甩她的时候就像摘掉一朵含苞的玫瑰花蕾，爽极了。

　　"别误会，我不想教训你，相反，我还觉得挺高兴的，你能坚持不要她。哦，等等，你要过她了，只是要完后又不要了。就像吃这道菜的时候津津有味，过几个小时它就变成屎从你的肛门里拉出来。"她的语气变得犀利了。

　　乔洋开始背脊发冷，那盘玉石俱焚已经吃不下了。

　　"南茜呢，是个傻姑娘，一根筋，爱上谁都会万劫不复，哪怕对方是个基佬。她第一次因为你的事情来找我的时候，我正好手里拿了把剪刀，打算把自己的手腕切开，但她披头散发地冲进来，跟我说她爱上你了，你却只爱男人，所以她请求我把你掰直，事成之后送我一个小棕瓶。我答应了，然后做菜给你吃，打算抓住你。一切都是那蠢婆娘的计划，我只是执行而已。但后来我又想，为什么我得为别人的爱情牺牲自己的时间和精力呢？我没她那么傻，所以我放弃你了，退出游戏，一身轻松。不过说起来，南茜也算救过我一条命，我都不知道要怎么报答她。要不这样吧，我们上床，现在就上，然后我去告诉她你已经被掰直了，你试着跟她恋一次，怎么样？"

　　他有些脸红，放下筷子，狠狠喝了一口酒，酒精呛得他快要流泪。

　　"其实我也挺傻的，你应该看出来了。"她的话越讲越多。

　　"我不是东西，可以随便被你们送来送去。你们女人，各种无聊。"他的自尊心又蠢蠢欲动了。

　　"那就滚！永远滚出我的世界，也滚出南茜的世界！"

　　房慧暗暗发誓，今后再也不和乔洋说话了。

2

居士把琴抚得乱七八糟，鱼姐有些听不下去了，便敲了敲桌面，道："过来喝茶，听得有点累。"

他只得转到她的茶桌边，端起那杯新月银光细细啜了一口。

"鱼姐，我有心事。"

"琥珀白光，第三泡最香。"她没有抬眼看他。她今天穿的是紫红色绣蓝碎花棉褂，很别致，所以她更愿意低头欣赏自己的穿着。

"鱼姐，我有心事啊啊啊……"居士继续卖萌。

"说。"鱼姐皱起了眉头，她不明白这些孩子怎么老有心事要讲出来，心事不是应该放在心里的吗？

这时，门上的瓷风铃叮当作响，细碎的声音里伴杂轮椅轻微的马达声——古小川来了，戴着墨镜。

"哇！机械战警！"居士一声怪叫，惊动了所有茶客。

古小川看了居士一眼，点头道："你好，我叫古小川。"他摘下墨镜，露出一对巨大的黑眼圈。

"来杯茶？"鱼姐用眼神示意居士闪到一边，古小川于是就占据了居士之前坐的位子。

"有咖啡吗？"

鱼姐摇头。

古小川只得端起那只她斟满的茶杯，饮了一口。

"告诉我怎么样才能让一个女人死心？"他闷闷地问。

居士忍不住吹了一记口哨。

"让女人死心？我以为那已经是你的拿手戏了。"鱼姐几乎是从鼻腔里发出的声音。

"我快要被折磨疯了。"

"只有疯子才能逼疯一个人。"

"那怎样才能让一个疯子变成正常人？"

"那不是你的工作吗？"

"我从来不是个合格的心理医生，这你知道。"

"要让一个女人对你死心，只有一个办法，让她爱上别的男人。"

古小川点点头，将新月银光一饮而尽，然后转动轮椅离开了。

他的轮椅刚滑到门口，那门竟自动开了，夹带着一股深秋的冷风，风中站着一个女人——房慧。

房慧裹着艳丽的披肩，内罩黑色高领羊毛衫，足蹬栗色皮靴，一团火似的滚入，还未看清她的身姿，她便已经坐在刚才古小川坐过的位子上了，甚至都没正眼瞧过古小川。

"喝茶？"鱼姐拿出一个新的青瓷杯，那瓷色青到发绿。

"有咖啡吗？"

鱼姐摇头。

房慧长叹一声，拿起杯子一饮而尽，道："怎样才能让一个男人爱上一个女人？"

"这不是你最近一直在研究的功课？"

"我是说另一个女人，不是我自己。"

"那是另一个女人的事，与你无关。"

"可是……"

"你是太想演琼瑶戏里的女主角了吧，所以才对别人的事情这么上心，以为把钟情自己的男人推到另一个失落的女人身边有多伟大？都什么时代了，还在演这种矫情戏码。快滚，今天你不适合来这儿喝茶。"

房慧像是被一箭射中要害的猎物，惊慌失措地逃走了。

"看，这才是有心事的人。"鱼姐慢条斯理地将居士的茶杯斟满，"我终于到更年期了，唉……"

3

张士豪对南茜的执着程度令人匪夷所思，他依旧坚持每天五十条短信的猛烈攻势，并坚信对方不会被他逼疯。南茜几乎处在冰冷湖底休眠的状态，可他似乎浑然不觉，以为她是身披黄金甲的公主，终有一日他可以剥掉她的防护罩，让她接受他热情阳光的照射。

南茜在《摩登》的表现也变得古怪了，她与乔洋之间只保持平和的同事关系，他们会交流工作，除此之外便没有更多接触。偶尔的，小桃和阿青也邀她去弄堂咖啡馆喝下午茶，当然那得趁陆安安不在的时候。可能是他们都觉出了南茜与乔洋的关系变了味，于是吃抹茶蛋糕的时候会旁敲侧击地问这问那，主要围绕"房慧掰直乔洋的工程进展如何"这一主题展开。

"谁知道呢。"南茜猛吃蛋糕，她已经胖了两公斤，肚皮上一抓一把肉，但还是没有任何减肥的打算。

"我就说，那个女的又不好看，远远望去像大妈，乔洋那么潮，怎么可能看上她。"小桃与房慧显然不在一条审美线上，有如此评价很正常。

"就是！所以妥妥失败了吧？早知道当初就该叫安娜姐上。"阿青激动地附和。

两个女人完全忘记了当初也是在这家店她们对房慧寄予厚望的光景。

"没，她……她成功了。哦，不，应该说，我成功了。"

虽然南茜的声音跟蚊子叫似的，两个女人还是激动到狂吼："什么？"

"具体情况！细节！来龙去脉！"

在饿虎扑羊般的压迫下，南茜一咬牙便全数摊牌了，房慧和乔洋发展到什么地步，乔洋又是怎么阴差阳错地跟自己上了床，上床之后他又是如何表现的。那简直就是一本戏，可唱得百转千回，尤其南茜虽然形容得很简易，却撑出了足够的空间让那两个女人开辟脑内小剧场，所以"唱"完以后，小桃猛吮杯里的柠檬雪泥，阿青的烟抽了一根又一根。

"如此说来，他对女人是有反应的啊……"小桃打了一个饱嗝，气管里全是冰凉的雪泥味儿。

"如此说来，他对女人也硬得起来啊……"阿青狠狠抽了一口烟。

南茜不再言语了，她心烦意乱，隐约明白乔洋根本不是有了新男友，他只是随便拖了个二货来刺激她！这说明他不爱她，把她当癌症那么来防，甚至不惜一切。是她没有魅力？嫌她老？嫌她丑？嫌她不够性感？她现在都已经改穿聚拢型胸罩了。当一个女人无法得到她喜欢的男人时，从来就不会找更深层次的原因，只一味把问题归纠于外形不够吸引对方。

"其实这也蛮正常的嘛，看过许鞍华的《得闲炒饭》没？里面讲到，无论男女的性取向都是有个比例存在的，从一到十来排的话，有些同性恋与异性恋的取向比例是五五开，那种就是双性恋；有一些是三七开，平常是直男或者直女，但也不是没有可能爱上同性；还有一些一九开的，那就是标准同性恋或标准异性恋，性取向很固执。如果乔洋都能和南茜做，那么他必须是五五开啊！"谈到老一套的性取向问题，在淫乱的地下摇滚圈混迹已久的阿青立马来了精神。

"你们讨论了那么久，就只是分析乔洋的性取向吗？"一想到自己不够漂亮，南茜就心烦意乱，这次的事让她面子丢尽。

记得很久以前，《摩登》来了一位做过模特的男编辑，帅到惊天动地，他的车窗外侧每天都会出现一朵玫瑰，压在雨刷器上。起初他以为是哪家的孩子搞的恶作剧，直到某天有个戴眼镜的宅女突然出现在编辑部里，并对着他大声朗诵了一首唤作《每天送你一朵爱情》的酸诗才真相大白。那个宅女被编辑部的女人笑了整整大半年，事后大家总结经验说："就算上吊也不能变成那样的女人。"

现在呢，南茜基本上已经是那样的女人了，就差没给乔洋念首诗了。

4

"哥们，如果有可能，我也想做同性恋了。女人都好可怕呀！"

凌晨两点的小区天台上空无一人，居士手里拿着一听啤酒，跟死党乔洋诉苦。是的，这些日子以来，他在充当乔洋的基友时见证了南茜瞬间被判了死刑一般的表情转换，也在清鱼茶园见证了一个中年大妈精神错乱一般的复杂情感纠结，他彻底怕了。女人这种动物在因为没钱而不太谈得起恋爱的居士眼中等同于怪兽，甚至怪兽还是简单明了地作恶，被奥特曼一揍就老实了，女人又不能揍，也似乎永远都不会老实。

"想都别想，我是直男。"

面对做含情脉脉状的居士，乔洋当场重拍了他的后脑勺。其实，这个城市的晴夜已经不太看得见星星了，他们对着蒙了几层灰纱的天空呆了半晌，什么话也没讲。乔洋觉得自己像是被什么魔咒控制住了，他反复回味房慧对他撂的那些狠话，又想起南茜在床上温柔地拥住他时的甜蜜，她是个好女人，总是追随他，可他就是怎么也爱不起来。男人要一个女人的时候，从来都不是因为爱，有时候只是生理需要，甚至只是要一个安慰，在房慧那里受挫以后，他极需安慰。

所以乔洋自认是个坏男人，这世上所有的女人都爱坏男人，他猜想自己大概是因为坏，才会这么受欢迎。凭乔洋幼稚的头脑是无法估量女性智商的，他以为她们会对他誓死效忠，其实仰慕他的红颜里百分之九十都只是想来一段，根本不会奔着和他结婚而去，结婚对象之类的标签，从来就是贴在张士豪他们身上的。除非乔洋以后变成张士豪，在此之前他就只是个满身开着烂桃花的傻帅哥。

"不过那姑娘挺好呀，比你妈好多了，你为什么不要呀？"忍了很久，居士才开始嘴贱。

"她不是我妈，拜托！"

"但她果真很像你妈，起码看上去跟你妈一样老，而且整个人脑子有点不正常，你最好以后看见她就闪避，否则万劫不复啊。"

万劫不复？他尝到她第一道菜的时候就已经注定万劫不复了，就像南茜发现自己爱上他的时候一样。每个人都在自己的情感迷宫里绕圈，能出得去的都是超级理智的人，出不去的才是情种。

"如果闪避不开呢？"乔洋问得可怜巴巴。

"什么？她对你性骚扰了？"

在居士的概念里，女人一过三十就可以去死了，从某种程度上来讲，乔洋托他假扮GAY去伤透南茜的心真是再合适不过了。

"好了，你是粗人，不懂得我们这些内心细腻的人是如何应付生活的。"乔洋对居士下了一个粗人的定义。

粗人？学古琴，离家出走，在清鱼茶园鬼混，那分明是细致的文化人做的事。你乔洋才是粗人！

居士愤愤地在心里反击哥们，却没有讲出来，他觉得今天这样的气氛不适宜跟乔洋吵架。

天台的冷风直灌入裤管，他们即刻感觉到深秋的衰败气息，那是要穿厚船口袜的日子，人字拖该收进衣柜里去了。瑟瑟发抖之际，乔洋说："要不要下去吃个火锅？我快冻死了。"

"不是应该在这里吹萨克斯吗？那是刘青云最喜欢的电影情节，《新不了情》啊。"

不知为什么，乔洋突然哭起来，眼泪在风里抽痛了一次又一次，他想念房慧给他做的五花肉，想念那道重口味的合欢药膳，还有油汪汪的牛肉烧土豆。房慧在他心里以食物的色香味出没，他完全记不起她的脸，却在她的世界里泅泳。

"这样的日子哭，很不吉利呀！"居士对着灰蓝色的天空长叹。

"我没哭，只是……"

"只是有灰尘吹进眼睛里了？那接下来要不要我跟你说，只要抬头仰望星空，眼泪就不会流出来？忒俗了，基友！"

"我他妈的才不会讲这么LOW的话，我只是饿哭了好不好？我要去吃火锅。"

乔洋边讲边飞速往楼梯口走去，居士跟在后面。两人下了楼，走到火锅店门口的时候不知道为什么没进去，却在一家日料店门口停住。居士拉着乔洋进去，然后点了一份牡丹虾握寿司，他说："不知为什么，跑到楼下的时候就完全不想吃火锅了，超级想吃这个啊！"

粉白相间的牡丹虾肉贴附在米饭上，像一颗颗艳丽的玉石，口感微凉，虾的鲜味与米饭里的醋味混在一起，让食物有了层次。这料理也许算不上特别，却特别贴心，再华丽不过虾肉，再丰盛不过鱼汤。

两个人喝着热腾腾的味噌汤，吃了一大盘寿司，乔洋几乎能尝到寿司师傅手心冰凉的温度。

5

陆安安想去远行，她把家里藏到蒙灰的纪念相册翻了又翻，拍它们的时候还没有靠电脑或手机翻阅的习惯，所以这些彩色照片看起来都旧旧的，边缘泛起奇怪的光，每个人的轮廓都略微模糊。相册这东西如今都成了老古董，但她仍是爱那本第一次结婚时婚纱影楼附赠的相册——红棕色硬封皮，右下角是一朵烫金的百合，很沉重，每翻一页都要花些力气，然而东西拿在手里才能让她觉得安稳，否则就很不确定。相册里依旧有陆安安的婚纱照，那时青春还在她额头上打转，她有一张饱满而娇艳的面庞，算不得漂亮，但是很甜，微卷的刘海在当年很时髦，她就做了那样在如今看来极古怪的头发去拍的照。与第一个前夫的合影已经都撕碎踩烂封在过去了，但陆安安还是留下了所有专属她个人的婚纱照，因为照片看上去还是很美；第二次拍下的婚照也是这么处理的，留下个人的，撕烂合照的，不过第二组她更喜欢，虽然老了一点，却有了一种叫性感的奇妙特质。她以消瘦到扁平的身材挑战了吊带长裙，站在暗褐色背景墙前，像一支快要折断的芦苇，头发盘在脑后，露出细细的脖梗，手臂上缠满枯萎的曼珠沙华。那绝对是一组可以上时尚杂志封面的作品，当时陆安安请与自己私交甚笃的一位时尚界摄影师帮忙整的，那摄影师把连她自己都忽略掉的一面拾了起来。

　　算来算去，这两组婚纱照才是陆安安婚姻的最美好遗留物，她捧在手里的时候内心无比温暖，从女孩挨到单身女人，终究抵不过几张照片的跨度。

　　但是，陆安安还是感觉灵魂深处的某个角落空落落的，是男人的问题吗？她想起了古小川，从而进一步思念他健康而茁壮的器官，遂心生满足，她可以和他一直好下去，但只限于在床上，付安娜已经几次三番跟她说："这个男人胆子太小。"胆子小？也对，否则怎么连一次婚都不敢结？而她都已经结两次了！那么是私人时间太少的缘故吗？可能是。她已经连续三年没能出门旅行一次了，记得年纪很轻的时候，她再穷都要每年出趟国，去尼泊尔与脏兮兮的当地人挤同一辆公交车，去泰国参拜佛像，去印度捂着嘴巴看恒河。是的，尽管当时她只能去相对便宜的地方，高端大气上档次的日本和欧洲只能与她遥遥相望。但现在有这个经济实力了，她却忙着结婚、离婚和上班，风景一再错过。她最讨厌工作狂，却不知不觉中变成了那样的怪物，所以她强烈希望能有个人陪她去一片陌生的土地，让她重新考虑整合自己的生活。

　　当私生活离一个女人越来越远的时候，情趣这玩意在她身上也就无从体现了。想到这一层，陆安安不禁心惊胆战，她甚至能通过镜子发现岁月在她脸上缓慢而清晰地绽开裂缝。

　　"《摩登》能一直前进，月度销量和订阅量节节攀升，离不开各位员工的努力。所以杂志社决定让大家放松一下，给你们每人三千元旅游补贴，你们可以在这三个月内随便找哪个时候外出旅游，到时票据拿回来报销。不过还是要注意工作上的衔接安排，不要一窝蜂地挤在一起走。当然了，你们都是杂志社的潮人，应该更享受单身旅行或双人旅行，不会做集体大出动这么挫的事。散会。"

陆安安的决定，让整个《摩登》瞬间沸腾了，以至于接下来的一个礼拜大伙儿都在上网找旅游胜地。日本京都游？坐游轮去济州岛？干脆参加欧洲十天豪华旅行团？抑或只身进入佛教圣地不丹来个心灵瑜伽？各色潮或不潮的旅行计划在办公室炸开了锅。小桃首挑日本，但没有两三万下不来，只得拼命怂恿没什么理财观念、每个月工资都不记得花在哪儿的阿青跟她同行。无奈阿青想去的是西班牙，因为听一个在西班牙旅居的女作家说在那儿肚子饿了就站在餐馆门口向食客讨一个欧元买面包吃都可以，在阿青的耳朵里听来那不是苦逼，却是浪漫。乔洋心心念念想去的是台湾，在他的想象中拿着舒国治的《台北小吃札记》封底夹着的那张美食地图去逛夜摊一定爽爆了。

只有南茜和付安娜什么动静都没有，两个不露声色的女人默默坐在电脑前审版面，后来竟是付安娜没忍住，在QQ上悄悄问南茜说："菇凉你想好去哪儿玩了没？"

南茜的QQ很久才开始跳，回复只有两个字——"蓝洞"。

"一个人？"

"肯定不是！"

那句"一个人"刺激到了南茜，她怎能可怜到这种地步，连个旅伴都找不到？同时她又隐约不安起来，难道她的孤独处境已经被人家看出来了？有那么明显？

于是，严重受刺激的南茜给张士豪发了个微信，内容是这样的：

“下个月我要去塞班岛，和我一起？”

“嗯！”张士豪的回复却出人意料地冷淡，但很坚决。

6

房慧在家里摆弄她那一阳台的花花草草时，发现那盆紫色雏菊的叶子收缩了，那是将死的迹象，而且她心里清楚，那是被频繁浇水浇死的。过分爱惜花草就会有如此下场，有时候忘记它们，它们反而长得枝繁叶茂。她叹了口气，把那棵雏菊挖掉，在泥里撒了一把夜饭花种子，听说那东西特别贱，不去管它都会开花结果。刚刚把种子埋好，房慧的手机微信就响了，她迫不及待地用脏手去打开它，干吗这么急？连看个微信都这么急？太久一个人，她到底受不了。

发微信来的人，是房慧期待的乔洋，直到看到乔洋的头像，她才发觉自己很期待他的消息。

乔洋跟她说：“下个月我想去台湾吃遍美食，要不要一起去？”

要不要一起去？她当然要去了！这么长时间闷在家里，只到过附近的私家菜房尝过鲜，其余的生活就是在家码字，最近她开始为一些网站写星座占卜的东西，这种稿子相当好写，只要编造一下“每周运程”就可以了，比如“金牛座在本周情运最佳，会遇上心仪的异性，对方还会向你献殷勤，适宜去户外约会，会有意外收获哦！所以本周金牛座的运程给八十分”。

之所以要搞这些全中国人都相信的扯淡星座学，兼因她最近实在是没心情料理美食，稿费收入随之锐减，她只得转向去尝试写星座。不久之后，整个城市有百分之九十的“每周星座运程”都出自房慧的胡编乱造。"为五斗米折腰"的日子，对于房慧来讲并不陌生，她的单身公寓和一衣橱的奢侈品都是码字码出来的。经常会有一些自诩作家的人来问房慧怎么会如此有钱，房慧总是冷笑着回答道："因为我什么稿约都接，而你们却要挑三拣四，捍卫所谓的文学节操，活该要饿肚子。"

现在，她终于在"胡诌星座学"方面有了一定成就，是该拿这些稿费出去玩儿一趟了。同伴是乔洋，真是再好不过了，这家伙带得出去！这时候，她就没照照镜子，想想自己这副尊容是否能被乔洋带得出去。

"好啊，一起去。"借着财力的底气，她回复得相当干脆，但转念一想，又泛起了一点小心眼，于是接着道，"通行证我本来就有，你就帮我订好飞机票和酒店，把账号给我，我把钱打到你户头上。"

这话里的意思有二：一、此次旅程费用各半分摊，谁也别想占谁便宜；二、房慧比乔洋有钱，所以主要是乔洋别想占房慧的便宜。

乔洋到底嫩些，没听出话里的意思，于是兴冲冲地去订机票了。

另一边，付安娜还在跟南茜QQ私聊。

"去蓝洞干什么？潜水？女孩子家太危险了。"付安娜显然很怕死。

"没什么。"

南茜避过了付安娜的追问，她自觉跟这个女人聊不到一块儿，同时也懒得解释太多问题。比如去蓝洞，是因为她听闻在深海下沉的蓝光闪闪的洞穴之中，有健美彪悍的古罗马人探险的痕迹，后来被一批头戴紫色夜合花、身披金缕衣的女巫占领，在那个昏洞洞的世界里秘密修炼，萃取魔法中的精华……是的，那些在南茜脑海中盘旋的女巫无时无刻不在诱惑着她，如果得不到爱情，那么用巫术蛊惑到也成。她甚至觉得乔洋不够爱她，是因为她缺少魔力而非魅力，魅力可以吸引人一时，唯有魔力才能魇住他一生。

　　她一厢情愿地在泥沼里挣扎，反复看一些韩剧，越看越觉得自己像故事里的女二号，永远爱而不得，也永远锲而不舍，直到最后一集里突然回心转意，黯然松手，看男一号和女一号手牵手潇洒离去。这些情节她看到了吐，于是愈发牵挂深海里的那个蓝洞，那儿一定能给她一些不一样的启示，倘若上苍无法让她重获爱情，那也必须让她重获新生。

　　至此，南茜已经完全走进自己的死胡同了，她想把自己灌醉，到大街上展览失恋相；又想把张士豪叫过来，跟他上床，借另一场欢欲把乔洋在她身上留下的痕迹彻底冲掉；她更想冲到房慧那里去质问她，质问她怎么会把事情搞成那么烂。她有很多种设想，每一种都有自暴自弃的倾向，选来选去，都没觉得哪一种合适。所以南茜还是表现得很冷静，她假装看不见乔洋，尽管他们在公司里低头不见抬头见，她还是保持着淑女姿态。乔洋却有些心不在焉，全部心思已扑在台湾之行上了。

　　"说，要哥给你买点儿什么？头等舱机票和五星级大酒店都订好了，还有啥要哥给你准备的？"

　　张士豪精神头很足，南茜愿意和他一起去塞班岛，他的机会来了！他不要年轻貌美的粉木耳，他只想安安心心娶个老婆。

　　"订的是两间房吧？"南茜一听张士豪的声音便心生厌恶，又有一点内疚，她实在不该怪他，他对她做的任何事都是对的。

　　"你这话说的！"张士豪激动了，"哥是那种乱来的人吗？哥正派！两间！必须两间！咱俩住隔壁，妹妹你寂寞了，欢迎随时来串门。"

　　"嗯嗯，就这样吧，挂了。"

　　南茜在恶心得快呕吐之前挂掉了手机，心气儿高的女人总是非常讨厌土鳖男人，俗语叫LOW咖，觉得他们从气质、品味、人生观都跟不上时代，应该过一种镶金戴银的空虚生活。可她南茜想要的是惊天动地的爱情，男人必须潮，穿件三十块钱的T恤就跟穿了套阿玛尼一样上档次。她曾经努力说服自己接受张士豪，他不错的，有钱、年轻、长得不算难看，足以让她进入上流社会，但她偏偏是琼瑶式的少女心，追求一种带有奇幻色彩的经历，她的生命抗拒流俗。

所以整个《摩登》杂志社里，南茜是第一个请旅游假的，她要早早离开，去找那个蓝洞，把忧伤都放进去，再用大海做盖子密封起来。

7

"出去旅游不是挺好的嘛！"鱼姐拿出一罐新月银辉，用日本银壶来煮，这些日子以来她一直在炮制新茶，想给自己一点新的情绪。

"我也觉得。"房慧面色潮红地端着茶杯，她显然已经过了挣扎期，现在正开始一心一意地算计如何在台湾制造一点浪漫回忆，她仿佛看到自己和乔洋手牵手站在淡水河边欣赏对岸烟火，在宜兰山角下头靠头呼吸同一方空气，在恒春小镇的海滩边肩并肩深夜慢行，在五星级酒店的房间里……不行！只有这个不行！她想象了千百次跟他翻云覆雨，将所有春梦里的男主角都换上他的面孔，她是欲仙欲死的，同时也怕得要死。

"是啊，你终于发现其实有这样一个男人也不错吧？他若再对你鞍前马后，二十四小时随叫随到，你就更动情了。"鱼姐眼角的细纹呈散射状，绽开了一朵花。

"嗯！"房慧用力点头，啜了一口茶，烘焙的焦味儿在嘴里蔓延，第一泡总有一点人工制作的痕迹，等三泡过后才会彰显茶的本来面目。

"那么就去吧，我也再没有锦囊妙计给你了。说实话，一切都比我想象中发展得快，否则以你的姿色、气质和魅力，完全不可能得到这样的鲜肉。但有一种男人，天生比其他的粗货要有鉴赏力，他可能是品出了你的贵族气息，这是你自己都意识不到的。阿慧啊，你是完全没发现自己内在的品质，当然全世界的男人都不会真正在乎女人的品质，只在乎是不是容易上手，能不能控制得住我们。但是，你若早生个两百年，一定是在宫里住着的。你骨子里那种传统、清高、端正、教养，还有一点深邃的矫情，没七分眼力见儿的男人还真欣赏不来。"

话毕，鱼姐就把浮在云端的房慧送出门了。

"你这样抬高她，会不会害了她？"一直坐在里间窃听的古小川终于滑出来，他越来越清瘦，像是体内长了寄生虫。

鱼姐面无表情，努力抑制更年期的浮躁情绪道："因为不抬高她，她永远过不了自己那关。这老姑娘心思太复杂，又矫情得紧，得下猛药。"

"那会不会效果适得其反，让她越发不敢和那个小帅哥发展？"

鱼姐缓缓摇头，脸色开始变得沉重，说："有些女人，天生带有一些常人不会有的自尊，所以她们活得很苦，还偏偏被世人看不起。比如像你这样的男人，自己都一团乱麻，有什么资格去把玩房慧的处境？"

"我没有把玩她的意思，我只是担心她。她容不得别人欺骗她，一点也不行。高度自尊让她无法适应这个社会，应该给她个台阶让她下到凡尘才是，而不是对她说假话。"

"你怎知我对她说的是假话？"

她偏一偏头，发鬓上的银莲花簪子闪闪发亮。

8

居士彻底变成穷光蛋了。

在连续吃了五天方便面后，连放的屁里都带着一股防腐剂味道的居士，刚刚被肯德基开除，原因是他在厨房里偷吃要倒掉的一桶鸡翅。原本那批打工的稍微拿点剩菜回家再正常不过，但居士那头稻草不肯染回黑色已经让店长怀恨在心，早叫他不用来上班了，但居士居然很拽地跟那店长说："知道我爸是谁吗？你敢开除我，我一分钟之内就让我爸把这家店收购了。"店长跑去跟上头告状，诡异的是上头还真去调查了一下居士的老爸是何许人也，然后就没再追究居士的发色了。此后，店长不服气，总算又找了这个理由将他扫地出门。

居士揣着口袋里最后的五百六十块钱捱了整整一个月，在这一个月里，有半个月的饭资都是乔洋出的。后来因为乔洋要去台湾，拼命省钱，就再没顾得上这位好兄弟，居士只能靠泡面度日。还有更重要的一点，鱼姐那里的学费再也供不上了，那把丝弦古琴，从此就上了她的墙，再也没下来过。

要弄钱，一定要弄到钱！

居士这样下定决心的时候，手机响了，是一个旧友来找他借钱。

"我自己都快讨饭了，哪有钱借你？"居士苦笑。

"啊？跟你老爸要嘛，你不是公子哥吗？"旧友很快就抓住了问题的核心。

"打死都不会跟他老人家要钱，你放心！"

旧友在电话那头一阵贼笑，然后道："想来钱其实很容易，现在赶紧到北境花园来，哥传授你几招。"

居士于是从乔洋的招财猫储蓄罐里挖了几块钱，坐着地铁去了北境花园。

那旧友是个身材瘦长的帅哥，其实说是帅哥，也没有帅到哪里去，眼睛很小，唇形倒是很漂亮，经常一次花三百块吹头发，买身衣服抵得过他一个月的工资。居士一直奇怪这样的人是怎么混到现在还没去死，拿两千块的主反而混出了月入二十万的范儿。

旧友点了根烟坐在角落里，还是一派贵族范儿，那双韩式的眼睛眯成两条缝。旧友旁边还坐着一个女人，打扮精致，面目浮肿，下巴上布满痘痕，戴一副眼镜，一看就是欲求不满的女白领。

女白领看到居士进来，勉强对他笑了一下，然后为三个人的咖啡买了单，便起身告辞了。

"别误会，跟你借钱只是暂时周转不灵罢了。"旧友歪了一下头。

"哦，那女的是谁？你姐？"

居士其实是顺口一问，这么矬的货色他才不放在眼里。

"不是我姐，是摇钱树。"旧友眼睛眯得几乎已经看不见了，"你刚说没办法借钱，我就只好跟她复合了呗。"

"复合？你什么时候跟这样的货色交往的？不知道你还那么重口味嘛。"

"这你就不懂了吧？"旧友撸起袖子，露出一条精壮的胳膊，"知道我为什么一直坚持健身吗？那是资本。如今是男色时代，男人长得漂亮也是占便宜的。这个城市里，有很多单身寂寞熟女，还有一些得不到老公滋润的人妻，她们平常看起来正儿八经的，其实心里一直想要那个，懂吗？你说咱们这些人，除了年轻和长得帅，还真就没别的优势了。那些女人吧，虽已是明日黄花，但她们有经济实力，钱包永远鼓鼓的。所以呢，要互相利用资源，我们给她们一个姐弟恋的美梦，她们给我们钱花。你知道吗？这半年里，我已经去过日本、尼泊尔和越南岘港了，我哪有钱？都是那些老女人掏的。你还真别嫌弃她们，其实在床上关了灯，跟年轻小美眉一样生猛，还有很多你不知道的技巧。花她们的钱，白吃、白玩、白睡，多好？你还别看不起我，咱们这个圈子里都是比谁钓上的大妈多，再不比谁泡上年轻小妞了，那个玩久了没滋味，你还得在她们身上花钱。不如就把眼睛放到那些大龄女人身上，保管不吃亏。"

"怪不得啊……"居士瞠目结舌之余，长叹一声。

"怪不得什么？"

"我有一哥们，现在也跟一个老女人搞七搞八的，相差十一岁呢！过些日子，他们还要一起去台湾旅游。"

"你看看，时代变了，老男人玩小女人，老女人玩小男人，这都不是什么丢脸的事。居士你呢，长得也很受欢迎啊，为什么就不能在这上头动动脑筋？"

旧友一语惊醒梦中人，居士仿佛已经看到眼前无数个老女人围绕住他，给他端上红酒和红木家具，把他整个人围在金山银山里了。

"可是，你又不喜欢人家，这么做是不是太委屈自己了？"居士还是有节操的。

"你怎么知道我不喜欢她们？"旧友的眯眯眼睁大了一圈，"老有老的好处，而且啊，她们还特要面子，无论啥时候甩了她们，都没一个敢闹的，因为嚷嚷出去丢的是她们的人嘛！"

"那不是跟做鸭差不多？深深鄙视！"

一想到乔洋原来是从房慧那里圈钱，居士就有些生气，气自己的朋友如此没下限，更气整件事情经由一个无耻之徒的嘴就从爱情下降到了卖身的档次。在居士风花雪月的脑袋瓜里，一切龌龊勾当都与他保持着距离，他可以对许多灰色事件冷眼旁观，却受不了身边有亲友在做这些坏事。

"这哪里是做鸭？比做鸭高贵多了。你试试就知道了。"

居士已经一刻都不想多待了，他只希望此刻正坐在乔洋那间破公寓里打魔兽。

9

房慧把炖了一晚上的土鸡从紫砂锅里拿出来，将清汤倒进一只白瓷罐里，给自己舀了一碗，坐在电脑前慢慢喝。她觉得自己最近很虚弱，需要进补，要以充实的体力去台湾，她预感到在那里要走许多路、看许多风景。考验一个人的智慧与韧性，旅行是最好的方法。

喝到一半的时候，门铃响起，房慧透过猫眼看到了一头生气勃勃的稻草，她打开门，看着居士，笑道："你怎么知道这儿？"

"翻了乔洋的手机，还破解了他的QQ密码，好不容易查到的地址。"居士如实回答。

"哦，请进。"

不知道为什么，房慧对居士无端地产生信任感，她觉得眼前这个没心没肺的年轻人必然是正派的，抑或喜欢古琴的年轻人一定不会坏到哪里去。

居士在房慧的沙发上怎么也坐不住，他觉得这个女人的房子里过于整洁，而且风格很混搭，既有传统的中国画和日本旧式茶具，还摆放着极现代的锡制艺术品，几个掏空了心胸的人形模具七扭八拐地放在书桌上，大花色的波斯地毯在米色茶几下怒放着，一盏昏暗的台灯摆在卧室的床头柜上头，台灯上流泄着雪白瀑布，那应该是某部电影里的道具，至于是哪一部，居士一时想不起来了。

"来这儿干吗？"房慧单刀直入。

"嗯……这个……"居士红着脸，吞吞吐吐的，"我就想问问，你跟乔洋现在怎么样了？"

"你是他老爸呀？这么关心。"

"没……"居士慌忙摆手，心里涌起一股莫名的欲望，"我只是觉得，乔洋跟你年纪差那么多，你们真打算走到一起？太奇怪了。"

"谁说我们打算在一起？"

"你们不是要一起去台湾？"

"那又怎么样？就算一起去旅行，也不代表要在一起啊。你都跟乔洋在南茜跟前公开出柜了，也不代表你们真有一腿。"

居士这才发现房慧绝非等闲之辈，这个女人出人意料地理智，且具备惊人的洞察力。

"那，你们这次去旅行，旅费是AA制吗？"

"是，AA制。"房慧心里涌起一股怒气，因为AA制刺痛了她，她还是骨子里很守旧的女人，认为男女一道出行，男人负责全部费用是天经地义的。

"那乔洋没有跟你借钱吗？"

居士心里的那股欲望愈涌愈烈，他快要绷不住了。

"何出此言？"房慧的笑意很浅，很冷淡的客气。

"唔……只是……就是……"居士狠狠抓了抓满头稻草，脸红了。

房慧皱起了眉，她很烦清除地毯上的头皮屑。

"我不知道你来这儿到底想干吗，乔洋有没有跟我借过钱是我跟他之间的事情，与你无关。再说了，你要是想知道我们的事，不是应该去问你的好基友吗？"

"嗯，啊……那我……"居士的那团欲望已经变成熊熊烈火，那火烤得他浑身震颤，剧痛让他身上的每个细胞都在炸裂。

"你怎么了？额上全是汗啊。病了？"

"不是，是……是……能给我喝点儿这个吗？"

还未等房慧点头，居士已经冲向她的书桌，一把端起放在那儿的汤碗，一饮而尽，然后双目喷火，仿佛中了什么诅咒，向房慧伸出一只手："还有吗？"

是的，站在房慧的寓所门口时，居士就已经闻到鸡汤的香味，新鲜的、热乎的，不含任何防腐剂，没有餐馆里做出来的那种平庸而浓艳的敷衍气息，那是专供一种叫家里人的物种饮用的，是他在快餐堆里永远尝不到的味道。他的饕餮之欲于是在鸡汤的勾引下愈演愈烈，他很饿，饿得几乎忘记自己此行的目的。他只希望能在这散发奇香的浓汤里游泳，一直游到天堂彼岸。

就这样，居士把整整一锅鸡汤都干掉了，他喝得又急又快，然后浑身发烫，胃袋像是被放进微波炉转了十分钟，活力在复苏，之前所有的疲倦、忐忑、愤怒都不见了，他只想在美食的拥抱里安眠。

喝完汤，居士的每一根脚趾头仿佛都在冒烟。

"我知道自己是多管闲事，但我跟乔洋是多年的兄弟了，我们高中的时候就一起打架，不是我打他就是他打我。乔洋绝对不是吃软饭的，他也做不了鸭子，那活儿太难做了，我身边就有那种人，特别操蛋。但乔洋啊，乔洋不会的，我怎么都不信他会向你骗钱，他会吗？他是我见过最他妈老实的人。但是呢，我也不相信他真心喜欢你，你看看你，你……你的汤煮得真他妈的好喝。你是怎么弄的？当然，乔洋也不可能因为这个就喜欢你吧？他是吃货，但也是有节操、有鉴赏力的吃货啊！对不对？嗯嗯……差不多了，再来一碗我就饱了……吃什么好东西都有饱的时候，你这个汤其实……"喝汤的时候，居士的嘴并没有完全被食物占领，他还在不停地说话。

房慧素面朝天，还戴着眼镜，穿着臃肿的带小猪图案的珊瑚棉全套睡衣，手里捧着一杯自制的蜂蜜柚子茶，看居士喝她的汤，滔滔不绝讲他如何看不上她。

汤罐见底的那一刻，居士已泪流满面，说："我终于明白乔洋为什么喜欢你了。"

"要不要再来点苹果派？"房慧拿出一块切成三角的冷派，苹果泥从边缘夹缝里往外挤的样子很诱人。

于是，刚刚声称已经很饱了的居士又消灭了一块派，然后直冲玄关去换鞋，动作快如闪电，说："再不逃跑，我也会爱上你的。"

"嗯，乔洋要是早点介绍我们认识，我也会爱上你的。"

房慧的笑容变得温暖了，事实上她只要待在家里，穿得像随时要上床睡觉的样子，就会变得有亲和力，剥下伪装的女人永远都可爱。

居士离开以后，房慧有些自责地给乔洋打了个电话，毕竟热鸡汤加上冷派，此男回家肯定坐在马桶上几个钟头起不来。

"我真是嫉妒你。"

"嫉妒我什么？"

"嫉妒有那么多人爱你。"

此时，乔洋家的厕所里果然发出了热辣辣的恶臭味。

10

古小川和付安娜在秋叶食堂里待了很长时间，肉桂面包加上蔬菜汤居然也能嚼很久，他们都不讲话，付安娜吃得很细致，古小川却像是没有任何一块食物吞到胃里去，它们都在他的口腔里消失了。

"放手吧。"他深吸一口气，从未有哪次谈话像现在这么艰难。

"我是病人，记得吗？病人在被治好之前，绝不会放过她的医生。"

"我从来没喜欢过你。"

"我说过我在乎你喜不喜欢我吗？"

她的面容在温和的灯光下仍是冷冽的。

"那你到底想怎么样？"

"既然你不爱我，那你又能爱谁？我确定浑身上下都没有一丝装扮出错，应该已经做到人见人爱了。"

"感觉这东西，不是靠打扮就可以得到的。"他试图跟她讲最浅显易懂的道理。

"哈。"她报以尖笑。

"好吧。"他投降了，"我是爱另一个女人，很爱很爱，爱到不敢跟她表白。你知道，有些女人把爱情作为事业来追求，她们不怕伤自尊，锲而不舍，让男人心生恐惧，你就是这一种；而另一些女人，把爱情视作洪水猛兽，她们永远小心翼翼，甚至抗拒爱情。你也知道，每个人都是天生贱格，越是逃避的越想索取，她就是那一种，所以才让我放不下。”

“原来你爱上陆安安了，还真看不出来。”

付安娜喝掉最后一口蔬菜汤，道：“冬天到了，谁做的汤好喝，我们就会爱上谁吧……”

11

南茜终于浮在蓝洞上方了。

她耳朵里都是自己的呼吸声，面罩散发出一股令人恶心的塑胶和唾沫混杂的气味，那个深蓝色洞口就潜伏在那里，她必须穿过那些五彩的鱼群，拨开尸体般僵硬的珊瑚，向着那个看似幽秘、实则越来越明亮的国度游去……她不知道要怎样才能接近蓝洞，但是直觉身后有一股温暖的力量在推动着她，一直推着她滑向那片玻璃瓶底一般深邃的蓝。

怎么还没有听到女巫的歌声？

南茜直觉有一股压力在她的脸部停留，她只能努力保持平衡，迅速踢动脚蹼往更耀眼的那片蓝游去。阳光宛若一杯糖水，把蜂蜜一般的甜溶解在大海里，于是海变得柔和了，将她轻轻簇拥、挤压……

女巫呢？

南茜拿着防水手机，在大张着的洞口前停驻，她狠狠地在那儿拍了几张照片，将那个边缘闪烁着诡异光弧的神秘钟乳洞穴记录下来。正在拍摄的时候，她直觉有个黑影从身后一闪而过。是女巫吗？她笨拙地转过身去，却见一条长如布匹的马林鱼自侧面摇摆而过，大睁的眼睛里满是敌意。对于这些海底原住民来讲，南茜是个入侵者，她没有资格深入蓝洞，探寻本该只有它们才知晓的秘密。

要如何把那些糟糕的情绪放归这里呢？南茜在洞口游移，感觉耳膜快要爆炸了。她已经能看见通过呼吸器吐出的水泡，一串串往阳光明媚的地方升去，然而她的身体仍在海底，呼吸声变得刺耳，一刀一刀地削刮着她的灵魂，她很痛，又发不出声音，只能用急促的吐纳来稳定情绪。

莫名的恐惧汹涌而来，南茜深吸一口气，纵身跃入。

这才是真正的海底王宫。由石笋构筑起的廊柱发出淡绿色的冷光，钟乳石岩壁竟是五彩斑斓的，那大抵是女巫祭祀时用的神庙，她们赤裸上身，坚挺着乳头，乘坐流血的巨鲸而来，把每颗受伤的心脏嵌在壁上，久而久之，那里便成了一座灵魂圣殿。女巫也是有情欲的，南茜隔着塑胶抚摸那些壁石，竟尝出了眼泪的咸味。

"女巫啊女巫，让我得到所爱之人的爱吧。"她对着岩壁呐喊，声音瞬间被吸得无影无踪。

无论说几百遍，南茜的愿望都是无声的，她仍然只听到呼吸声，也许是人鱼把她的声音拿走了，然后给她一双人腿，让她在人间受苦。

她蓦地意识到自己其实就是一条人鱼，忍着痛楚行走在刀尖上，王子依然视而不见。她要向女巫们讨还公道，得不到爱情，又何必让她这样辛苦？

南茜直觉自己愈发沉重，两只肩膀都快要抬不起来了，她奋力朝着洞口游去，背上的管子却不知被什么东西绊住了。

"别走了，留下吧，他永远不可能爱你。"

一只手抓住了她，她让进退两难。

"不！"她挣扎尖叫，"我要回去，一定要再问问他。我拿灵魂跟你交换，你给我一瓶灵药，我想办法让他服下，然后他就永远是我的了。"

"哈哈！"那缠绕住她的东西开始嘲笑她，"你以为靠灵药就能解决一切问题？再说了，你把灵魂给了我，拿什么去爱一个人？恋爱中的人都是有灵魂的。"

"那我该怎么办？"

"留下来，听我们唱歌，你不就是为此而来的吗？"

随后，南茜听到某种东西断裂的声音，海水源源不断涌入她的耳洞和口腔，她终于聆听到海妖的歌声，清亮、悠远、空灵，恍如一条透明的钢线，穿透了她的身体……

如愿以偿……

南茜笑了。

12

张士豪在岸边的餐厅里等了两个钟头了，南茜还没有回来。他满脑子盘算的都是如何在今晚将这姑娘拿下，邀请她喝点红酒，让两个人都微醺，微醺就好，既能保持绅士风度，又能成事儿。他这样想着，然后吃了许多牡蛎，那东西壮阳，能让他生猛如虎。于是，等待成了酝酿，张士豪甚至都没有想一想南茜为什么迟到那么久，到后来他实在绷不住了，就到潜水区转了一圈，还是没找到人。

大小姐是去哪儿耍了？莫不是碰上什么外国帅哥，然后好上啦？

在张士豪眼里，南茜那点英语只能勉强应付买东西、点酒水和问路，但对于英文一窍不通，看字幕电影还特别费力的他来讲，她已经属于神级了。他认定，南茜再次后悔了，她一定是在海边跟哪个金发男子调情呢。刚刚她跟着一些陌生游客去潜水的时候，他们中间就有一些阳光男孩，是跟张士豪完全不同的类型，不是LOW咖，从他们古铜色的脸膛和修长的手指就能看出来，都是可以登上《摩登》杂志封面的品质，让他望尘莫及。

直到看见南茜的尸体，张士豪还没反应过来，为什么事情不是他想象得那样？搜救队员找了两个小时之后，终于在一处禁游区看到一具浮起的人体，打捞上来的时候，已经冷冰冰了。

南茜的嘴唇很紫，面目也不浮肿，像一片轻薄的羽毛，在张士豪脚边浮荡。他死死地盯着她，希望她能即刻爬起来抽他一耳光。但是，她一动都不动，面容平静，眉头微蹙，像是在思考什么重要的人生课题。他轻触她苍白的皮肤，皮肤回报他柔软的反弹，很快这柔软就变硬了，很硬很硬，温度为零。

"怎……怎么回事？"张士豪在急救室门口，透过落地玻璃看着穿绿色救护服的人围住南茜，他们忙碌穿梭于这个狭小的空间，仿佛这一切都与他无关。

但是，真的与他无关吗？那跟谁才有关？

在弄清楚责任之前，张士豪甚至不敢打电话给南茜的朋友，告诉他们她死了。

南茜死了……

那个一直在他心中轻舞飞扬的女孩，她很纯净，有点轴，对爱情从来不舍弃希望，有自己的人生规划。她那么美，即便死了，尸体仍是美的，既不像睡着了，也不像空壳，却是一具艺术品，比生前更漂亮。张士豪后来站在急救台前看着她的时候，都有些入迷了。这女孩是怎么了？她为什么非坚持潜水不可？他之前数了一下，有八个人跟她一起去潜水，为什么只有她是被捞起来的？而其他人都是自己爬上来的。上帝真是可恶，知道要收纳他看中的那一个，南茜就是太特别了，她在飞机上不吃飞机餐，一个人剥开心果吃，吃了很多，他叫她别吃了、吃点饭，她还白了他一眼。她拍过很多照片，她的手机还套着防水袋，就摆在一个银色的医用器皿里，他拿起它，打开，发现有密码，他不知道密码是多少，只能干着急。也就是说，他不知道她生前看到的最后景象是什么。高科技的东西太操蛋了，把什么都隐藏起来。

南茜啊，你到底为什么要这样？你觉得有意思吗？你是对人世有多厌倦才会选择这条路？这里是塞班岛，不是中国，不是你自己的家。你要把灵魂放在这样一个陌生的地方，会不会不合适？

张士豪盯着南茜的尸体整整一夜，他没有流一滴泪，只觉心里有一块什么地方被挖掉了。他记得来塞班之前，南茜是做了许多功课的——哪间酒店好，哪个餐厅的东西好吃，哪里是沙滩日光浴的最佳位置，哪边的风景最怡人。她有很多准备，还说回去以后要写一篇关于塞班风光的文章刊在《摩登》上。她文笔很不错，适宜写小清新文章，她还特意买了只旅行用的水杯，说是要装一罐那里的海水回去，可那只杯子，张士豪找遍都没找到，后来就只能这样不了了之。

死在异国要怎么回家呢？

只有喊魂吧？张士豪做了一百种心理设想之后，才打电话通知了南茜单位的同事——小桃。小桃听闻噩耗，第一个反应是："瞎说什么呢你？"然后把电话挂了，过了五分钟她才又打过来，这次问得很仔细，然后解释说："因为你也没有带哭腔，我当然以为你开玩笑。"说完，她在电话那头号啕起来。

是的，接受一个朋友的死需要时间过渡，不可能一下子就意识到那个熟悉的人永远不会再出现了。

接下来的一切，都让张士豪头痛欲裂。

南茜的父母和妹妹要过来认尸，他们从办签证到飞来塞班大约需要一周时间。那一周里，张士豪都躲在酒店房间，他不说话，只是机械地活着，还是没有流眼泪。然后，一个又一个他认识的或不认识的南茜的朋友都打他的手机了，他向他们说明情况，忍受他们泣不成声的反应，每一个都语无伦次。

张士豪在跟他们做解释工作的时候，心是冰冷的，他恍惚觉得那是另一个世界的人在跟他沟通，也许南茜随时会打开酒店房间的门走进来，往大床上一扑，嚷嚷着"累死人家了"。

不可能死的，南茜不可能死的，一个大活人哪有这么容易死？张士豪想起那些强壮的煤矿工人，他们被埋进废井之后，也要过好几天才会停止呼救。南茜怎么一下子就没了声音呢？

直到南茜的遗体被火化，她那几近崩溃的父母捧着骨灰盒登上飞机的时候，张士豪还在想这个问题。

"南茜啊，回家了啊，这里要上楼梯，小心，慢慢走。"南茜的母亲对着女儿的骨灰盒轻声细语，她双眼红肿，眼泪在来塞班的时候就已经流干了。

"南茜啊，上飞机了，你好好坐着，扣好安全带。"

"南茜啊，下飞机了，慢慢的，这里有台阶，这里要转个弯的……上车了。小心，小心……"

直到南茜的骨灰盒带到广州的时候，她的母亲都没有开口对张士豪讲过一句话，只是不停对着骨灰盒喃喃自语。

最后，骨灰盒被安置在南茜父母寓所之后，这位中年妇女才抬头跟张士豪说："这几天麻烦你了，谢谢。"

"啊啊啊啊啊！呜呜呜呜呜呜呜呜……"

他终于崩溃，跪倒在地，哭得歇斯底里。

13

乔洋盯着南茜的画看了三天三夜。

那是一幅油画，深蓝色底调，一双女人的腿在蓝色里行走，腿雪白，有修长的、骨骼分明的脚趾。

南茜送他这幅画是在去塞班之前，她把画放在乔洋家门口，给他留了一张纸条，上面写着："希望你幸福，我会永远在那片蓝里守护你。"

乔洋当时把那幅画塞进一只书柜，转个身就忘记了。他实在无暇顾及南茜的感受，画面鬼森森的，不可能挂起来。反而是居士很喜欢，一个劲儿说等赚到点钱就把它裱起来。

南茜的死讯，是小桃告诉乔洋的，乔洋拿电话的手瞬间冰凉。

"这种玩笑你他妈少开！"

他在暴怒中挂断了电话，因为心里明白，小桃再怎么天然呆也不可能拿朋友的死开玩笑，这又不是在演《老友记》。

随后，乔洋就彻底沉入了海底，他把手机关掉，把居士也关在外头，一个人缩在阳台上一动不动。他希望时间就这样静止了，南茜还是在不远处爱着他，对他掏心挖肺，他自己呢？就在原地不依不饶地抗拒她的示好。

这原本该保持好几年的节奏怎么就突然中断了？不可能！于是他重新开机，打了南茜十个电话，都是无人接听。他复又关了手机，让自己变成一个聋子。

"受不了了！受不了了！"

一个暗哑的声音从地底传来，那声音的主人是个中年女人，头发堆在面庞两侧，鼻梁很高，快要占据整张脸的四分之一，手指枯瘦如枝，正在整理自己的衣服。她穿了一件红棉袄，暗黄色蜻蜓盘扣，造型胀鼓鼓的，刚好可以掩盖她平薄的身板。她摸了一下乔洋的头，然后跟他说："受不了了。"

"妈！妈！"乔洋哇哇大哭起来，在他行走人世的第八个年头里，母亲就穿着那身红棉袄走了，从河里捞起来的时候，棉袄吸饱了水，变得很薄很重，她就被这样束缚住了，手脚都直挺挺的。

"妈！妈！你醒醒！你醒醒呀！"

乔洋怕得心脏都扭曲了，他看着母亲被一群人抬起来，放上一辆三轮车，他追着那车子跑，听见旁边那些看热闹的人在说："啧啧，太可怜了。听说是当爸的不像样，带着妍头走了，不管他们母子俩，你说一个女人家，带孩子本来就吃力，现在又没了工作，不死还能怎么办？"

不死还能怎么办？还有很多可以活下去的方法。

穿着红棉袄的母亲，从此在这个城市的河底游走。听闻船家下去打捞的时候，发现她整个人是站在水中的，像一枝盛开的红番莲。

现在，水底又盛开了另一枝莲，南茜如霜如雪的花瓣正在塞班的蓝洞内绽放，乔洋不敢想象她的样子，他甚至不敢想她的名字，好像一想就会与死亡接轨。

那些地狱般的日子里，居士每天都在外头敲门。

"乔洋，快开门！我他妈快冻死了！"

"乔洋，你他妈出来，我饿得不行！"

"乔洋，我已经在大街上睡两天了，你行行好，让我进来吧！"

他根本没发现自己叫乔洋，他觉得自己已经变成一株植物，和阳台上那盆红红绿绿的蟹爪兰一样，安静、没有脑细胞，只管迎合季节的枯荣。

这是一种比死亡更可怕的缄默，乔洋蓦地想起杜拉斯的情人扬，杜拉斯死后，扬把自己封闭起来，与杜拉斯的灵魂交流了整整一年，这一年里他没剃过胡子，餐厅的人把饭递进门收了钱就走。想到这儿，乔洋摸了一下自己的下巴，刺刺的，这让他发现自己还是个活人，胡须在生长。

"乔洋，你开门！有种你他妈就开门！"居士还是定时定点地在门外狂吼。

他永远不会开门，如果可能，他想就此消失在这里，化作空气，飘到一个陌生的地方。

乔洋这样想着，面无表情地望着阳台对面的一户人家，那里住着一个熟女，整天晾晒性感到爆的内衣裤，他平常总把那当成风景，直到发现那熟女就是故意晾给他看的，才让他胃口尽失。他真的不擅长体会爱情的艰辛，甚至不擅长谈恋爱。他只想把狠心拒绝南茜的那些人生片段剪成纸屑！

当时怎么就对她如此残忍？他自己都开始不明白了。

他不爱她，他只知道自己心里是这样想的，所以他就可以理直气壮地伤害她了？把她搞上床，再抛弃她！她那么无辜，那么甘愿为他牺牲一切！

乔洋于是钻进了南茜的画中，蓝色，深不见底。他想象她在海中窒息的样子，一定是与水草纠缠在一起，然后生命线骤然绷断，她化作泡沫浮起，被打捞上来的时候如一团羽毛……那羽毛是红色的，鲜红鲜红，像一层诡异的皮肤贴在骨肉上，那红缓缓蔓延，既不像血，也不像染料，却是生命汁液的流逝。他看到面目苍老的母亲，将南茜轻轻抱起，走进一团雪白的光。

"不要啊！妈！不要啊啊啊啊！"

他拼命追赶，脚踝却像拖着两个铅球，迈步极度笨拙，但是……但是南茜还在她手里，还在母亲手里！她为什么要带走她？

乔洋对着阳台上一株濒死的植物痛哭，眼泪和鼻涕粘在一起，他不停地用毛衣袖子去擦，擦得面孔刺痛起来，但是这种痛似乎能缓解心灵的伤口，所以他擦得更用力，哭泣是无声的，他听不见也意识不到自己在流泪，就像十八年前，他在母亲的棺木前坐了很久，手脚都被二月的寒风刮得没了知觉，他想做个表情的时候，脸上没有一丝肌肉在动，这才发现原来是被冻硬的眼泪鼻涕糊住了。

现在，他再次落到邋遢的境地，那个精于修饰自己的乔洋，那个能把三十块钱的T恤穿出三千块钱味道的乔洋，那个能搞定一切熟女和萝莉的乔洋，那个人见人爱的"万人迷"，如今却丑得吓人！

"乔洋，你他妈开门！冻死我了！要是冻死了，你他妈手上又犯一条人命啊！开门！开门！"

居士还在门外狂吼，他和南茜不熟，只是她生命中一个伤人的过客，所以他要敲开这扇门，是为了自己能进来取个暖，顺便安慰一下悲痛欲绝的好基友。

乔洋没有开门，事实上，他打算永远都不开门了。他早就离开这个房间了，去到陌生的塞班岛，站在那个蓝洞前，窥探一个女孩的灵魂。

南茜？南茜？他在洞口呼唤了很久，久到已经跨越了时间的概念。居士把身上最后的五十块钱掏给了锁匠，撬开门的时候，他发现乔洋已经变成了一只鬼魅，风干的鬼魅，坐在地上，一动不动。

"哥们，你这是要吓死我呀？"居士尖叫着把乔洋从地上拖起来，他其实是挣扎了好一会儿才完成这个动作，因为眼前的乔洋完全就不是他认识的那个人，头发宛如荆棘四处疯长，与污浊的胡须连成一片，下巴上黏糊糊的，像吃了什么不干净的东西。居士看不到乔洋的眼睛，那眼睛像是闭着的，又像是微睁的，没有眼珠子，只有眼白从缝隙里露出一点端倪。

居士把槁颜枯爪的乔洋扶到床上，然后他就像一只装满稻谷的麻袋似的倒下，脸朝下埋进被子里。

"吃点东西？"

居士手忙脚乱地从乔洋的包里掏了点钱，然后冲到楼下超市买了一碗速食粥，煮上水泡熟了，端到乔洋面前，费了九牛二虎之力将他翻过身来，舀了一勺粥递到他嘴边。

"几天没吃东西了？赶紧的！吃！"居士没心没肺地将滚烫的粥水贴住乔洋的嘴唇，乔洋还是没动，但他看清了他的眼珠，那眼珠呈现一种虚无的灰色。

"哥们，你真别吓我呀！"居士把勺子强行塞进乔洋嘴里，粥水顺着唇嘴往外直流，从脖子一直淌进他的毛衣里。

当时居士还不知道，乔洋已经决定永远都不吃东西了。

14

　　张士豪要杀掉乔洋的决心和乔洋绝食的决心一样大。

　　他花了大价钱破解了南茜的手机密码，发现里边大多数信息是关于乔洋的——乔洋爱吃什么，乔洋今天穿了什么衣服，乔洋去一个叫房慧的老女人那里了，乔洋跟她过夜了，乔洋拒绝她的求婚了，乔洋出柜了……都是乔洋！原来那家伙不是欠了她钱，欠的却是情！

　　乔洋是那个被他派人揍过的家伙，张士豪自己没见过，但他却无端地肯定，让南茜葬身海底的元凶应该就是此人。如果没有他，也许南茜就不会想去什么狗屁塞班，更不会去潜什么水。这姑娘就是太轴了、太蠢了、太痴了，跟他张士豪一样。

　　张士豪决定重回那段他很想忘记的黑暗岁月，那时候他流汗又流血，为的只是一口热饭，那时候他也有很多女人，她们一个个为他流泪，或是他为她们流泪，然后纷纷转身离去。张士豪很清楚，要娶一个好姑娘回家，那姑娘必须是南茜那样的，如风中雏菊，不染一丁点儿尘埃，她会有迷失的时候，但这种迷失只能归类于单纯。他甚至都原谅了南茜把身体给乔洋这件事，她就是一个糊涂蛋。没错！

　　他绕过手下那帮兄弟，直接从厨房里找了把剔骨刀，如果有可能，他想把乔洋身上每一根骨头都剔出来，然后头七那天放在南茜的坟头烧掉。

　　怀抱这样的仇恨，张士豪敲开了乔洋家的门。

　　开门的是发根露出黑茬儿的居士，居士一脸的困惑加疲惫，手里还端着半碗饭，饭面上铺着切片的速食香肠。

"你谁啊？"

"你谁啊？"

居士皱了一下眉，道："走走走，上门推销早不时兴了。"

"乔洋在吗？"

张士豪两眼充血，紧紧盯住居士，心想怎么南茜会看上这么个人，自己比他好一百倍呢，这姑娘就是傻啊。

"他不在。"

看到杀气腾腾的张士豪，居士不由自主地往后退了一步。

"真不在？"

张士豪猛地一把推开居士，冲进屋子里，居士本能地上前拦他，却被他一掌拍开。

居士倒在地上，却很勇敢地迅速爬起，死死抱住张士豪的后腰，他发现了，发现张士豪袖子里藏了一把刀。

"乔洋！出来！你有种就出来！"张士豪怒吼着往乔洋的睡房里冲，但他举步维艰，因为那稻草头发的青年正死命抱住他的左脚。

张士豪狠狠甩动左脚，却怎么也甩不掉，他低头瞪着居士，高举剔骨刀，恶煞一般道："再不放，我可下刀子啦！你他妈是不是乔洋？是不是那个混蛋？"

"是，我就是！有种你他妈倒是捅啊！"居士的倔劲儿也上来了。

"捅就捅！老子已经打算好被枪毙了！"张士豪已经与理智无缘了，他最反感被绊住手脚，眼前他只想为南茜复仇，手刃那个负心汉。

刀子快要插进居士脊背的时候，屋子里传来一声暴喝："捅！马上捅！捅了我再报警！"

两个厮打在一起的男人瞬间僵住，凝固成一个杀戮与被杀戮的动作，他们抬头，看着站在屋子里的那个女人。

那女人有点胖，烫了一头绵羊卷，穿着袒胸紧身衣，外搭一件大毛领圈的厚风衣，打扮艳俗，表情却显得很端正。

"捅啊，快！"

房慧走近他们，再绕过他们，一屁股坐在沙发上，从包里掏出一支烟点上，像是在观赏某部好莱坞大片里的凶杀场面。

张士豪拿刀的手缓缓放下了，他被房慧的气势震到了。居士在他脚下龇牙咧嘴，带着哭腔道："慧姐姐，我好怕呀！"

"不管你为了什么要捅他，都有一定的理由，你先捅吧，捅完了再告诉我。"

"你……你他妈又算哪根葱？"

"这个你不用关心，反正你要捅的人又不是我。"

"……"

在僵持了半分钟之后，张士豪的喉咙里发出一声无奈的呜咽，眼泪哗哗流个不停。

"谢谢……呜呜呜呜呜呜……谢谢……"

"谢谢？啊？"居士脸上的惊恐变成了疑惑，但双手还是把张士豪的大腿抱得很紧。

"松开他吧，勇士。"房慧示意居士放手。

居士看了张士豪好一会儿，感觉对方身上的每一寸肌肉都松了，他才放开手，爬起来不停地喘粗气。

"谢谢，谢谢……"

张士豪哭天抢地地道着谢，走出了乔洋的居所。

"这哥们怎么啦？神经病啊？"居士揉着发酸的手臂，挨着房慧坐下来。

"这神经病看起来是条汉子，明知下不去手，却还是来了。"

房慧站起来，走进卧房，看着坐在床上一动不动的乔洋。

乔洋其实已经是个半死人了，他静止在某个陌生的空间里，双颊凹陷，目光呆滞，唯有满面的胡楂才显示他仍是有生命的，身上有些东西还在不停地生长。

房慧坐到床沿上的动作很轻，像在对待一个珍奇古董看着乔洋。乔洋没有看她，只是微阖双眼，那是一具空壳，血液在每条血管里流动，却不见半点生机。

"你怎么了？"房慧抚摸了一下他雪白的嘴唇，触感有些扎手。

"他已经七天没吃东西了。"居士沮丧地陷在沙发里。

"有喝水吗？"

"有，我拿吸管强行给他灌的，要不然恐怕就死了。"

"赶紧送医院。"

"呃……乔洋可讨厌去医院了。"

"放屁！上次被打成个熊样儿的时候，还不是去了？"

就这样，乔洋被送到了医院，打上了点滴。他还是什么都不吃，东西喂到嘴边都吐出来，头发也开始变稀薄了，一些原本该属于年轻人的特质正从他身上慢慢消失。他苍老了，眼角浮现干涸的皱纹，皮肤苍白中带有一些乌黑的划痕，脚完全无法跨出去，只能躺在床上等死……

乔洋会死吗？

居士不敢想象，他起初以为乔洋只是伤心而已，过几个小时就会好，但是当他粒米未进的状态持续了两天之后，居士开始害怕，他怀疑乔洋是被南茜的鬼魂缠住了，她勒住了他的食道，要将他拖去地府跟她做伴。女人是很狠的，居士一直这样认为，尤其是自己那把心爱的古琴被鱼姐占为己有之后。

接下来，小桃、阿青、陆安安，甚至付安娜，都去探病，她们在乔洋的病榻前轮番劝慰，但完全没办法确定他能听得见她们的说话，他太痴呆了，把自己封闭起来的人，外界根本无法触动他分毫。

小桃说："乔洋哥哥一定是中蛊了，要不然怎么会这样？"

阿青说："要说南茜又不是他女朋友，何必弄成这样？作吧？"

陆安安说："本来想提拔他当副主编，真是太可惜了，都不能来上班了。"

事实上，无论《摩登》的哪个员工绝食到这份上，她都会说"本来想提拔当副主编"的，以示自己对员工的无限关怀。

只有付安娜没发表什么意见，她向来都是个独立到变态的女人。走出乔洋的病房，她只是长长舒了一口气，然后拍拍陆安安的肩说："副主编的位置他坐不了，可以考虑我。"

小桃和阿青在一旁直翻白眼。

乔洋还是沉在海底的样子，盐水瓶里的葡萄糖滑过橡胶管流进体内，他的手很冷，需要一个暖水袋，但他没有讲出来，他觉得一个濒死之人是不需要暖水袋的。那些来探望他的女人们自医院鱼贯而出，取车的取车，赶地铁的赶地铁，生活还得继续，别人的伤或死，那都是别人的事。

乔洋还是冷着，他觉得快要冻死了，胃袋像纸片一般合拢着。

这个时候，有个女人走进来，让他瞬间觉得手心板有了温度，他微微睁眼看了一下，是房慧。

房慧将他输液的手放在暖手宝上，他第一次有了重回人间的知觉。

"吃不吃东西呢，随你。"房慧像是瘦了一些，双下巴不见了，"但是南茜已经没有了，你就算赔上一条命，她还是回不来。我知道，我这样劝你根本就等于放屁，这种心伤，谁劝都没用。唉？不过我就奇了怪了，你不是一点都不喜欢人家吗？怎么这会子还纠结到这份上？你们但凡是男欢女爱、两情相悦，倒也罢了。南茜又不是你女朋友，你说你在这儿累个什么劲儿呢？难不成，你睡过人家又不认账，所以内心有愧？哦，不会不会。你不是出柜了吗？你是"同志"啊，你只爱男人嘛！那稻草头的小屁孩才是你的真爱吧？我看着其实也挺像的，你可没看见啊，他那天为你把命都豁出去了，这份基情感天动地啊……"

乔洋看着房慧的嘴巴不停地开合，像是听到了一点声音，比如提到南茜还有基情什么的，但他的脑子怎么也转不过来，无法理解这些意思。不过"南茜"两个字还是戳痛了他，他不知道自己为什么这么痛，他曾经嘲笑过那些热爱狗血琼瑶小说的人，现在却发现自己根本不比他们好多少，依然会为一个他急于摆脱干系的人自暴自弃。

"听着，咱们现在不是在演《烟雨濛濛》，你不是书桓那个二逼男，南茜也不是如萍，更不是自杀，她只是出了意外，如果那天去塞班的人是我们俩，也许我也会死在蓝洞里。你就不能把这件事努力淡化掉？你已经为了一个朋友的死浪费了十来天的青春了，现在拿个镜子给你照，你会惊喜地发现自己提前步入中老年人生了。所以啊，麻烦你吃点东西吧。死了个人，没什么大不了的，我们将来都会往那条路上去，从一岁死到一百岁死，谁不是这样？"

随后，乔洋的鼻腔内涌入一股奇香，它们缠绵在他的面孔上，那香里有温柔的呼吸，更有抓住味蕾的芬芳，在他的想象里，那香味必定来自某种独特的食物，孰料却是一碗简单的白糖粥，舀起的每一勺都会拉出一条亮晶晶的玻璃丝线，不用尝就知道会清甜到什么程度。

"张嘴，吃！"房慧用的是命令式口吻。

乔洋微微将头撇到一边，连这样的动作都让他感觉吃力，像是耗费了半辈子心神。当初他转头嫌弃南茜的深情时，也是这么干的，只是那时他做得太轻松了。

"吃！给我吃！"房慧把银汤匙强行塞进乔洋枯裂的嘴巴。

乔洋努力躲闪，鼓起嘴大口吐气，把粥水喷出来，溅在房慧新买的艳俗皮草上。

"你他妈到底想怎么样？"

房慧一边骂，一边坚决地将粥塞到乔洋的口腔里去，乔洋那只捂在暖手宝上的手抬起来，试图推开她，可惜他已经使不上力了，她猛地抽下围巾，撕成两半，绑住他两只无力的胳膊，然后更坚定地将汤匙抵住他的下巴，像用枪顶在他的脑门儿上。

"吃！"

动弹不得的乔洋，用愤怒的眼神瞪着房慧，他身体里的一些情愫终于在她野蛮的入侵之下复苏了。

15

初冬的墓园并没有显得很萧瑟，事实上中国人的墓园都不会萧条，它们始终被一批又一批哀吊者的香火烘烤着，那里的魂魄从来都不必四处游荡，只要在这里安心享受纸钱和供品。鱼姐和居士站在南茜的坟墓前，看着碑上的照片，连连咋舌。因为这张照片选得太好看了，让南茜绽放了百合花一般清纯幽静的美，她的坟墓又是在靠近过道的地方，多数凭吊者路过时都忍不住侧目。

天哪，这么漂亮的女孩子，真是可惜！

虽然南茜现实里并没有那么漂亮，她普通得像一只广场上散步的白鸽，只是羽翼要更柔顺一些。那是某个在巴黎发展的时装杂志御用摄影师因私交关系给南茜照的，而且并没有刻意为她准备，只是在她眺望窗口的那一瞬间被摄录下来，光斑打在她四分之三侧脸上，木纹满布的餐桌上摆着紫色单瓣桔梗，她的下巴刚好有一点被桔梗遮住，半长发垂在一边，另一边夹在耳朵后头；她的眼睛里宛若装满钻石，亮晶晶的，裸出的脖颈很细弱，皮肤上那层白细的绒毛仿佛在光斑里酣睡……

据说当时摄影师正在接受南茜的采访，其间她突然顿了一下，然后望着落地窗外喃喃道："今天我们这里天气晴……"摄影师于是用手机将她照了下来。

天气晴，是的，南茜特别爱大晴天，可以穿得薄，也可以暴晒自己湿淋淋的情绪。

于是，在阿青和小桃的强烈要求下，南茜的遗像就选了那张掠影式的抓拍照，果然把每个上坟的过客的眼球都抓住了。

"居士啊，你说这女孩要是真有照片上那么漂亮，那乔洋为什么不要她呀？"鱼姐将一束勿忘我放到墓碑前，然后拿出一个葫芦状小香插，再取一截白檀点燃，香气氤氲弥散，即刻驱走了刺鼻的火烛烧纸味。

"其实也没那么漂亮，照片特别好……"

居士依稀记得第一次看到南茜的情形，他走进北境花园，远远看到乔洋跟那个女孩面对面坐着，无比般配。那女孩看起来很舒服，很小清新，抓在手里的布袋竟是手工刺绣品，她一点不张扬，也没有戴夸张的假睫毛，小黑裙穿得特别低调，但绝对可爱。那一刻，居士的腿抬不动了，他觉得自己不应该走过去扮演这个残忍且奇葩的角色，他应该悄悄转身离开，让他们继续深入谈谈，也许过不多久，他就能看到好基友和那顺眼的女孩手牵手逛大街了。

可是，万般纠结的居士还是走过去了，用一张无辜的脸切断了南茜最后的希望。

乔洋为什么不要她呢？这混蛋是吃错什么药了？

想到这一层，居士就很想把乔洋抛下不管，真命天女他都错过，他这是中蛊了吗？

"那你觉得她跟乔洋般配吗？"

鱼姐站在那里，等白檀寸寸变灰，跟居士说话也是有一搭没一搭的，更像在死人跟前公然打听她的八卦。

"没有比她更配得上那傻逼的了！我一看到他们俩在一起，耳边就会响起教堂的钟声和《婚礼进行曲》。"

"所以你有些恨你那不长眼的哥们吧？"

北风扫过鱼姐的面颊，皱纹好似被吹深了几分。

"恨他也没用，他就是固执。"

"居士呀，你每天在街上走的时候，跟前路过那么多男男女女手挽手，你觉着他们大多数都般配吗？"

居士认真想了一下，摇了摇头。

"我在你这个年纪，比你和乔洋还清高，普通男人根本不放在眼里，即便对方平头正脸，还猛献殷勤，我也是对他们淡淡的。因为总觉得自己将来要嫁的绝对是个白马王子，身份地位倒在其次，重要的是感觉，那种我能为他赴汤蹈火的感觉。后来有一天，我参加一个读书会，你也知道这种聚会装得很，什么人看本书要和大家坐一起看？读书是最私人的事了。可是，其间猛地闯进来一个醉汉，险些把咖啡馆都给搅个底朝天。我原本呢，给自己的如意夫君勾勒过一幅蓝图，必须高白瘦、读万卷书、穿着特别讲究，还要架副眼镜。可是，那个醉汉呢，通体乌漆抹黑的，普通话都讲不标准，一口浓浓的乡音，除了眼睛还算好看，其他地方都不敢恭维。可不知为什么，这醉汉就是在我心里住下了，他一把夺过我的书撕得稀烂，然后指着我的鼻子说：'你们这些假装高贵的女人，什么臭德行？'后来，我再去那家咖啡馆的时候，发现他还在那里，他拿了一本书给我，说是赔我的。我们两个人交往的时候，都是偷偷摸摸的，不敢让人知道。为什么呢？因为他跟我走在街上，就跟一个脚夫跟随大小姐出行似的，一点也不像情侣。后来我到底没忍住，跟身边几个手帕交讲了，结果她们都当我是病人。所以我就再不敢讲，更没办法告知父母我有男人了。我们就这样瞒来瞒去，后来终于有一天，瞒不住了，我怀上了。依你们现在年轻人的态度，怀上也没什么，爱生就生，不爱生打了。但我当时那个年代，可就没那么好应付喽。我跟他去讲，他听了，只讲了一句话'你敢把孩子打掉，我就杀了你'。不知为什么，我当时听着还挺高兴的。后来有一天，他去跟我父母提亲，怕被两位老人看不起，他还特意买了辆凤凰牌自行车，那时候有这件家什就算不错了，可他不知道我很小的时候就是坐汽车的。事情的发展呢，就可想而知了，跟琼瑶剧有得一拼，果然父母就怎么都不同意，还要跟我断绝关系。我当时两边权衡了一下，到底还是拧不过现实，于是跟他讲那孩子我打了，要杀便杀，不杀就放了我。他当然没有杀我，却对我说了一句话，就是第一次见到他的时候，他跟我讲过的——'你们这些假装高贵的女人，什么臭德行！'他从此消失在我的生命里，一次都再没出现过。"

　　"为了保住这个孩子，连续一个礼拜，我都手里握着把水果刀，谁要架我去医院堕胎，我就自尽。后来父母没办法，把我送出国去，孩子生下来了，我就把他留在国外。像是老天给我的惩罚吧，那孩子……"

　　说到这里，鱼姐顿住了，然后转头对居士笑道："跟你也不熟，干吗讲这些？罢了。我只是想解释，两个人相爱，不见得要般配，有时候般配的概念是个枷锁，把很多人都绕进去了，所以他们终生都不幸福。"

　　白檀燃尽，只余一截白白的灰。

　　居士泪流满面。

第五章

餐后甜点——榴芒双拼芝士蛋糕 > > >

1

乔洋在南茜死后吞下的第一口食物，是房慧煮的白糖粥。

是的，他吐了，把粥吐得一地都是，但第二口就完整地落进胃袋里。房慧跟他讲，如果再不吃东西，她就"死给他看"。他以为她只是说说而已，未曾想她真的从包里拿出一点白粉状的玩意，说要马上吃下去，再搞出一条人命，还是他的错。

所以乔洋只能吃东西了。

他吃得很慢，喉结困难地上下蠕动，让粥水滑进食道。待一碗粥喝完，房慧把白粉丢进垃圾桶，告诉他说："那是我刮下来的粉饼。"

走出医院的时候，房慧提着空荡荡的粥罐站在公交车站等车，她的思绪已经飘去另一个世界。南茜一死，仿佛任何事情都告一段落了，乔洋已经崩溃了，房慧想起自己要自杀的那会子，是什么让她放下了这个念头？是南茜，她贸然闯进她的家，硬塞给她一个毛头小伙子，让她去搞定。而她明知搞不定，还要去尝试，因为她在潜意识里知道，这样她就可以不去死了。

死亡真可怕啊！

房慧犹记得去给南茜送葬的时候，看到一个人变成了一坛子灰，装在骨瓷瓶里，被一个歇斯底里的中年妇女捧着。这大抵是多数人的未来，固定不变的。

乔洋张口吃东西的那天晚上，房慧去清鱼茶园喝茶，喝的是新月美人，茶香恬淡，口感哀伤。连鱼姐自己都说："这几天泡的茶，跟泡眼泪似的，喝起来有股咸味儿。"

"挺好的。"房慧的口吻很冷。

"也是啊，这次可取得全面胜利了吧？那孩子吃东西了吧？你喂的吧？多好。啧啧……"

"你不觉得代价太大？要这样泡到一个男人，我脸上无光。"

"你错了。"鱼姐的表情很严肃，"我是说南茜这姑娘取得全面胜利了，她用这种极端行为在乔洋心里刻下永恒的烙印。他恐怕一生都要带着她的影子做人，她总算是追到他了。所以说，女人狠起来，比男人狠多了。"

"越爱越残忍。"

"对，越爱越残忍。"

正在"享受"残忍的乔洋，被白糖粥唤醒了，他觉得饿，过了五个钟头之后，主动按铃让护士帮忙叫了一碗面。护士懒洋洋地把面端到床头柜上，走开了。乔洋想爬起来，发现根本没力气爬，手上还握着房慧绞断的围巾。这个女人是什么时候捆住他手脚的？他一时竟想不起来，只恍惚觉得她那么凶悍又那么温柔，奇妙的女人，这两种特质都不会同时出现在南茜身上。

南茜……想到她的名字，就仿佛能闻到她身上淡淡的香水味道，然后心如刀绞。

发现乔洋可以正常进食之后，居士也高兴起来了，他带了许多基友爱吃的东西过来，一样一样拆给他，饼干、巧克力派、炸鸡块、薯条、寿司、牛肉棒……居士已经把古琴卖给鱼姐了，鱼姐付了他两千块，这是他最近赚到的最多一笔钱，必须花在刀刃上。

半个月以后，乔洋出院，回到《摩登》上班。

大家很默契地说话，尽量避免提到南茜，但南茜桌上放着一瓶白色马蹄莲，每年愚人节，南茜都会在桌上放这样的花，缅怀巨星张国荣。乔洋像是换了一个人，不再卖萌，不再耍宝，不再清高，他变得寡言少语，跟人说话都没了气势，还时不时放空。更重要的一点是，他像是没了味觉，吃什么都不带表情，热辣的咖喱、滚烫的浓汤、膻腥气很重的羊肉，他都木然地塞进嘴里，咀嚼、吞咽，跟吃木屑一般。

后来小桃她们都看出来了，乔洋只是机械地活着，他在补充必要的能量以便让身体可以继续运作，然后正常工作。

偏偏在这个时候，陆安安还把最重的活儿交给乔洋，美其名曰："让他忙一点可以忘记伤痛。"

乔洋就这样接下了举办美央小型演唱会的活。美央是新近崛起的一位年轻女歌手，通过一档爆红的选秀节目脱颖而出，虽然没拿到冠军，但已经足够引起各大唱片公司的关注，但她毕竟还不是大咖，还在到处选择走秀机会，尽量露脸。《摩登》杂志作为投资方，要为美央做一场秀，顺便将杂志大幅度推广一下，两边赚钱。

这种演唱会按理讲交给阿青来做最合适，但阿青第一次跟美央接触，就为了窦唯掐起来了。阿青说："他妈的都不懂得欣赏窦唯的人，有什么资格红？滚！"于是，这事就落到了对潮流很熟悉的乔洋身上，乔洋出奇镇定地跟美央的经纪人谈判，与美央本人聊天，一丝错都没出过。

后来，美央跟他在一家咖啡馆见面的时候，她点了一个小圆蛋糕，米黄色芝士铺面，旁边围了一圈蓝莓。

"我最爱的甜食，榴芒双拼，榴莲和芒果也是我最爱的水果。这种蛋糕不需要进烤箱，冷做，我要求不加糖，所以保全了两种水果的鲜味，尝尝。"

"你吃这个也不怕胖？"乔洋盯着美央胀鼓鼓的腰身，忍不住问，在他的概念里，所有女歌手都该像王菲一样削薄如刀，才能红得长久。

"没有美食，我就唱不出好歌。"芝士蛋糕当前，美央的眼神都亮了。

乔洋很想告诉她"发胖的女歌手都不会大红，韩红是另类"，但他刚张嘴体内就涌出一股倦意，于是又闭上了口，看着蛋糕一动不动。

"吃呀。"美央挖了一大块蛋糕放进乔洋的盘子里。

"我……我吃不下。"

"减肥吗？"

"嗯。"他无奈地点点头。

"每个人都有些莫名其妙的原则，喜欢王菲的就会讨厌窦唯，喜欢面点的就不太吃米饭。你说这些人是怎么了？我美央来到这个世上是要享受的，人生短短几十年，不多玩多吃怎么行？其实吧，悄悄告诉你，我才不在乎自己能不能红呢，给我钱，我就唱；不给钱，就拉倒! 我还回我的酒吧去，挺好。"

乔洋还是没动盘子里的蛋糕，同时也看出了美央的平民本色，她就是一个长期混迹于酒吧已经变油的女生，对世间险恶有着模糊的概念，还学会了在所有人面前装跩，以为这样就能赢得尊重。

那是过去的他，天不怕地不怕，以自我为中心，眼睛里谁都是

LOW咖，只关注杂志和电影里的虚幻名流。

"吃呀！这又不是酒，吃！"美央腮帮子鼓起来，整张脸都已经变形了，"最讨厌有人看着我吃东西了，我吃你也得吃！快！别不给面子啊！"

乔洋盯着盘子里那块光滑油亮的乳白色脂肪，皱了一下眉头。

"怎么？真看不起我啊？尝尝呗！尝了你就知道好吃了，你那么瘦，瞅瞅你的手指，都跟香烟一般细了。"

被逼无奈的乔洋，终于拿起了叉子，挑了一点点脂肪，往嘴里送，他动作很慢，像在做一个艰难的决定。

脂肪入口，榴莲的甜味和芒果的清香在他的舌尖上打转、融化，慢慢泌入他的口水里去了……

"好吃吧？再来一口！"美央相当豪气地又挖了一块芝士填满了自己的嘴巴。

乔洋又挑了一点蛋糕，入口即化。

"怎么样？我推荐的准没错。"

乔洋的嘴一动没动，只是闭着，他眼神呆滞地看了美央三秒钟，然后把胃里的榴芒双拼全喷到了美央的肥脸上。

次日，美央的经纪人公司发函给《摩登》，表示要中止合作。按美央的说法是："那个混蛋杂志社派来的人都有毛病！"

陆安安气得脸都白了，她把乔洋叫进办公室训了两个钟头，然后漠然地通知他："你回家休息一段时间吧，在没有恢复之前千万别来上班！"

那一天，乔洋在回家路上走了很久，他没有坐地铁，只想在雾霾弥漫的城市里狠狠走一会儿，顺便呼吸些脏空气，那空气会让他得肺癌，可他需要绝症，也许能以毒攻毒治好他灵魂里的创伤。

他就这样走了两个钟头，终于走到了家，却见门口坐着一个人——是张士豪。

张士豪这次没有带刀，却是带了酒——霞多丽干白，南茜的最爱。

"放心吧，哥们。这次没想揍你，也没想杀你。"

就这样，张士豪进了乔洋的住所，两人对饮起来。干白的清冽之香让他们都没有红脸，却是越喝觉得越冷，在惨白色的白炽灯下，乔洋形同鬼魅，张士豪也虚弱得可怕。

"前阵子，哥拿着刀冲过来杀你，结果没杀成。一个不知道哪儿蹿出来的胖女人阻止了我。说实话吧，哥们呀，哥从前不是没冲人动过刀子，可现在要我再拿起来捅人，还真有点下不去手。可是，哥当时想，来都来了，总得为南茜做点什么，你说是不？你可不知道啊，那天我拿刀的手都在发抖！不过多亏了那个女人，给哥找了个台阶儿下。她是谁啊？下次记得介绍给哥认识，哥要谢谢她。不瞒你说，那天走了以后，我还特不甘心，想着怎么就能这么便宜你了呢？所以我找人跟踪你，结果发现你进医院了，还绝食。哥们，你不容易啊。哥在这儿跟你说声抱歉，前些日子对不住啦。"

乔洋这才想起，他已经很久没见过房慧了。

2

古小川和陆安安的约会中止了一段时间，然后古小川终于忍不住给她打了个电话，电话另一头的陆安安冷淡如冰。

"要不要出来坐坐？"

"你看我走得开吗？公司的事那么忙。"

"那……等你下班了，我去你那里？"

"我下班会很晚。"

"没关系，多晚我都……"

古小川听到手机那边传来一阵怪笑。

陆安安像是好不容易忍住了笑，道："我们这是在干什么呢？一个离过两次婚的女人就必须跟一个残废好？有这样的道理吗？我不会认输的，我一定会找到更好的男人。"

随后无论打几个电话，那边永远是接不通的，显然古小川的手机号已被陆安安设置成了黑名单，她要切断与他的一切联系。

这个时候，坐在古小川对面喝甜汤的付安娜也笑起来，她依然是那张说不清美或不美的标致怪脸，还是那个嚣张得能把所有男人吓跑的气焰，这让古小川清楚地意识到，付安娜并非爱他，她只是把他当成一份事业在做，所以锲而不舍，绝不要脸。

"我就说了，她这样的女人，怎么会看得上你这样的瘫痪？不过你还别太失望，她对你也算用了心的，特意叫我来试探你是不是对她有真爱。你说傻不傻呀？我就顺了她的意了。"

"你们女人经常做这么无聊的事吗？"他已然怒气攻心，因为直觉付安娜是在幸灾乐祸。

"唉唉唉！别一棍子打死啊，就只是我那女BOSS比较神经质罢了，我完全是在做好事，明知道男人最讨厌纠缠的女人，我还整天假装跟踪狂缠着你，让你能每天爱她多一些。你看，挺成功不是？"

古小川盯着付安娜，想瞧出这个女人的真实目的。

"你不用这么看着我，我愿意陪我那外表坚强、内心脆弱的女上司玩，无非是觉得有趣罢了。当然，还有更重要的一点，她答应给我升职。即便是这样，我还是甩过她一个耳光，因为她突然跟我说算了，她已经不打算跟你好下去了。最可恶的是，那个副主编的位子就这样子不了了之了，你说我咽得下这口气吗？所以我后来呀，就继续缠着你，同时还不停地把你每天生活工作的照片发给她看，让她难受。"付安娜面容狰狞，那头修剪精致的中长发逐渐松脱定型啫喱的控制，暴露出野兽的形态。

"难道你这样做不无聊吗？"

"对，很无聊，所以今天才来冲你摊牌的。"

古小川隐约嗅到了付安娜内心的怒气，没错，这个女人在嫉妒，嫉妒那个外表坚定、内心脆弱的女上司。

"为什么要来告诉我？"

"因为……"付安娜突然苦笑，"因为我心里清楚，你们要是这次好不成了，陆安安以后就别想找到像你一样的优良品种。"

"你瞧，我是有多爱幸灾乐祸呀！哈哈。"付安娜笑得险些把咽下的甜汤都震回到嘴里去了。

那天晚上，古小川一个人在公寓里喝得酩酊大醉，这已经是他一个月中第五次酗酒了。酒精让他迷失得很爽，正以看不见的速度蚕食他的脑细胞、腐蚀他的神经，让他变得麻木。古小川不明白自己为什么会变得贪杯，幸亏他不是外科手术大夫，否则这么个喝法早就被吊销执照了。起初，他把伏特加装在扁平的银酒瓶里，在诊完一天的病人之后小酌几口，放松神经。后来，他越来越依赖它，有一次甚至觉得喝完以后那两条木头一般的废腿有了痛觉。所以他愈发肯定，酒是个好东西，能让他变成上帝，他想要什么，只要想一想就都能实现了。比如，他现在已经习惯于把陆安安的身体融化在伏特加燃烧的度数里，然后将这些发烫的东西烙进自己的血液里，熊熊火焰烧出了一座神秘岛屿，他在岛上可以尽情与她欢好，嗅吸她后脖颈上的气味，甚至把她的心抓在手里，永远都不松开……

他至今都想念被陆安安抱着的时候，那本该是他的羞耻，却无端地让他心跳，他靠在她温热的乳房上，透过毛衣稀松的针孔偷窥她黑色文胸上的花边。他不明白自己为什么会爱上这样的女人，爱情有时候就是莫名其妙！

但是，就在古小川通过烈性酒找到了生命快感的同时，他无疑将自己真实的能量消耗尽了。他的注意力无法集中，拿东西的时候总是不停掉落，手停在半空就会不住地颤抖，后来都无法端稳那只扁银酒瓶。这种情况日益严重，连病人的名字他都开始记不住，老拿错档案，甚至有一次在听病人讲述的时候睡着了。

古小川的诊所终于一点一点地被酒精吞噬了，他没办法工作，只能暂时停业。他把自己泡在酒里，那儿才有黄金屋，才有颜如玉。

把古小川从酒缸里捞出来的是鱼姐，她将他从轮椅里推到床铺上，在他不省人事的时候给他灌下了酸辣的醒酒汤，然后挖干净他喉咙里的每一寸呕吐物。

他醒过来的时候，头痛得像要锯开了，挣扎坐起，通过卧室打开的门，发现对面厨房里有个女人正在煮一瓶牛奶，那女人的背影很瘦，头发挽着，穿长褂棉衣，下摆绣满了紫杜娟。

这种中国风打扮，只有陆安安才钟情。他的心狂跳起来，直到鱼姐回过头看着他。

"那么久没去茶园坐，就知道你出事了。"鱼姐一脸的心疼，她甚至剥掉了冷艳高贵的面具，卷着袖口，腰里还绑着块棕色围裙；现在她才像是从云端飘回地面了，是尘埃里最普通的一株三叶草，打哪儿看起来都是每天拎着菜篮子去市场买一棵小白菜的平民大妈，即便现在穿的仍是质地考究的长衫，却难以掩饰她骨子里散发的那种细软亲和的平庸。

"你走吧，别管我了。"古小川又重重倒回枕头上去，把自己的脸埋起来。

"没忘记我是谁吧？"

鱼姐端着热好的牛奶和一碟松饼，端到床前，然后侧身坐下，皱眉看着他。

"忘记了。"他在枕头里发出闷闷的怒吼，这个时候他只想任性一把。

"忘记了也好，心里更好受些。"

她强行将他扶起来，他挣扎了一下，突然觉得腋下一阵刺痛，连忙下意识地拨开她的手，突然发现她的手是如此尖细、扁薄，上面的皮层层皱起，像一张疯狂的鬼脸。那是一双属于老人的手，他这才恍悟眼前的鱼姐年纪已经大了，她无法再假装自己是个天生丽质、永远受到追随的千金大小姐。

"妈……"他终于开了口，唤她。

"傻儿子哟！跟妈说说，到底怎么回事。"

那一晚，鱼姐就听她的宝贝儿子古小川讲一个叫陆安安的女人，那女人被他形容得古怪而刻薄，但是……他就是爱她！鱼姐一个劲儿拍儿子的后脑勺，嘴里叨念着："乖，乖……"

尽管她知道，这个儿子从来都不是那么乖，十五岁的时候就在学校厕所里让人把一个考试偷看他答案的同学的指骨生生打裂。他曾经是天生的领袖，学校里所有的师生都觉得他很酷，长得那么漂亮，又是中国人，坐轮椅的姿态仿佛坐在铁剑宝座上，他总是能轻易打败所有人，用优异得过分的成绩。这本该是活在玛丽苏小说里的人物，内里渴爱的冲动无人发觉，他的女友如过江之鲫，却依然无法填满缺失已久的双亲之爱。鱼姐记得第一次去寄宿学校探望儿子的时候，他从头到尾只给她看自己的侧脸。她说："这又不是在演《阿飞正传》，你何苦来呢？"

"妈，我从来没想过不认你，我只那半边脸还无法面对你。"

结果另外的半张脸，直到古小川取得心理学博士学位的时候，才让母亲看。后来他回国发展，每周去清鱼茶园报到。鱼姐看得出来，古小川对她没有恨，只是些许无可挽回的淡漠，他没办法对她就这样自然地过渡到母子情深的戏码，这需要时间，他甚至在人前都不肯叫她一声"妈"。但是鱼姐明白，他想要有这个妈，那时她就揣测他要找的女人，绝对会比他大几岁，那种凡事都自己拿主意的。一个月后，当古小川带着陆安安去她那里喝茶的时候，就完全证实了她的推理。

3

付安娜拿到副主编任命的时候，整个《摩登》已经陷入了困境，和美央的合作泡汤了，这意味着杂志需要填充新的内容。新的内容从哪里去挖？陆安安也很迷茫，她只有每天不停地打电话，强迫底下那批人给她一个有趣的创意，甚至在签版的时候都有些急躁，会指出一些根本算不得毛病的毛病要求手下去修正。

"你要不要这么紧张啊？"付安娜给她的女上司端了一杯咖啡，她如今神采飞扬，正沉浸在升职的喜悦之中，完全没意识到编辑里根本无人跟她祝贺的悲哀。

陆安安啜了一大口咖啡，然后倒在椅子上苦笑着说："我快疯了。"

"嗯，疯了也好，可以趁机休息。"

结果一语成谶，陆安安果然休息去了——因为食物过敏。

可能整个编辑部里没多少人知道，陆安安的天敌是花生，那玩意可以让她喉咙肿成核桃大小，以至于堵塞住气管，然后窒息到半死不活。所以陆安安在办公室掐住自己喉咙拼命拍玻璃门的时候，大家都吓坏了，她们七手八脚把她抬到医院，医生切开了她的呼吸道，让空气可以流进她的体内。然后，陆安安在纸片上划了两个字——花生。

就是最普通的坚果类食物险些要了她的命。

陆安安的休息，意味着付安娜成了《摩登》的临时主编，小桃她们抱着幸灾乐祸的心态看整件事情，女BOSS生病了，杂志还开着天窗，看你这个死女人怎么拯救这个烂摊子。

结果出乎意料，付安娜在陆安安进医院的次日便拿出了一个完全设计好的版面，跟小桃说："就用这个。"

事后，小桃跟阿青她们私下在弄堂咖啡馆闲聊的时候就分析起来了——

"绝对是有预谋的。这蛇蝎女人绝对是有预谋的。"阿青气愤地直捶桌子。

"没错。"小桃鼓着腮帮子道，"如果她没有搞阴谋，怎么会在陆主编进医院的第二天就拿出了那个稿子？而且搞这么恶心的事。保不齐那花生就是她搞的鬼。你想想看，每天跟进跟出拍主编马屁、端茶递水的不都是她吗？"

"绝——对——没——错！"阿青大声附和。

"唉，真想拿高跟鞋戳烂她。"

这两个女人虽然平常对陆安安也没什么好感，但有一点她们始终很肯定，那就是陆安安的人品不差。但是付安娜就不一样了，她几乎每个细胞都像足肥皂剧里的女反派，够她们牙痒一阵子的。

"这种内容，能登出去吗？"阿青愁得直抽闷烟。

"我也觉得不能登。"

"可那婊子现在是临时主编诶，我们又不能不听她的。"

"我们不能不听，但有人可以。"

小桃露出一脸天真的坏笑。

于是，乔洋在微信上收到了《摩登》杂志的一个版面，上头赫然登着南茜的那张遗照，文章标题是《魂归蓝洞——记塞班的一种悲伤》。通篇写的都是南茜在编辑部如何追求乔洋，因求爱不成只能去蓝洞寻死的过程。更可恶的是，文章末尾赫然将南茜的死与某部正要上映的爱情文艺片联系起来，摆明了这就是一则软广告，拿悲剧来宣传华语新片的！

乔洋气得脸上的肉都在抖，他即刻拨通了小桃的手机，劈头道："你们他妈的居然敢乱来？"

"乔洋哥哥，那不是我们的主意，你懂的……"小桃的语气可怜巴巴的，心里其实已经奔跑着一匹欢腾的小马，因为她要的效果达到了。

"那是谁想出来的？他妈的为了杂志那点屁收入，连脸都不要了？陆安安那个女金刚想出来的？"

"不是不是，是付安娜诶！"小桃道，"这几天杂志社出大事了，安主编食物过敏进了医院，所有事务都让那个死女人打理，她可好，就拿南茜的死打广告，真不要脸。呸！"

"你让她等着！"

半个钟头之后，乔洋出现在《摩登》编辑部，冲付安娜扔了一只杯子，付安娜偏头闪过，脸上纹丝不动，似乎有人冲她扔杯子是意料之中的事。

"把这个版撤掉，换别的。"乔洋完全忍不住怒气，他只想把付安娜的脸上砸出一个黑洞来。

"凭什么？"

"就凭南茜！你他妈的还是不是人？我跟南茜的事你知道多少？你就瞎写！"

"我知道的事情，也许跟你知道的一样多，难不成你敢说那文章里写的不是真事？"

"当然不是真的！南茜不是自杀，她是意外！还有，我跟她……不是情侣！"

提及"情侣"二字，乔洋的气势有些弱了，难道他们真的没有做过情侣？在床上也不是？

"我当然知道你跟她不是情侣，哈哈！"付安娜擦了一下刚刚被茶水溅湿的脸，"但是，看你反应这么大，两个人是肯定有一腿吧？"

"……"

"乔洋，这个世界是很现实的，谁狠谁就能占领市场。你以为就凭你整天卖萌就真的能维生了？做梦！你们这些人，一个个成天在做白日梦，谁都不放在眼里，拿着屌丝的工资，还幻想自己是王子、公主，你放眼看看去，大家都是普通人，谁也不比谁高贵，要想真正坐到食物链的顶端，需要的是手段。你们小屁孩知道什么？你们为事业付出过多少？我他妈又为事业付出了多少？"付安娜那张僵硬如外星人的脸变得越来越青。

"但是，追求事业和做人并不矛盾，你还有没有人性？"

"人性是什么？追名逐利才是人性，你成天搞那些风花雪月，还自以为贞洁，那是天使。照照镜子吧，看看你是不是真的天使！"

"我不是，我是个混蛋。但是，至少我活得磊落！"

"磊落？"付安娜挨近乔洋，死死盯住他扭曲的表情，"睡了人家又把人家抛弃，还假装自己是同性恋，你也配称得上磊落？你莫不是绝食绝出脑残病来了？"

编辑部所有人都在看好戏，事实上无论谁输谁赢，小桃和阿青都认为那是给付安娜的一次有力回击，看这死女人再嘚瑟？叫个愣头青来搞死她。即便搞不死，能指着她鼻子骂几句也是好的。可是，当她们发现乔洋是如此英雄气短的时候，就明白付安娜是如此不可战胜，她已经修炼成精了。

所以大战的结果是，乔洋灰溜溜地走出了《摩登》，恐怕再也回不去了。他心如死灰，差点以为自己真的已经死了，这也许是南茜给他的终极惩罚。

"去塞班吧，听说要去那里喊魂，才能把南茜喊回来，否则她就不是真的回家。"

房慧用一个电话，拯救了濒死的乔洋。

4

　　塞班岛与他们居住的城市果然是冰火两重天，那儿温度很高，所有人都穿着T恤、短裤，外国人十个里有九个半都是俊的美的，一个养眼的国度，能让人把阴郁彻底蒸发掉的神奇之地，碧绿的阔叶植物四处丛生，伸出自己的无数条枝干，把阳光和蓝天都拥在怀里。乔洋终于被灼热的气温烤暖了，这是他第一次觉得温暖，他的手不知不觉被房慧抓在手里，那里有很多情侣，看上去般配的或不般配的，表情如此坦然，都没有觉得不妥。他也握紧了房慧的手，在这儿，两人走出去再没人误认为他们是母子。他们光明正大地接受路人目光的祝福。

　　"是我想得太多吗？总觉得在这儿可以谈一场惊天动地的恋爱。"房慧也很兴奋。

　　乔洋没有回应，他只是被脚底心的沙粒摩擦得很舒服，舒服到忘记了说话。

　　房慧用手遮住额头，眺望那片闪着银蓝色亮点的海洋，她期待夜晚的来临，听说海面上泛起的夜光宛若萤火虫在成群飞舞。

　　南茜出事的地方，在一处风平浪静的湾区，礁石被海水舔成各色凌厉的形态。千百年来，它们就是守护蓝洞的使者，引领女巫们穿越白浪，刺裂阳光普照的海水，潜入神秘的王宫。乔洋的皮肤上沾满了细如盐粒的贝壳碎片，两条裸露的手臂都发亮了。

　　"这儿就是天堂吧，我们的身体都在发光……"他有些激动起来，松开了房慧的手，跪在细白的沙子上。

　　"我们是在演《暮光之城》吗？"房慧讲了句煞风景的话，她烟瘾犯了，有些焦虑。

"南茜！回来吧！南茜！回——家——吧！"

乔洋没有理会房慧的调侃，双手握成筒状圈起嘴，向着大海吼叫。这是他欠她的，他的冷漠将她葬送在异国的海洋里，现在，他需要把她带回去，去到她应该在的地方。

"南茜！回家吧！把我留在这儿！你——回——家！"

房慧跟着大喊，她喊得如此用力，腰都弯下来了，不停地喘气。

"别胡说！"

"那她跟我，你希望把谁带回去？"她突然变得蛮不讲理。

"现在不是讨论这个的时候。"

"我偏要讨论！快选！她猛地冲进海水里，吃力地爬上一块礁石。

"现在，我就站在这里，你选南茜，我就跳下去跟她交换。"

乔洋瞠目结舌地望着她，心里有了一点感动。

"快选！我数到三，你要是沉默，我就跳了。"

"神经病！"

"一。"

他不说话，转个身不看她。

"二。"

他还是沉默。

"二点一。"

他没有转身。

"二点二。"

房慧的声音很小，险些被淹没在浪声里。

"二点三。"她有些急了。

乔洋猛地回身，道："你不用数到三了，想跳就跳啊！快跳下去，别犹豫！我要带走的是南茜，你这个老女人有什么资格跟她比？你去死吧！"

他原以为房慧会跳下去，抑或冲下礁石甩他两个巴掌，无论哪种结果，他都接受。

然后，他看见房慧真的以笨拙到可笑的姿势爬下礁石，踏浪而来，看来他是要吃耳光了，他闭上眼，等待被掌掴的快感。

"来，跟我来。"

房慧牵起他的手，将他带到那块礁石边，复又登上顶端，乔洋跟着她爬，他动作很灵活，爬得很快。

站在那里，乔洋发现整个海都在眼底了，阳光穿透宝石般的云层，播撒在海面上。微波抚过每一寸沙砾，像海妖在吟唱凄婉的古老情歌。无数人鱼死亡后开出的泡沫之花浮涌在礁石底部，仿佛在对他诉说甜美的秘密："爱你，我们都爱你……"

"你觉得，南茜会在这样的地方寻死吗？"

房慧看着他，她依然很大妈，身上那件吊带长裙皱巴巴地贴住松垂的皮肉，但她还是很美，眼睛亮亮的，像藏了一圈云层边上镶的金线。

"不会！她不会！绝对不会！"

他紧紧抱住房慧，眼泪全部被咸咸的幸福气息风干了……

5

古小川坐在陆安安身旁，为她削一只苹果，他削得极慢，因为只有削苹果能让他不看她，他希望她能自在一些。

"怎么找到我的？"陆安安的声音是哑哑的。

"想找一个人还不容易？只要诚心找。"

"你这是何苦？"

"那你又是何苦？人生就是一只苹果，不停地经历削皮的过程，削到鲜血淋漓之后，好味道才出得来。我们两个人也是一样的，现在我已经流过很多血了，你看。"

他将不小心削到皮肉的流血手指伸给她看。

她往床头柜上抽了一张纸巾递给他，还是面无表情。

"我们耗不起了，安安。"他将带有他血痕的苹果递给她，"做人，都是有今生无来世的，你已经错了两次，难不成就不能抓住一次对的东西？"

"你怎么能证明这是对的？"

"因为我不是朝九晚五的公务员，更不是缺乏情趣的人，所以我不会一回家就陷进沙发里看电视。哦，不，我还是会陷进沙发里看电视，但一定是搂着你一起看。我单身那么久，自己会做饭，不需要找个老妈子伺候我，你力气大，抱得动我，所以我一点也不担心所谓的'夫妻俩一年半载不会互碰'这种事。我还是个残废，不可能到处乱跑，你不必担心我会找另外的女人。还有啊，最重要的是，我有经济实力，不存在觊觎你收入的企图，我养得活自己，还能保证每年给你添一只普拉达包包。我只担心你看不起我，因为你腿脚灵便，有朝一日你外面找了野男人，也不用怕我会拿刀追杀你们，我根本跑不动，你踢一脚轮椅说不定我就挂了……"

说到"挂了"的时候，陆安安终于笑了。

接下来他们本来应该接吻的，然后跟所有韩剧里那样来个"happy

end"，可惜这一切都被晒得跟菲律宾移民一般的乔洋打破了。

乔洋高举手机，直冲病房，然后冲着陆安安大叫道："安安姐，你看你看！这都是什么事儿呀？"

陆安安以迅雷不及掩耳之势推开了主动献吻的古小川，拿过乔洋的手机看了好一阵，手机里是付安娜写的那篇文章，她一声不响地看完，然后神色严肃地问道："谁的主意？"

"还有谁？"

"你怎么黑成这样？"

"去了趟塞班，晒日光浴。"

"不是说要去台湾吗？怎么去那儿了？"

"给南茜喊魂！"

"够仗义呀！"

付安娜和陆安安再次见面还是在秋叶食堂，那儿已经开始供应老板娘私人制作的热可可了。两人各握一杯热饮，都是气势高涨的模样，谁也不服谁。

"看看。"陆安安拿出一个牛皮纸信袋，推到付安娜跟前，付安娜打开，从里头拿出一张表格，脸色刷的一下就白了。

"付安娜，女，四十五岁，曾经在野牛酒吧做过三年服务生，后转去都灵商会担任女公关一职。哦，那里的女公关嘛，大家都知道，就是高级应召女郎。当然了，你看看你二十五岁时的照片，啧啧啧……这副尊容就算当个三流坐台小姐人家也不要吧？所以你整容过几次来着？三次？四次？五次？不对不对，整过九次呀！你可真能挨刀啊。安娜，我多崇拜你？你说，这些个破事，我要是往其他几家著名的时尚杂志社一发，他们还会考虑聘用你不？没错，我这样说是因为你很快就不会再担任《摩登》副主编的职务了，你是现在口头辞职呢？还是回去缓两天再提交辞职报告？"

陆安安像是拿着一把杀猪刀，给付安娜来了个透心凉。

"算你狠！"付安娜咬牙切齿，她很想拿起桌上的餐叉，给陆安安来那么一下。

"再狠也狠不过你啊，付姐！"陆安安品了一口热可可，道，"我对花生过敏这件事也只有你知道，居然还傻到让你为我冲咖啡，这次大病也权当是我自作自受吧。不过呢，我原本以为，像《白夜行》里唐泽雪穗那种女人，也就只是小说里写写的，未曾想现实里还真有。你算让我开眼了。不过你放心啦，凭的聪明才智，再加上不择手段的野心，去哪儿都能混得很好。咱们以后就不要再见面了，行不行？对了，到时候在哪儿高就通知我一声，我要给你寄结婚喜帖，对，我又要嫁人了，第三次，三三为定嘛。"

被剥皮拆骨后的付安娜，从此在《摩登》消失了，陆安安回来上班之后，没人向她打听过那女人的去向。

但是，陆安安同样也没放过乔洋。

"听说是你把和美央的合作给搞砸了？"

"你得问阿青，与我无关。"

"少扯！你吐了人家一脸吧？"

"……"

"乔洋啊，你还想不想在《摩登》混啦？"

"想。"乔洋哭丧着脸。

"那就把美央的事情搞定。要不然杂志开天窗，我就把你的头塞进马桶。"

"安安姐，你……"

"干吗？"

"你最近是不是性生活很丰富？"

"呃！看得出来？"

"每次你有了性生活，上班的时候就特别爱训人……"

"那你呢？每次你有了性生活，上班的时候就特别接受被我训。"

的确，乔洋现在有性生活，对象是房慧。

直到在塞班岛的海景酒店上床的时候，他才发现房慧完全不懂得世界上有个叫体位的玩意。她是如此惶恐，每剥一个扣子都要尖叫，像是在直接剥她的皮。

"怎么啦？你是大姨妈来？是的话我可不干！"

"滚！继续！"

"哦！"

这次上床经历比乔洋以往任何一次都要艰难，房慧叫得像杀猪，他觉得自己已经很轻很轻了，她还是像个会发声的干尸那样配合他。原本他脑子里都是被御姐引领的画面，动真格的时候才发现这事必须他占主导，否则搞一晚上都还在前戏阶段。但是乔洋依然满足，他觉得作为处女的房慧很有趣，她那无边无际的少女心在那一刻才暴露无遗，另外，他对她的胸也很满意，这才是AV女优的级别，没有任何被践踏到干瘪的迹象。她紧致而盈润，和与南茜做的时候完全不一样。

因为中间隔着一个南茜，他做的时候很伤感，觉得自己支离破碎，需要身下的房慧做黏合剂，把他的裂缝重新再弥补起来。这过程很慢、很忐忑，也很动人。

于是，两个身心饱满的合作者，就这样开启了人生新篇章，也许前路更坎坷，但身边有个人陪着，总要好过一些。

和乔洋上过"三垒"的房慧，此后很长一段时间都没去清鱼茶园，不是对鱼姐有意见，而是忘记去了。她全心全意伺候那个小男人，像所有想要托付终身的小女人一样，骨子里的传统情结是抹杀不掉的。她每天码稿，给乔洋做好吃的，戒了烟，甚至还织毛衣，织出来的款式特别难看，乔洋只是往身上套一套让她看看，就放进衣柜再也不穿。

"你还欠我最后一道菜啊，快做出来。信守承诺好不好？"乔洋还惦记着和房慧的约定。

"其实吧，根本就没有那个所谓的家传食谱。"

"什么？骗我？"

"嗯。"被爱情和肉欲冲昏头脑的房慧终于坦白，"那个所谓的食谱，是我瞎编出来的，当初为了泡你，用的这一招。所以根本没最后一道菜……"

"去死吧！"乔洋的孩子性格又出来了。

为了重新赢得美央的信任，乔洋这几天使出浑身解数，给她连送了一周的榴芒双拼芝士蛋糕，但人家就是不搭理他。这件事让他很窝火，所谓的工作压力他还是头一次感觉到。

"好啦好啦，我给你做其他的好东西嘛。"房慧跟小媳妇似的。

"没胃口啦，猪。"他很傲骄地转过头去。

"那你将来娶了我，天天吃我做的东西，难不成还打算绝食？"她真是天真到家了。

"娶你？"乔洋嘴里的咖啡差点全喷出来，"这个事情有必要提那么早吗？"

"那你想怎样？吃完走人？"

"那你想怎样？我们明明不可能做夫妻。"

"乔洋，你个死没良心的。"

"你照照镜子，你带得出去吗？"

"在塞班的时候你怎么没想到？"

"女人真麻烦。"

乔洋冲口而出，完全没有回旋余地。

房慧的心脏像是被狠狠地打了一记闷棍，再说不出话来。

6

"他不想娶你很正常，又不是四十岁以上的老光棍。"

鱼姐洋洋得意，总算房慧开始清醒了。女人嘛，再不理智，也总有清醒的时候，帮助她们成长的永远是男人。

"我大概也知道会有这样的事情发生，但我真的很想嫁人。"

"想嫁人没错，想嫁的对象选错了。你应该坚持当初的原则，只是跟他玩玩，玩完了，抹嘴走人，不要自取其辱。"鱼姐永远一针见血。

"我当初就是怕这种事，才一直不肯跟前男友们进一步发展，我以为他会不一样。"

"呵呵，天真了。"

"当真一点余地也没有？"

"没有。"鱼姐坚定地摇摇头，"这是你的宿命。你不能永远停留在小女生阶段，人要长大，要成熟，要学会放弃。执着是好事，但执着也会杀人。南茜就是最好的例子。"

"所以说，爱情都只是传说……"

"错了，爱情不是传说，它真实存在。但是，你应该明白，爱情和婚姻是两回事，不能混为一谈。当初是你主动跨出了第一步，女人主动，男人往往不珍惜，不管你们两个人经历过什么，事情一开始定下了女追男的基调以后，结果就已经注定了。南茜也是误入歧途，才有此下场。你千万不要步她后尘，好好活着，一个人也能过得很自在，何必给自己添堵？"

鱼姐一席话，把房慧最后的希望之火熄灭了，她垂头丧气地回到家，发现乔洋正在点蜡烛，整个房间里都是薰衣草蜡烛的香气。

"庆祝一下吧！"乔洋端了一杯红酒给她，"我终于搞定了美央！"

居士也在，嘴里塞满了吃的。

"也终于搞定了我的工作！"

是的，美央的小型演唱会照常开了，居士会在里边做现场保安。

"哦。"房慧接过红酒，一饮而尽。

她看着乔洋，像在看一段即将逝去的美好时光。他们长久不了，他们根本没可能，她就是他生命里一簇短暂的邂逅。很快，那邂逅就要离她远去，他会找到另一个伴，年龄与他相仿的、清纯的、迷人的，与南茜同一个型。

但那天晚上，房慧还是跟乔洋、居士欢天喜地地坐下来吃饭，她表现得特别开心，完全没有流露出失落感，甚至还特意给他们煮了甜品——橘子苹果甜汤圆。居士吃那甜品期间，突然流眼泪了，他说："乔洋啊，你他妈真是幸运，找了个好女人啊！要是以后你敢不要她，我就跟你拼了。"

"哦？我还以为要是以后他不要我了，你会接手呢！"房慧笑道。

三个人一起笑到前仰后合，他们很久很久没那么开心过了，居士喝了大半瓶红酒，醉得摇头晃脑，还大声吟诵："明月几时有，把酒问青天……"

　　乔洋走的时候，房慧吻了他一下，跟他说："再见。"

　　房慧就这样在乔洋的生命里消失了，她换了门锁，把他的手机号列入黑名单，微信、QQ全部删除，彻底跟他决裂。这种决裂就像把一根手指连根斩断，已经不管自己是不是会血流如注了。

　　然后，她就像没事人一般，仍旧去到鱼姐的店里喝茶，聊些有的没的，只闭口不谈乔洋。鱼姐也不问，自顾自地扯别的事情，聪明得让人生厌。直到有一天，她跟房慧这样说："其实吧，我患了宫颈癌。"

　　"啊？"

　　"之前一直肚子痛，身上来不干净，还以为是更年期，就没在意。后来痛得吃不消了，上个月去医院一检查，说是那种病。"鱼姐笑吟吟地斟茶，脸上的皮肤似乎比以往更光洁一些。

　　房慧瞬间沉重起来，眼圈不自觉红了，她不知道要用什么样的表情来应付鱼姐，笑着跟她说："没事，这病死不了"抑或直接流露哀伤？她不怎么懂安慰人，尤其是病人。

　　"这个病，应该治得好的，只要是早期……"

　　"可惜啊，查出来的时候已经是晚期了，膀胱和尿道都感染了，没法治了。"鱼姐摇了摇头，那口吻像在说某部电影里的情节。

　　"鱼姐，别多想了，我身边也有人得这种病，人家现在还活得好好的呢。要心情开朗，随遇而安。"房慧学着其他人的样子，结结巴巴说着宽心话，她知道那些句子是如此苍白无力，根本对付不了心如明镜的鱼姐。

"你觉得我还不够开朗呀？"鱼姐戳了一下房慧的脑门儿，像是在教训自己的亲生女儿，"丫头，人生苦短，我活到这把年纪才要认真面对死亡这件事，已算大幸了。所以呢，必须拿出些勇气来，豁出去一把也未尝不可。从前我总是教朋友怎么精打细算地过活，现在想想那都是错的，每个人都有压抑的时候，就那么憋着，你看我就憋出癌来了。你可别步我的后尘，任性一下，放纵一下，那都没什么。重要的是，想做就去做，在有条件的时候。等老了，也许很多曾经做过的事都会让我们后悔，但不做会怎么样？也许更后悔。"

是的，也许更后悔。

那天房慧回家，一路上房慧都在琢磨菜谱，她要煲个营养汤给鱼姐喝，鱼姐曾经夸过她的煲汤能教人百病顿消，也许能治好她也说不定。

走到家门口的时候，她看到一个男人蹲在门口抽烟，以为是乔洋，便忙不迭又退回到电梯里去，孰料对方眼尖，即刻喊道："慧姐！站住！"

是居士。

居士的问题很简单："一、为什么要跟乔洋分手？二、分手的理由是什么？三、如果是乔洋那小子脑子进水，要不要我去揍他？"

"你别管我们的事，小屁孩。"

"我和乔洋同岁的，而且你不是特爱小屁孩吗？"居士的眼圈也是红红的，伸出来的那只握茶杯的手，指节上还有破皮渗出的血丝。

"跟人打架了？"

"没……"他吞了下口水，"也算是吧……跟乔洋干上了。"

"你说你们这些孩子怎么就这么作？"房慧其实心里挺高兴的，但表面上还是尽量显得非常生气，她拿出一个创可贴给居士贴上，"总之，事情就是结束了，没有谁对谁错。哦，不，是我错，我不该去达成那些不可能的任务，以后我都不会再犯这样的傻。"

"那又怎么样？"居士激动起来，"这个傻逼永远福气那么好，真他妈嫉妒死我了！所以你们绝对不能分手！"

其实，居士在得知乔洋跟老女人无疾而终的消息之后，他第一件事便是给了好基友一记老拳，然后指着对方的鼻子道："你们不——许——分！是你们让我相信这世上还有他妈的真爱！不是王菲，不是谢霆锋，更不是李云迪和王力宏，甚至都不是南茜。是他妈的你们这两朵奇葩啊！"

"她不理我，我他妈又能怎么办？"

"你他妈死缠烂打啊！猪！"

"我他妈才不会做这种蠢事。"

"所以你才是猪。"

两人就这么打起来，出手极其凶狠，场面极其惨烈。

房慧听完居士的讲述，垂下头看着花瓶里的几枝红掌，喃喃道："强扭的瓜不甜，何必执着？"

"当然要执着！重要的是想做就去做，在有条件的时候。等老了，也许很多曾经做过的事都会让我们后悔，但不做会怎么样？也许更后悔。"

居士居然奇迹般地讲出了刚刚鱼姐说过的话，他也许比任何人都活得更明白，所以简单并快乐着，可悲的是那些做不到的人居然还自以为聪明。

房慧看了居士很久，突然微微一笑，道："那么，我想请你帮我个忙。"

7

美央的个人秀已经准备完毕，乔洋也差不多耗尽了精力。他努力不去想房慧，甚至都不跟居士说话，只是缩在角落里看居士和其他工作人员一起搬搬弄弄的。这种时候，陆安安交给他的重负差不多完成了大半，他也轻松了，这短暂的空闲却让他很难受，真的不能闲下来，身体一闲，脑子就会胡转，转到爱情上，他就乱了。

"乔洋哥哥，你今天看起来好帅。"小桃穿着件古怪的日式短褂，上面绘满仙鹤、月亮和竹子，据说她是美央的忠实粉丝，正因如此，陆安安才故意不把这个活给她，怕她情绪失控。

"啊？帅吧。"乔洋笑得很敷衍，脸上布满了青紫的伤痕，他现在很讨厌有人跟他说话，他只想一个人埋在黑暗里，假装自己被蒸发了。

"等一下，我要去跟美央要签名哦，还要合照。"

"还是算了，美央不喜欢穿得跟鬼一样的神经病。"

"哼！"

小桃傲骄地扭过头去，拼命摇动手里的丝绸团扇，大冬天的，她倒是不怕冷。

这场在北境花园举办的小型演唱会，已经人满为患了，美央的粉丝团大军全面来袭，连地上都坐满了人，台前一块硕大的屏幕上，出现美央那张被精心PS过的脸，烈焰红唇，张力十足，与她穿云裂帛的嗓音一般。

每个人的脸上都洋溢着兴奋的笑容，他们都是为那个绝世好声音而来，对美的追求胜过一切欲望。乔洋却悲哀地发现，自己根本融入不进去，那种近乎幸福的气氛丝毫感染不到他，他只想躲到外头去抽根烟，抑或痛哭一场。但脸不能抖动得太厉害，因为居士在他面颊上留的拳印还隐隐作痛。小桃刚刚说他帅，完全是在讽刺，奇怪的是她没有打听他为什么会是这副模样，她们恐怕早就不关心他了，人一旦暴露过脆弱的一面，就会被看不起。

灯光暮地全熄，众人在一片漆黑中发出轻微的尖叫。

"怎么啦？停电啦？"

"夜幕阑珊……风流过温柔的群山……"

美央清高婉转的歌声在黑暗里飘荡。

人们终于安静下来，遂发出一阵喝彩，有人在吹口哨，有人在鼓掌，有人在合唱，还有人仍在尖叫。他们被美央的魔法牢牢罩住，于是迷失心智，奉献灵魂，甘愿为她做牛做马。

此时，雪白的射灯打在舞台上，美央幽灵一般出现，穿着血红色长裙，与大屏幕上的照片同样的装束。她站在台中央，一动不动，甚至眼睛都是闭着的，唯独缓缓张合的口中传出宛若符咒的唱词。

"你是否也有过这样的心酸，你是否也有过这样的悲怆，你是否把心涂上了不一样的粘胶，你是否想一个人想到肝肠寸断……月滑过时间的指尖，却似扎在我们身上的刀，痛了又痛，伤了又伤，到头来结果也都不祥……"

乔洋并没有多留意美央的歌，那旋律却太熟悉了，是他为了讨好这位女歌手而临时去补的课，当初听的时候没感觉，现在却在不由自主地附和，因为他发现字字都点在他心坎上。

一曲终了，台下竟缄默了足有半分钟，这才发出雷暴一般的喝彩，那是美央应得的。这个嗜吃如命的微胖型女歌手，终于让所有人都忽略了她不完美的身材，只沉迷于她的声音。那是有天赋的人才做得到的，就像他可以忽略房慧的不完美，只沦陷于她那双料理妙手。

从《心路》《甜美瞬间》到翻唱王菲的《红豆》，美央用她的精灵之声征服全场，她是今晚的女神，是能点石成金的仙人，是把大家的心神玩弄于股掌之间的怪物。她没有变动过唱歌的姿势，甚至几乎都不与台下的观众交流。然而，越是这样，越是受万众敬仰，有那个嗓音就够了，有美央就够了，全世界都被她踩在脚下，她是天生的巨星。

"下面，这里要为大家献上一首特别的歌。"美央终于开口讲话了，她停止歌唱的时候，仿佛天地顿失灵光，粉丝们也暂时找回了魂魄。

"这首歌相信所有人都很熟悉，尤其是三十岁以上的人。这首歌由我的一个朋友来为大家演绎，对，就是传说中的神秘嘉宾。有请这位嘉宾！"

台下开始骚动。谁？嘉宾是谁？大咖吗？

人们纷纷猜测，连乔洋都一头雾水。

过了好一会儿，那嘉宾才上台，在炽白的灯光下，她显得特别渺小。

"房……房慧！"小桃和阿青同时尖叫。

"房慧是谁？不认识啊。"

"难道是新晋女歌手？也忒老了点吧。"

"啊？啊？谁？谁啊？"

美央的粉丝们议论纷纷，他们半张着嘴，看着台上只穿着一身运动装的房慧。

房慧站在话筒前，过了很久才说："你们不用猜了，我不是歌手，我只是一个普通女屌丝。"

话一出口，大家复又安静下来，房慧就是有这个本事，只要说话就能成为全场焦点，何况今天她又那么高调。

"我今天不是来表演的，而是……来向一个人求婚。乔洋，这是我欠你的最后一道菜，现在敬请品尝。"

乔洋的心都被拎起来了，他冲到台前，紧紧盯住台上那个表情忐忑的女人，那是他的女人，是不久前才离他而去的女人！

"那个人跟我说，他永远不可能娶我，我绝望过，也狠下心跟他分手。但是，我不甘心！我就是怎么也不甘心！所以，今天我站在这里，只想跟那个混蛋说，我爱你，我爱你爱得快要死了。但我坚决不会去死，因为死是一种认输，只有活着才永远不会被打败。我要让你知道，虽然我一无是处，但我比所有人都更豁得出去。如果这首歌唱完的时候，你已经离开了，那算我求婚失败，我以后还回去过我的日子，码稿、煲汤、看电影；如果你留下了，那请永远不要再离开我，就这样跟我耗下去，直到死的那一天。"

"有病吧！"有人在骂娘。

"好浪漫！"有人赞赏。

"这是秀还是玩真的？"更有人在猜测。

这些原属于美央的粉丝们开始回归理智，以各色眼光打量台上那个女人，她就在这些陌生人面前，高声大气地开唱了。

"当所有的人，离开我的时候，你劝我要耐心等候，并且陪我度过过生命中最长的寒冬，如此的宽容……"

房慧一开腔，底下即刻晕倒一大片，这女人根本五音不全。

"当所有的人，靠紧我的时候，你要我安静从容，似乎知道我有一颗永不安静的心，我容易蠢动……"

乔洋的大脑中一片空白，一是被房慧的荒腔走板吓着了，二是他从前只被人求过爱，从未被人求过婚，凡事总有第一次，每个第一次也往往都让人凌乱。

"下去吧！"

美央的粉丝团终于受不了对耳膜的折磨，开始发出微弱的抱怨。毕竟大家都知道台上那个女神经病是在求婚，所以歌唱得好不好应该是其次的。

"好难听啊……救命……"又有粉丝叫起苦来。

"为什么不是美央替她求婚呢？让美央唱嘛！"一位带眼睛的圆脸宅男终于愤慨了。

于是一石激起千层浪，当房慧跌跌撞撞带着跑到找不着北的音调唱到"我终于让千百双手在我面前挥舞"的时候，她的运动装被一块香蕉击中。

"我终于让人群被我深深的打动……"

"下去吧！我们要听美央唱！"

"滚下去！死肥婆！"

"下去吧！神经病！那男的早被你吓跑了！"

"我却忘了告诉你，你一直在我心中……"

"滚下去！滚下去！滚下去！滚下去！"

房慧的声音被愤怒的粉丝狂吼淹没，所幸音响够给力，她每一个吐字还在北境花园的每个角落里回荡，如此难听，又如此动情。

"滚下去！滚下去！"

"啊……我终于失去了你，在拥挤的人群中！我终于，失去了你……"

"滚下去！滚下去！滚下去！滚下去！"

房慧半张脸上都是黏糊糊的慕司蛋糕，胸前溅满了褐色的咖啡渣，脚底下的纸巾更是如雪花铺地，她果然够"受欢迎"。

当然，这其中还有一些人正在为房慧赴汤蹈火，阿青和小桃站在台底下张开双臂，死命对着暴怒的粉丝团喊道："同志们，冷静！你们还是不是人啊？冷静！冷静！"

"滚下去！滚下去！滚下去！滚下去！"

房慧似乎对台下乱成一片的局面完全没有知觉，她还是自我陶醉到了一定境界，双眼紧闭，力竭声嘶。

她必须唱下去，如果今天不唱，也许以后再也没有机会了。她要学会南茜的厚脸皮，她要找幸福谈谈，她要认真而疯狂地做那些本不应该去做的事，她要狠狠拥抱终将失去的一切。也许今晚以后，她还是原来那个喜欢宅在家里做东西吃的普通老女人；也许今晚以后，乔洋会真正与她形同陌路；也许今晚以后，她会被架到精神病院。但是，你看看在台下奋力为她挡住"愤怒炮弹"的居士，他已经整个人被砸成了一只倾倒的垃圾桶！

是的，没有人支持她，没有人看好她，他们都视她为输家，一个无法将爱情料理得风生水起的笨蛋。但是，笨蛋也有资格求婚。她不是南茜，不会钻进蓝洞永沉海底，她要跃出海面，向现实竖起中指。

所以，为什么不唱呢？

"啊啊……我终于失去了你，在拥挤的人群中！我终于，失去了你，当我的人生第一次感到光荣！"

也许光荣对每个人的定义不一样，但是对今晚的房慧来讲，光荣就是输得起。

在这个时候，房慧感觉有只手牵住了她，那只手的主人在枪林弹雨中贴近她耳边，对她说："我们一起滚下去吧。"

房慧睁开眼，看到了头上顶着一块橘子皮的乔洋。

尾声

最后的饱嗝 > > >

那场惊天地、泣鬼神的求婚事件，以乔洋带着房慧仓皇逃出美央演唱会现场而告终。之后他们干了些什么没人知道，只有一件事可以肯定——七七年出生的房慧和八八年出生的乔洋又在一起了。他们没有结婚，还是炮友兼情人的尴尬关系，因为房慧突然又说不想结婚了，她受不了每次码稿的时候乔洋坐在沙发上赤着脚看偶像剧，于是自省为什么要找这么没品味的男人。

　　此后很长一段时间，居士说起这件事都以烈士自居，他认为要不是他想尽办法拿房慧做的美味甜品去贿赂美央，就不会促成这桩美谈，反正吃货永远都有软肋，只要美食当前便节操尽碎。至于居士自己呢？他给演唱会做保安当然是一分钱工资没拿到，后来鱼姐听说这事，默默把古琴还给了他。居士现在依然每天抱着古琴，坐上地铁穿越半个城市，去到清鱼茶园练琴，这种生活状态持续了有五年之久。鱼姐去世之后，那间茶园居然过户到了他的名下，从此居士就真成了居士，茶园的女主人变成了生气勃勃的文艺男青年，当然他依照鱼姐的遗愿，把那头稻草发染回了黑色，成了清爽而正常的帅哥。

　　古小川成为陆安安的第三任丈夫之后，除了不能走路，其余一切都做得很好。也许是因为太好了，陆安安居然在某一段时间发胖了，她怨气十足地买了一堆减肥产品，刚吃了两天药就晕倒在地，去医院检查后才知道是怀孕了。从此，古小川彻底放下精英范儿，鞍前马后服侍夫人。他们的幸福生活就跟挂在墙上的年画似的，当时谁也没料到十年之后两人还是要离婚，陆安安还得抬头挺胸，带着拖油瓶儿子去找第四任老公，只不过这次她没有养小鬼、扎小人，却是把自己收拾得更漂亮，还去隆了胸。因为古小川跟她离婚后，又去追求一个巨胸的女人。

小桃呢，不知从何时开始，穿衣服越来越高档，甚至有次还拎了个与她的日系风格极度不搭的爱玛仕包包出来显摆。后来才知道都是张士豪给她买的，因为他自称在小桃身上看到了南茜的影子，也是那么人淡如菊。小桃傍上这位大款以后，小清新改头换面走上了高贵冷艳之路，俨然变成了第二个付安娜。

阿青还是在摇滚青年堆里打转，身上的刺青日益丰富，简直就像随身带了一座文身博物馆，她自己很绝望，但所有人都深信，这座博物馆早晚会有个男主人接手。十年之后，阿青果然在肮脏炎热的尼泊尔找到了，那个男人有一身正宗的古铜色皮肤，对她那身纪念物爱不释手，她在他眼里就是一尊活体维纳斯。

你瞧，每个人都还是在不停地经历失去，再拥有，再失去。生活以轮回转世的讽刺效果鞭策大家成长，让我们认清现实，勇往直前。

这个关于吃货的故事，讲了个七七八八之后，也总算宣告结束。只是，人生百感交集的料理之味，永远都尝不完，它既是上天给激情人士的奖赏，也是给欲望人士的惩罚。酸甜苦辣，尽在食中。

图书在版编目（CIP）数据

深爱食堂 / 暗地妖娆 著 . — 北京 : 作家出版社，
2015.10

ISBN 978-7-5063-8111-6

I.①深… II.①暗… III.①长篇小说—中国—当代
IV.①I247.5

中国版本图书馆 CIP 数据核字（2015）第 227348 号

深爱食堂

作　　者：暗地妖娆
责任编辑：丁文梅
装帧设计：80 零·小贾
出版发行：作家出版社
社　　址：北京农展馆南里 10 号　　　　　　邮　　编：100125
电话传真：86-10-65930756（出版发行部）
　　　　　86-10-65004079（总编室）
　　　　　86-10-65015116（邮购部）
E-mail:zuojia@zuojia.net.cn
http://www.haozuojia.com （作家在线）
印　　刷：北京大运河印刷有限责任公司
成品尺寸：145×210
字　　数：195 千字
印　　张：8
版　　次：2015 年 10 月第 1 版
印　　次：2015 年 10 月第 1 次印刷
ISBN 978-7-5063-8111-6
定　　价：32.00 元